La casa de las flores muertas

Jane Kelder

Jane Kelder

Jane Kelder es el pseudónimo de una autora ibicenca enamorada de la Literatura inglesa del siglo XIX. Nacida en 1970, es profesora y reside en Mallorca con su marido y su gato. Entre sus autores favoritos, destacan Jane Austen, Elizabeth Gaskell, Anthony Trolloppe, Charles Dickens, William M. Thackeray… También es una enamorada de las adaptaciones literarias de la BBC.

Es licenciada en Filología Hispánica y Doctora en Teoría de la Literatura y, aunque escribe desde la niñez, hace muy poco que se ha decidido a dar el paso de publicar.

Escribe novela romántica blanca y costumbrista ubicada en el siglo XIX británico.

Primera edición en papel:
Febrero 2016
Título Original: La casa de las flores muertas
©Jane Kelder, 2015
©Editorial Romantic Ediciones, 2015
www.romantic-ediciones.com
Imagen de portada © Oleg Gekman, Татьяна Глазунова, Monalisa Dakshi.
Diseño de portada y maquetación: Olalla Pons
Corrección: Francisca M. Esteva Figuerola
ISBN: 978-84-944875-6-9

A Alberto,
Por tenerme tanta paciencia,
por su constante apoyo
y por creer en mí.

I

Cuando se acercaba despacio hacia la borda, Julia Banister se sentía algo inquieta, pero trataba de disimular su estado con la apariencia tranquila que la caracterizaba. Contemplaba el mar con la mirada ensimismada y se dejaba llevar por el ligero oleaje. Veía y no veía el azul. A su lado, la señora Stringle comentaba algo sobre la somnolencia pero su compañera no le prestaba atención. El mar y la somnolencia suelen ir juntos, aun sin el balanceo de la nave.

De pronto, un grito las sacó a ambas de sus abstracciones y la señora Stringle, de la impresión, se agarró a un brazo de Julia.

—¡Allí, allí! —gritaba la señora Watson, al tiempo que con una mano intentaba señalar a un punto y hacía aspavientos con la otra.

Hacía apenas dos horas que habían zarpado de Gibraltar y era la segunda vez que el mono polizón se dejaba ver. En la primera ocasión, el sombrero de una dama había acabado en aguas españolas, aunque el culpable no había sido el mono, sino el sobresalto que el animal le había ocasionado a aquella dama. Sin demora, un par de hombres se dirigieron hacia el lugar al que había señalado la señora Watson, pero la fierecilla traviesa trepó por un cabo y se deslizó hasta la verga seca de mesana. Se detuvo un momento para estudiar su situación y al cabo de medio minuto descendió y se acercó a la borda. Luego, desapareció por un ojo de buey de la parte de babor de la popa. Los dos hombres, que lo habían seguido con la mirada, se dirigieron rápidamente al interior del barco con intenciones oscuras.

—Un animal así de pequeño, bien adiestrado, sería muy útil para *El Turco* —mencionaba el señor Watson a un oficial.

—¿No irá a creer usted lo que dice ese Freiherr von Racnitz?

—¿Usted no?

—¡Claro que no! Cuando estuve en Francia pude ver en directo el espectáculo del señor Kempelen. Por desgracia, me perdí el momento en que dejaba en ridículo a Napoleón, pero en otra ocasión lo vi en plena partida en directo. ¡Claro que lo vi!, ¡con mis propios ojos! Las puertas de la mesa permanecían abiertas y se podía ver cómo funcionaba el mecanismo del interior. ¡Falacias! No hay un jugador de ajedrez escondido ni trampa posible, es la propia máquina la que maneja las piezas.

—Según decía ese Freiherr von Racnitz en su libro, las puertas están lo justamente abiertas para producir un efecto óptico, pero en realidad hay un enano oculto y, por cierto, muy docto en cuestiones de ajedrez, que maneja los hilos del mecanismo.

—¡Me niego a creérmelo! Yo lo vi y usted no puede negarlo por la opinión de un chismoso.

—Querido —intervino la señora Watson—, el doctor te aconsejó que no discutieras por el bien de tu corazón. Y yo añadiría que por el bien de este oficial, que tiene experiencia en algo que tú solo conoces de oídas.

—Tiene usted una mujer muy sensata, señor Watson —afirmó el oficial y, sin más, entró en el barco a ver qué había ocurrido con el mono.

El señor Watson quedó malhumorado con su mujer y la señora Stringle se vio obligada a intervenir para que el enfado no fuera a mayores.

—Señor Watson, ¿sabe usted si falta mucho para que se aviste la costa de Portugal? —pero la interrupción no sirvió para calmarlo.

—¡Y qué más da si bordeamos España o Portugal! Los portugueses han cerrado sus puertos a Inglaterra y con España hemos firmado la paz. ¡La paz! ¡Y debemos entregarles Menorca! ¡Nuestros ministros están locos! ¡Pitt, Addington! ¡A todos ellos debería haberlos tratado el doctor Willis!

—¡Querido, tu corazón! —se alarmó la señora Watson.

—Mi corazón está muy bien, querida.

—Pero está afectando a tu cabeza. Todavía estás enfadado por la partida de ajedrez que perdiste contra el teniente Lirriper en Georgetown y cada vez que algo te lo recuerda empiezas con tus desvaríos…

—Mi cabeza está muy bien, querida —suspiró el señor Watson—. Por mí, doy por finalizada esta conversación.

Julia se había acercado a la señora Stringle para tratar de consolarla, pues se sentía apenada porque su buena intención no había logrado aplacar el espíritu del caballero. Afortunadamente, hay batallas que se ganan por el aburrimiento y el señor Watson sabía que era mejor ceder ante su esposa en los primeros momentos antes que enfrascarse en una discusión que no llevaría a ninguna parte y terminaría con igual rendición.

La compañía de los Watson le servía a Julia para entretener sus propios pensamientos. De viajar solo con la señora Stringle, seguramente la conversación hubiera versado constantemente sobre su futuro marido. Porque Julia Banister viajaba a Inglaterra para casarse.

La información que Julia poseía sobre su prometido era que había cumplido los 28 años y tenía dos hermanas mayores que ya estaban casadas. Lord Middlegreen, vizconde de Middlegreen, había estudiado Derecho en Oxford y heredaría la lujosa posesión de Cunderley, a hora y media de Londres, además del título de conde de Chandler. Era un honor para Julia que Lord Middlegreen, quien por posición y fortuna podía permitirse la libertad de cualquier elección, hubiese aceptado el compromiso que había adquirido su tío unos años atrás. Eso lo convertía a sus ojos en un hombre de honor, alguien en quien podía confiar.

El tío de Julia, el por entonces teniente Atkins, había arriesgado su vida para socorrer a Lord Chandler durante la tercera batalla de Ushant contra los franceses, en lo que fue conocido como el Glorioso primero de junio. Sin esa ayuda, el conde hubiera muerto y desde ese momento se sintió en deuda con su salvador. Lord Chandler, en agradecimiento, comprometió la mano de su heredero con la sobrina del teniente Atkins, de eso hacía ya ocho años. Poco después el teniente fue ascendido a capitán y, unos años después, fue trasladado a Menorca, cuando acababa de ser recuperada para la Corona.

Julia admiraba a su futuro su marido aun sin conocerlo. Sabía que el suyo no era un matrimonio por amor, pero confiaba en que la predisposición de ambos daría lugar a una confianza y un cariño que nada podría vulnerar. Se trataba de una unión muy beneficiosa y había depositado esperanzas de felicidad en ella. Cuando la prometieron, Julia tenía doce años y, a sus veinte, casi podía decirse que durante toda su vida consciente había estado soñando con su desconocido Lord Middlegreen.

Quien hubiera querido pensar que Julia Banister era una joven ambiciosa que deseaba lujos y reverencias podía hacerlo con libertad, pero hubiera estado seriamente equivocado. Julia era una joven con buen juicio y sabía que las ventajas de un buen matrimonio pueden conllevar una protección ante ciertas amenazas que no posee el estado de pobreza. La muerte de sus padres y su hermano cuando ella solo tenía seis años le habían dejado una profunda huella que se había convertido

11

en sensatez ante las pasiones mundanas. La señora Stringle admiraba esta sensatez, pero, aunque nunca se lo había dicho, sentía cierta pena porque esa característica, casi siempre virtud, le había robado cierto derecho a fantasear durante sus años de juventud.

La señora Stringle se había trasladado a Menorca tres años antes, cuando volvió a manos inglesas. Había viajado con su hijo, arqueólogo, y una nuera enfermiza a la que convenía el clima mediterráneo, pero la dedicación del primero a las ruinas talaióticas y las constantes convalecencias de la segunda, le concedían demasiados momentos de soledad. Ahora su hijo y su nuera se habían trasladado a la India y ella no había querido seguirlos. En cuanto conoció a Julia Banister, una joven sin referentes femeninos porque había viajado con su tío y sin institutriz, decidió adoptarla como su mejor compañía y se propuso apadrinarla en su incursión en la pequeña sociedad británica de Menorca. Durante los tres años que había convivido con ella en la isla mediterránea, nunca la había visto entusiasmarse con ningún joven, ni siquiera sonrojarse. Conocedora ya de su destino con Lord Middlegreen, Julia no se había permitido depositar ninguna ilusión en nadie más. La señora Stringle conocía a Julia más de lo que se conocía ella misma y sabía que, a pesar de mostrar siempre un rostro sereno, ahora que se acercaba el momento de conocer a su futuro marido, las inquietudes revoloteaban en su interior, aunque ella no las dejara salir. Ni siquiera se las admitía a sí misma.

—Quizá deberíamos entrar —comentó la señora Stringle—. Si abusamos del sol, tal vez Lord Middlegreen considere el color de nuestra tez demasiado ordinario.

—Todo el mundo sabe que el mayo de aquí es como el verano inglés. No creo que Lord Middlegreen vaya a juzgarnos por algo que es natural —consideró Julia.

—Presume muchas virtudes a su futuro marido, señorita Banister. He conocido a muchos aristócratas cuya nobleza de espíritu no se corresponde con la de su posición.

—¡Oh! Solo aplico la lógica. Su familia es respetable.

—Ya quedan pocos días para conocerlo —sonrió la señora Stringle—. Sea como sea, es usted afortunada, señorita Banister.

—Soy consciente de ello. El destino ha sido muy generoso conmigo. No merezco tanto.

—Y sabemos que es un hombre de buena posición, culto y educado. En casos así, le resulta fácil a una joven enamorarse de su marido. Le irá bien, ya verá —la animó.

—No soy de las que sueñan con un amor romántico, señora Stringle.

Si consigue mi admiración y respeto, me daré por satisfecha. Significará que es un hombre de confianza y que merece mi cariño –respondió procurando que la voz no sonara inquieta–. Sin embargo, es probable que él siempre haya aspirado a algo mejor que yo. Estará acostumbrado a otras damas más elegantes. No sé hasta qué punto habrá significado un sacrificio aceptar la voluntad de su tío. Si él hubiera querido, podría haberse casado por amor.

–Es usted muy modesta, querida. Los hombres se cansan enseguida de los oropeles y sustituyen unos por otros. Sin embargo, usted posee todas las características que un marido puede desear y, además, es bonita. Un heredero no puede permitirse caprichos a la hora de elegir esposa. Tiene sus obligaciones con respecto al título. Lo que necesita es una mujer discreta, sana y capaz de darle hijos y, a ser posible, que agrade a los suyos. Normalmente también necesita una esposa rica, pero afortunadamente este no es el caso de nuestro caballero.

Julia se sonrojó cuando su compañera mencionó el tema de los hijos. La señora Stringle disimuló que había reparado en su candor y continuó:

–Todas las demás virtudes las posee usted. En cuanto la conozca, le estará muy agradecido a Lord Chandler por su elección. Así que ahuyente sus miedos y afronte el futuro con optimismo.

–No puedo afrontarlo con más optimismo, señora Stringle. Mis miedos siempre han ido por otros derroteros y, esos, ya se han ahuyentado, se lo aseguro.

La señora Watson salió de nuevo a cubierta acompañada esta vez por otras dos damas.

–¡Oh, estos hombres no sirven para nada! Han asustado al mono y ahora el animal es capaz de hacer cualquier cosa.

–¡Parece un poseso! Se mueve de un lado a otro y una nunca sabe si se le va a caer encima del sombrero. ¡Oh, qué bicho más horripilante!

–Con este animal suelto, los días que quedan para llegar a Londres se me van a hacer eternos. No podré conciliar el sueño pensando en que está escondido debajo de mi cama.

–Las camas de los camarotes no permiten escondites –la alivió la señora Stringle.

Pero la mujer continuó:

–¡A quién se le ocurre hacer escala en Gibraltar! ¿No habríamos podido ir directamente de Menorca a Inglaterra?

–¡Me asustaría menos un polizón francés que un mono!

–En fin, señorita Banister –comentó la señora Stringle esta vez más seria que antes–, miedos los hay siempre y de todo tipo, como puede ver. La sensatez y la prudencia ayudan a esquivar muchas amenazas, pero una nunca se está exenta de ellas. A veces hay gente tan racional en su juicio que se olvida de ser razonable.

Julia estaba acostumbrada a que la señora Stringle terminara una conversación con una sentencia que contradecía todo lo que había mantenido anteriormente, o bien, con una ironía o alguna opinión no exenta de sarcasmo, pero en esta ocasión se quedó sorprendida ante sus palabras y no supo qué tenía que ver la racionalidad con las aventuras de un mono salvaje.

—¿Qué ha querido usted decir?

Pero la señora Stringle se había acercado a la señora Watson y dejó la pregunta sin responder.

II

Con la escala en Gibraltar, tardaron casi dos semanas en arribar a costas inglesas tras su partida de Menorca. Antes de atracar en el puerto de Londres el barco tuvo que esperar aún cuatro horas fondeado y parecía que nunca llegaría el momento de pisar tierra firme. Acostumbrada a otras aguas, Julia se había olvidado de las mareas atlánticas, que llegaban hasta este punto del Támesis, pero también de los humos y la neblina de la capital británica. El aire en Mahón era limpio, solo lo enturbiaba a veces demasiado sol. Pero el reflejo de la luminosidad en la nitidez no se parecía para nada a esta densidad opaca. Aprovechando la marea baja, las barcas de buscadores de cadáveres estaban en plena tarea y, aunque Julia casi no las podía distinguir, notaba un sentimiento de repulsión. El señor Watson se acercó a ella:

—No me gusta su gesto, señorita Banister, ¿preocupada por su tío, acaso?

Julia no estaba pensando en su tío precisamente, pero era cierto que en otros momentos se había preguntado si debería tener miedo por su nuevo destino.

—Hasta que no lleguen los españoles a Menorca, no partirá hacia Malta —respondió Julia—. Ahora que hemos firmado la paz con los franceses, espero que mi tío no tenga problemas.

—Ya sabe usted que mi hermano es parlamentario y ni el propio Gobierno confía en la estabilidad de lo firmado en Amiens. Si Malta tiene un interés estratégico para nosotros como escala hacia la India, para los franceses lo tiene de cara a Egipto. Y no creo que Napoleón sea de fiar. Tiene ideas revolucionarias y ambiciones de conquistador.

—Supongo que por eso mi tío insistió tanto en que yo regresara a Inglaterra.

—Bueno —añadió la señora Watson—, usted ya ha cumplido la edad casadera, ¿no querrá hacer esperar aún más a su prometido? Ocho años son muchos —miró a la joven con expresión reprobadora—. Demasiado tiempo de compromiso no es bueno, a veces la ilusión se desvanece con el tiempo.

—Pero Lord Middlegreen también es joven —intervino la señora Stringle—. Un matrimonio temprano tampoco es prudente, creo que la señorita Banister llega en el momento oportuno. Confiemos ahora en que se cierre la fecha y no pasen más de unos meses para la boda.

—Confiemos —sonrió la señora Watson sin decir nada más.

De pronto, Julia se estremeció. Estaban sacando al mono enjaulado de la bodega y por un instante se sintió recorrida por un escalofrío.

Míster Pitt, que era como habían llamado al mono, finalmente había sido agarrado y apresado y, tras una larga discusión sobre su futuro, habían decidido que volvería a Gibraltar en el próximo viaje. El capitán había propuesto que fuera donado al zoológico de Londres, pero un caballero de Bristol, de costumbres un tanto excéntricas, quería quedárselo para sus jardines. Otro hombre, este de Hull, optaba por amaestrarlo y vendérselo a algún feriante y varios oficiales deseaban adoptarlo como mascota del barco. Al final, la sensatez se impuso y en menos de un mes el mono sería devuelto a su origen en el próximo viaje a Gibraltar.

Un minuto después, las damas que anteriormente habían sentido miedo ante el animal, ahora se agolpaban frente a la jaula para darle fruta y dedicarle palabras de cariño.

Las aguas se veían turbias a pesar de la niebla y emitían un olor nauseabundo que obligaban a llevar a mano un pañuelo para acercárselo a la nariz de tanto en tanto.

Por fin, sobre el mediodía, pudieron atracar y, por entonces, el hedor de las aguas ya se había metido en el cuerpo de Julia. Si bien no se había mareado durante la travesía, el trajín de estibadores y mercancías subiendo y bajando le produjo un vahído que la obligó a detenerse y buscar asiento, se acercó a un noray y se sentó. La señora Stringle, que compartía la misma sensación, comentó:

—En cuanto salgamos de aquí, deberíamos buscar un lugar para tomar algún reconstituyente. No creo que sea conveniente subir directamente a la diligencia sin descansar.

—No es nada, enseguida estaré bien. Es solo que…

—Sí, lo sé. Es la ciudad. Afortunadamente, usted vivirá en el campo y yo en la costa —le recordó—. Espero que mi hermana haya educado correctamente a sus hijos. No me imagino convivir con niños correteando y gritando todo el día. Me temo que echaré de menos Menorca, pero espero que no me añadan motivos.

—Seguro que los ha educado bien. Y sabe que, si se agobia, cuando yo esté casada, podrá venir a visitarnos cuantas veces quiera.

—¡Oh, no, eso sí que no! La acompañaré los primeros días en Cunderley antes de proseguir el viaje a Brighton. Pero cuando esté casada, lo último que le apetecerá a su marido es tener a una vieja metida todo el día en casa.

—Señora Stringle, cada vez estoy más convencida de que a veces dice cosas solo para escandalizar. Pero su absurda ocurrencia me ha hecho sonreír y me encuentro mejor.

Unas horas después, las dos mujeres estaban sentadas en la diligencia que las llevaría a Winaton, el pueblo más cercano a Cunderley. Los Watson las habían invitado a quedarse unos días en Londres, pero ellas habían declinado su oferta, ansiosas como estaban de conocer por fin a Lord Middlegreen. Tenían previsto detenerse en Winaton y buscar una posada desde la cual escribir una carta a Lord Chandler para informarle de su llegada. Suponían que, cuando la recibiera, él mandaría a alguien a buscarlas. No sabían si su sobrino estaría en Cunderley ni cuán a menudo visitaba a sus tíos, pero esperaban poder conocerlo pronto. Habían avisado de su viaje poco antes de partir de Menorca, pero no concretaron el día, ya que no podían confirmar si la travesía duraría lo previsto inicialmente. Es cierto que habían sopesado la opción de alquilar un coche y desplazarse por su cuenta, pero la habían descartado para no llegar por sorpresa y, así, darles un poco de tiempo a ultimar los detalles, por lo que les pareció más decoroso aguardar en Winaton.

En el mismo coche viajaba un joven que todo el rato miraba por la ventana con la ilusión de quien se dirige a un destino mejor, una pareja de mediana edad que no tenía nada que decirse y un pastor de una iglesia independiente, según había contado él mismo. La mujer había decidido aprovechar el trayecto para leer y su marido había entablado conversación con el pastor desde el primer momento. La señora Stringle fingía no dormir, pero alguna cabezada la delataba. Julia también miraba el paisaje de tanto en tanto y escuchaba frases sueltas de la conversación de los hombres. El clérigo hablaba con énfasis del mal ejemplo que ofrecía la lotería, que delegaba al azar, y no al esfuerzo, el éxito social de las personas. Su interlocutor trataba de rebatir sus argumentos de tono solemne, pero era más torpe en cuestiones oratorias y dejaba las frases a medias. Sin embargo, le gustaba hablar por hablar y

Julia envidiaba la capacidad de dormir de su compañera.

Por fortuna, el trayecto no fue largo. A la hora y media llegaron a Winaton y las únicas que descendieron fueron ellas dos, así que Julia no vio riesgo de permanecer en la misma compañía durante el rato que esperarían en la posada. Aunque el conductor bajó el equipaje de ambas, necesitaron a un mozo para trasladar todos los bultos hasta *El ojo ciego*, donde buscaron una mesa y pidieron algo de refrigerio. El mozo aceptó convertirse en recadero y las informó de que Cunderley solo estaba a veinte minutos a caballo, así que probablemente no tendrían que esperar más de una hora.

Sin embargo, dos horas después aún estaban sentadas a la misma mesa y especulaban sobre qué podía estar pasando. Hacía ya bastante rato que el joven que había llevado su nota les había informado de que esta había sido entregada y, sin embargo, nadie había acudido aún a buscarlas.

—Tal vez piensen que queremos hospedarnos aquí y no vengan hasta mañana —comentó Julia cada vez más inquieta.

—Si tardan media hora más alquilaremos un coche y le pediremos al joven de antes que nos lleve hasta la misma puerta —amenazó la señora Stringle.

—¡Oh, ni se le ocurra! ¿Qué pensarían? Debemos mostrarnos pacientes y, si no vienen, alquilaremos una habitación y dormiremos aquí. Mañana ya veremos qué pasa.

—No, eso sería una ofensa que no pienso consentir. Saben que estamos aquí y que los estamos esperando. Su deber es venir cuanto antes.

—Tal vez ha surgido algún imprevisto.

—En la última media hora hemos sugerido todos los imprevistos posibles. Sorpréndame, señorita Banister, ¿su imaginación ha ideado alguno nuevo?

—Ninguno de los anteriores ha sido desmentido.

Hacía dos minutos que había entrado en la posada un hombre bien vestido que había preguntado por el dueño y en estos momentos estaba en la barra esperando ser atendido. No se había fijado en las dos forasteras, pero cuando escuchó "señorita Banister", su atención recayó sobre ellas. Las observó un momento sin que las mujeres lo advirtieran y luego se acercó hacia su mesa y les dijo:

—Disculpen, señoras. No ha sido mi intención, pero les he oído mencionar el nombre de la señorita Banister —sus ojos se fijaron en Julia—. ¿Es usted?

La señora Stringle se adelantó a la respuesta de su amiga.

—¿Y usted es…?

—Soy Michael Tash. Y supongo que usted es la señora Stringle.

—Efectivamente, soy la señora Stringle. Y… ¿puedo tener el honor de saber quién es el señor Tash? No hemos venido a comprar nada.

—No soy vendedor, no se asuste —sonrió el caballero—. Soy el secretario de Lord Chandler.

—¡A buenas horas! ¿Y no ha venido Lord Chandler?

Julia se avergonzó del malhumor de su compañera.

—No sabíamos que llegaban hoy. De lo contrario…

—Hace más de dos horas que hemos enviado una nota a Cunderley para informar de nuestra llegada. Nos han dicho que solo hay quince minutos a caballo. ¿Es que no tienen un coche disponible? ¿Ha visto nuestro equipaje? —preguntó mientras señalaba hacia un rincón de la estancia en el que había varios baúles.

—Lo siento, yo llevo más de dos horas fuera de Cunderley. ¿Dice que ha enviado una nota?

—Eso he dicho, ¿debo repetirlo?

—No entiendo qué puede haber pasado. Lord Chandler lleva días hablando de su llegada, aunque no sabía con exactitud cuándo…

—Sí, sí, sí —le interrumpió la señora Stringle—. Espero que haya venido en coche y pueda acompañarnos.

—Lo lamento, he venido a caballo para hacer unas gestiones. Pero partiré inmediatamente hacia Cunderley y en media hora tendrán su coche.

—¡Oh, es lamentable hacer esperar a alguien de mi edad! ¡Y a la señorita Banister! ¡La prometida de Lord Middlegreen!

—Seguro que hay una explicación para ello. Ahora mismo me encamino para solucionar este asunto. Señora Stringle, señorita Banister —saludó.

En cuanto el señor Tash salió por la puerta, Julia se apresuró a interpelar a su compañera.

—¡Señora Stringle! ¿No ha sido usted un poco injusta? Ese hombre solo es un secretario.

—Señorita Banister, por eso mismo, porque ese hombre no es nadie, me he mostrado así. Hay que dejar bien claro desde el primer momento cuál va a ser su sitio aquí. Usted no tiene que actuar como si le estuvieran haciendo un favor. En poco tiempo va a formar parte de la familia y será Lady Julia. Así que espero que le llegue a Lord Chandler la noticia de nuestro cansancio por esta espera.

—¡Pero va a pensar que nos damos humos!

—¡Oh, señorita Banister! No me haga reír cuando estoy enfadada. Nadie puede pensar de usted que se da humos.

Nuevamente fueron interrumpidas, en este caso por un hombre del pueblo.

—Disculpen, ¿dicen que van a La casa de las flores muertas?

—¿La casa de las flores muertas? —preguntó Julia sorprendida.

—Sí, así es como en Winaton llaman a Cunderley. Vayan con cuidado. Dicen que ocurren cosas muy raras en esa casa. Muy raras...

III

El señor Tash dejó el caballo en las cuadras de Cunderley y se dirigió apresuradamente hacia la puerta principal. Avanzó por el pasillo y buscó en la biblioteca, pero Lord Chandler no estaba allí, ni tampoco en su despacho. Preguntó a los criados y le indicaron que se encontraba en el piso superior ocupado en sus asuntos. Tash pidió que prepararan el coche con urgencia y a continuación subió a buscar al conde.

Lo encontró detrás de un telescopio, asomado a la ventana y con un vaso de whisky escocés en una mano.

—Milord, ¿no ha leído la carta? —le preguntó.

—¡Ah, es usted! ¡Me ha asustado! ¡Claro que he leído la carta! Pero, ¿cómo sabe usted que me ha escrito el señor Olbers de Bremen?

—¿El señor Olbers? Creo que no hablamos de la misma carta, milord. La señora Stringle y la señorita Banister le esperan en Winaton. De hecho, hace rato que esperan.

—¿Dice usted la señorita Banister? ¡Oh, Dios Santo! ¡Cuántas buenas noticias el mismo día! —se alegró—. ¿Por qué no han venido con usted?

—Yo fui a caballo, pero ya he ordenado que preparen el coche. Llevan bastante equipaje.

—Sí, las mujeres siempre llevan bastante equipaje. ¿Sabe si Mary Rose sigue indispuesta?

—Salí de Cunderley después del almuerzo y ahora no la he visto abajo. Supongo que Lady Mary Rose estará descansando en su habitación.

—¿Sabe usted que el señor Olbers descubrió hace dos meses un planeta menor? Me temo que el señor Boulton ha perdido su apuesta.

—Milord, debería ir a Winaton a buscar a las damas. Está a punto de anochecer. Estoy convencido de que los planetas menores le esperarán pacientemente.

—¡Oh, sí! La señorita Banister y su acompañante merecen un buen recibimiento. ¿Cree que voy bien así o debo vestirme para la ocasión? ¿Dónde está Parker? Los ayudantes nunca están cuando se los necesita.

—Creo que será suficiente con que se cambie la chaqueta. Yo avisaré a Parker, usted baje a sus aposentos y espérele allí.

Lord Chandler apuró su vaso de whisky mientras Tash retiraba el telescopio y cerraba la ventana. Luego, ambos bajaron, uno con más apuro que otro.

En poco más de cinco minutos, Lord Chandler salió al jardín, donde le esperaba la berlina. Antes de subir, el conde le dijo a su secretario:

—*Pallas*, el nuevo planeta menor se ha llamado *Pallas*. ¡Qué poca imaginación!

Tash no demostró su incomodidad ante la poca delicadeza del conde, al contrario, hizo acopio de paciencia y entró de nuevo para preguntar esta vez por Lady Mary Rose. Su asistenta personal le contó que había tenido otro achaque y estaba en sus aposentos con madame Borem.

—No me atrevo a interrumpirlas, señor. Esas cosas me dan miedo.

Tash asintió en silencio. Parecía ser que la señorita Banister no conocería en el día de hoy a la condesa y ese hecho podría ser considerado como una nueva ofensa si las damas eran susceptibles y, por lo que había visto, al menos de una sí lo podía sospechar.

—Asegúrese de que la habitación de la señorita Banister está en perfectas condiciones y encienda el fuego. Llegará en menos de media hora. Viene acompañada de la señora Stringle, así que haga el favor de preparar otra habitación cerca de la primera.

—Sí, señor Tash.

—No se olvide de poner flores en ambas.

—Sí, señor Tash.

—Luego vaya a la cocina y pregunte qué hay de cenar. Si se les ha ocurrido poner pescado, que vayan cambiando de idea. El que había en el mercado olía mal y estas damas vienen de una de isla mediterránea. Mejor carne.

—Sí, señor Tash.

—Bien. Mande llamar a Amy, deseo hablar con ella. La esperaré en la biblioteca.

—Enseguida, señor Tash.

Veinte minutos después Lord Chandler entraba en *El ojo ciego* y, sin discreción alguna, casi gritó:

—¡Señorita Banister! ¡Julia Banister, sea usted bienvenida! ¿Cómo se encuentra mi viejo amigo el capitán? –preguntó con voz sonora, pero no dio opción a responder–. Espero que aquí se sienta como en su propia casa, puede considerarme un segundo padre, o segundo tío –se rió de su propia ocurrencia–, quiero decir, que espero que no se sienta como una recogida, ya sabe lo que a veces ocurre en estos casos, sino que la querremos como a una hija. ¡Siento tanto aprecio por el capitán Atkins! ¡Y siempre hemos deseado tanto una hija!

–Gracias por su amabilidad, milord –murmuró Julia, que se sintió un tanto atosigada–. Mi tío, que está bien de salud, le manda muchos recuerdos.

La señora Stringle trataba de ser vista, pero el conde no tenía ojos para ella.

–Celebro la buena salud de nuestro capitán, y también tenerla aquí, señorita Banister. Y lamento que mi esposa no se encuentre dispuesta para recibirla, a veces tiene achaques y se ve obligada a guardar reposo.

–¡Oh, espero que no sea grave! –se lamentó Julia y enseguida reparó en que su compañera le hacía guiños no adecuados–. Como le dije, he venido acompañada de la señora Stringle.

–¡Oh, bienvenida sea usted también, señora Stringle!

–Gracias, milord. La verdad es que estamos un poco cansadas. Si pudiéramos…

–¡Claro, claro! La berlina está fuera –respondió el conde dirigiéndose a la salida.

–¡Milord! –lo llamó la señora Stringle–. Nuestro equipaje…

–¡Oh, sí! Ahora entrará James a recogerlo.

Durante el trayecto hasta Cunderley, el conde demostró de igual manera su tendencia a la locuacidad y la falta de consideración hacia el cansancio de sus invitadas. Relató, detalle a detalle, sus vivencias durante la persecución a la que sometieron a los barcos franceses en la tercera batalla de Ushant, en la cual el capitán Atkins había salvado su vida. Allí terminó la aventura de Lord Chandler en la Marina Real, en la cual se había alistado para huir de las desgracias que en aquella época habían acompañado a su matrimonio. Recordó el agradecimiento que mantenía con el tío de Julia y expresó lo satisfecho que se sentía por poder saldar, con la mano de su sobrino, esa deuda vitalicia. Luego empezó a hacer preguntas sobre la nitidez del cielo en Menorca y quiso saber si los ingleses habían montado algún observatorio para poder escrutar las estrellas. La señora Stringle bostezó un par de veces, pero su interlocutor no captó la sutileza. Julia, por el contrario, se mostraba sinceramente atenta y agradecida por el trato que estaba recibiendo. Había temido que Lord Chandler fuera más estirado y altivo con ella, pero notaba familiaridad en sus gestos y en su voz. Tenía ganas de preguntarle si Lord Middlegreen estaba en Cunderley, pero no quiso demostrar su impaciencia.

Avanzaban por zona boscosa y la luz de un sol recién escondido no permitía ver con claridad el paisaje. Atravesaron un puente y luego llegaron a una zona de claros donde a lo lejos se veía una extraordinaria mansión con varias ventanas iluminadas. La sensación de amplitud y majestuosidad enseguida captó la atención de las dos recién llegadas.

Cuando entraron en Cunderley, el señor Tash, el mayordomo y una criada les esperaban de pie a modo de recibimiento.

—¿Mary Rose no ha bajado? —preguntó el conde antes de hacer ninguna presentación.

—Sigue en sus habitaciones —respondió el mayordomo.

—Bien, la dejaremos descansar. Importunarla podría ser peor para su ánimo —A continuación presentó a las recién llegadas—. Mis invitadas, como ya saben, son la señorita Banister y la señora Stringle. Supongo que todo está dispuesto para ellas.

—Sí, perfectamente dispuesto, milord.

—Amy será la asistente de la señorita Banister —anunció Tash.

La muchacha hizo una reverencia y sonrió tímidamente. Julia también sonrió y trató de mirarla con dulzura. Nunca había tenido una criada solo a su disposición y no quería intimidarla. Se sintió abrumada por su nueva condición.

Los lacayos entraron los baúles y la señora Stringle indicó cuáles pertenecían a la señorita Banister y cuáles eran los suyos para que los subieran a sus respectivas indicaciones.

—¿Lord Middlegreen no está en Cunderley? —se atrevió por fin a preguntar la señora Stringle, que no aguantaba más su curiosidad.

—No, mi sobrino está en San Petersburgo. Cuando recibimos la carta del capitán Atkins le escribimos de inmediato. Esperamos que regrese en breve. Supongo que la señorita Banister también estará impaciente...

Julia se sonrojó y bajó la mirada.

—No me gustaría que interrumpiera su viaje por mi causa. No es mi intención molestarlo.

—¡Jajajaja! ¡Qué ocurrencia! Ha venido usted a casarse con él, tarde o temprano lo molestará. Sería usted una extraña esposa si no lo molestara.

Tash cerró los ojos por el inoportuno sentido del humor. La señora Stringle los abrió de par en par y Julia, también perpleja, trató de negar lo que entendió como una acusación:

—No, no. No creo que...

—Querida, era solo una broma —la consoló Lord Chandler—. En fin, supongo que querrán descansar. Cenaremos dentro de una hora. Amy acompañará a la señorita Banister y usted mismo —dijo señalando al mayordomo— puede acompañar a la señora Stringle.

—Gracias —dijo Julia.

La señora Stringle solo abrió un baúl y sacó lo justo que pensaba que usaría las próximas dos semanas. Esperaba que Lord Middlegreen llegara antes de su partida y así poder conocerlo. Cuando terminó de arreglar su ropa, en lugar de descansar, fue directamente hacia las habitaciones de Julia.

Nada más entrar, se dirigió a Amy y le dijo:

—Querida, yo ayudaré a la señorita Banister. Puede dejarnos solas.

La criada salió y Julia miró a su amiga con una sonrisa interminable.

—¡Es todo tan solemne, tan majestuoso! ¡Y Lord Chandler es tan familiar!

—Sí, excesivamente familiar. Me esperaba más recato en un conde. Todavía estoy esperando disculpas por el retraso. ¡Y qué manera de hablar! Lo que no han conseguido quince días de travesía lo ha logrado él en veinte minutos.

—¡Señora Stringle! ¿Cómo puede hablar así de un hombre como él? —Se escandalizó Julia—. Y creo que ha sido una indiscreción haberle preguntado por Lord Middlegreen.

—Si no llego a preguntarle, todavía estaríamos esperando a saber algo de él —argumentó—. Me pregunto qué se le habrá perdido en San Petersburgo. Y también me gustaría saber qué malestar tendrá Lady Mary Rose para no dignarse bajar a recibirla.

—¡Oh, déjese de suspicacias! Si está indispuesta, es mejor que descanse. Ya la conoceremos mañana. ¿Se ha fijado usted en las flores? Y la chimenea está encendida. Creo que Lord Chandler es un hombre maravilloso.

—Sí, todo decoro —ironizó mientras la ayudaba a deshacer el equipaje—. ¿Ha notado su aliento? ¡Oh! No debería haber traído este vestido, la tela se ve vieja y cuando está usted sentada se le nota el remiendo.

—No entiendo qué ha querido decir aquel hombre del pueblo con eso de que aquí ocurren cosas raras, a mí todo esto me parece estupendo y no creo que Lord Chandler me subestime por un remiendo.

—Hasta el señor Tash es más elegante que Lord Chandler. Si no fuera un criado, incluso lo consideraría guapo. Esperemos que Lord Middlegreen no haya salido a su tío.

—Señora Stringle, usted considera ordinario lo que yo veo como virtud. Lord Chandler es un hombre accesible y sin artificio, me ha deslumbrado su amabilidad.

–¡Oh! Veo que la ha alagado que la comparara con el primer lucero del amanecer. Me alegraré por usted si dentro de tres días no echa de menos los silencios ante el mar de Pregonda… ¿No se pregunta por qué, a un lugar como este, le llaman La casa de las flores muertas?

IV

Si la señora Stringle ya andaba reticente por sus primeras impresiones, su humor no cambió cuando vio que, justo antes de que se sirviera la cena, se confirmaba la ausencia de Lady Mary Rose. Y empeoró cuando se percató de que el señor Tash se sentaba a la mesa con ellos. El secretario trató de justificar a Lord Chandler que no era correcto, pero el conde insistió:

—Vamos, Tash, usted siempre ha cenado con la familia, al igual que lo hace madame Borem cuando mi esposa está a la mesa. ¿No pensará que la señorita Banister y la señora Stringle desean que yo cambie mis hábitos por ellas?

—Cuando hay invitados nunca ceno con ustedes —le recordó el señor Tash.

—Si bien la señora Stringle puede considerarse una invitada, la señorita Banister ya es para mí una más de la familia. ¿Verdad que no le molesta, señorita Banister, que el señor Tash nos acompañe?

—Por supuesto que no, milord —confirmó Julia, aunque la expresión de la señora Stringle demostraba que su opinión era muy distinta.

—¿Quién es madame Borem? —preguntó enseguida que tuvo oportunidad.

—¡Oh! Es la acompañante de mi esposa —respondió Lord Chandler—. Desde que la conoció, Mary Rose no puede vivir sin ella. Y para mí ha sido una bendición. Mary Rose ya no pone reparos a que ocupe mi tiempo con el telescopio y mis mapas celestes. Incluso me dejó ir a Londres cuando el señor Topham expuso su meteorito en Picadilly.

—¿Un meteorito? —se interesó Julia, cosa que alegró a Lord Chandler.

—Sí, una piedra caída del cielo. La mayoría aún piensa que son piedras que la propia tierra expulsa hacia arriba y luego caen, pero yo estoy convencido de que Brandes y Benzenberg llevan razón y en realidad provienen de otros planetas —se congratuló de sentirse irreverente—. La piedra de Picadilly pesaba 56 libras y dejó un cráter de una yarda cuando cayó en los terrenos del señor Topham. Poder apreciarla fue una de mis mejores experiencias. Materia extraterrestre, sí señor.

—¿Es joven madame Borem? —preguntó la señora Stringle, que no quería cambiar de conversación.

—Tendrá más o menos la edad de Mary Rose, así que, como comprenderá, es una pregunta que nunca me he atrevido a formularle —respondió el conde—. Llegó aquí hace casi cinco años. Según contó, tenía un título en Francia y huía de los revolucionarios, pero el señor Tash tiene sus suspicacias al respecto.

—No tengo pruebas de su veracidad ni tampoco de lo contrario. Mis opiniones no deben ser consideradas en este tema— respondió el aludido.

—Verá, señora Stringle. Mi matrimonio no siempre ha gozado de buena fortuna. Deseábamos ser padres. Yo quería un heredero, pero el Señor no opinaba lo mismo. Mary Rose quedó en estado de buena esperanza en tres ocasiones y en tres ocasiones dio luz a una niña. La primera murió a la semana, se negaba a comer. Un año y medio después vino la segunda, durante una madrugada, y su vida ya se había acabado al anochecer. Hubo un tercer intento, pero solo hacía media hora que había nacido cuando… —la tristeza se instaló en los ojos de Lord Chandler por un momento. Alargó una mano hacia el vaso, apuró el vino y se sirvió más.

—Lo siento mucho —se apenó Julia y fue incapaz de llevarse a la boca el trozo de codorniz que acababa de enganchar con su tenedor.

—Madame Borem fue la única persona capaz de aliviar el dolor de mi esposa. Ya no queríamos volver a intentarlo, abandonamos los médicos y Mary Rose se encerró en sí misma. No hablaba y nos costaba hacerla comer. Afortunadamente entonces apareció madame Borem, fue obra de la providencia. Madame Borem… bueno, ella dice que habla con espíritus —hizo una pausa en la que aprovechó para tomar otro sorbo de vino—. Yo no creo mucho en esas cosas, pero mi esposa está convencida de que se comunica con las niñas y yo celebro que eso la consuele.

Lord Chandler miró a Tash como si esperase que este continuara con la explicación, pero el secretario se mantuvo callado. Entonces, el conde prosiguió:

—Entenderá usted por qué me alegro tanto de tenerla aquí, señorita Banister. Sé que sus padres murieron cuando usted era una niña, pero ahora puede sentirse como parte de esta casa, yo la considero ya como una hija.

—¡Oh, no! —exclamó la señora Stringle—. Esperemos que Julia goce de buena salud durante mucho tiempo.

—La señorita Banister muestra muy buen color, no creo que haya por qué preocuparse —argumentó el conde con una sonrisa.

Julia se sentía apurada. La señora Stringle era docta en dosificar su impertinencia cuando así lo deseaba y este era uno de esos momentos. Afortunadamente Lord Chandler no compartía su susceptibilidad y no había perdido un ápice de su buen humor. El señor Tash hablaba poco, pero parecía un buen observador y eso la inquietaba. Antes de que la cosa fuera a peores, trató de encauzar la conversación y preguntó si caían meteoritos muy a menudo. Lord Chandler picó el anzuelo y se adentró en su tema favorito. Julia vio que el señor Tash agradecía su intervención, pero también que la señora Stringle se sentía contrariada.

Después de cenar, pasaron al salón, donde los dos hombres se encendieron un cigarro y Lord Chandler además se sirvió un vaso de whisky. Enseguida la señora Stringle comentó que ellas deberían retirarse, que venían de un viaje agotador y que mañana sería otro día.

Cuando las mujeres abandonaron la estancia, Tash se atrevió a aconsejar al conde:

—Debería llevar a la señorita Banister al sastre. Le convendrá tener vestidos nuevos, seguro que la señora Stringle está conforme.

—¡Oh! Si usted lo considera, así lo haré. Aunque mañana pensaba levantarme tarde. Cuando me acabe el cigarro subiré a la terraza para buscar *Pallas*. Podría acompañarlas usted, si me hace el favor.

—Como usted quiera.

—¿Qué le ha parecido la muchacha?

—Creo que se siente agradecida con usted. Es modesta y está bien educada. Sus modales son correctos, pero no amanerados. Y es mucho más prudente y decorosa que su compañera. Creo que será una buena esposa para su sobrino.

—La señora Stringle se irá dentro de dos semanas —afirmó sin darle mayor importancia—. Me pregunto cuándo llegará Middlegreen y por qué no hemos tenido noticias suyas todavía. Espero que le guste su prometida. Y espero que el Cielo los bendiga con un varón. La muchacha parece sana y yo deseo intensamente que Cunderley siga vinculado a mi apellido. El capitán Atkins no me ha dado gato por liebre.

Tash no sonrió tal como esperaba su interlocutor.

—Usted que conoce mejor que yo a Middlegreen, dígame, ¿cree que será de su gusto?

—No creo que la señorita Banister pueda desagradar a nadie, milord.

—Eso ya lo puedo decir yo mismo. No, lo que le pregunto es otra cosa. Cuando estudiaban en Oxford, ¿qué tipo de muchachas llamaban su atención?

—Bueno, en general no le hacía ascos al género femenino. Pero nunca lo vi enamorado... no podría decirle.

—Mi sobrino ya me ha demostrado que no le importa que la joven no sea rica. Es de buena familia por parte de madre, eso sí. Luego las cosas se le torcieron, pero usted ya conoce la historia —hizo una pausa—. Efectivamente, parece educada. El capitán Atkins ha cuidado de la joven desde que ella tenía seis años y le pagó un internado primero y luego una institutriz. Eso debe notarse.

—Pero la suerte de la muchacha ha cambiado de nuevo gracias a usted —observó Tash.

—A veces las personas merecen que cambie su suerte.

—La suerte escoge su camino sin considerar los méritos.

Lord Chandler supo que Tash se refería a sí mismo y a su historia familiar, así que apagó el cigarro, cogió el vaso de whisky y la botella y se despidió para subir a observar el firmamento.

Tash quedó solo en el salón. Permaneció allí cinco minutos y luego encendió otra vela y se dirigió con ella a la biblioteca. Cogió un libro que ya había escogido anteriormente y regresó. Estuvo sentando e intentando leer durante un rato, pero no lograba concentrarse. Pensaba en Middlegreen.

Normalmente Middlegreen visitaba a sus tíos en primavera y en esta ocasión había demorado el viaje hasta el verano. La última carta la habían recibido a principios de abril y venía procedente de Londres. Desconfiando de las intenciones de Napoleón, varios diplomáticos británicos iban a viajar a Rusia para asegurarse la alianza del nuevo zar Alejandro I y Middlegreen había sido invitado por uno de ellos para que los acompañara. Cuando, a principios de mayo, Lord Chandler recibió noticias del capitán Atkins y supo que la señorita Banister ya estaba en camino, a su vez escribió a su sobrino y le pidió que se dirigiera a Cunderley en cuanto le fuera posible. Todavía no habían recibido respuesta, pero esperaban que esta no se demorara.

En unas horas, Tash se había convencido de que la señorita Banister sería una esposa adecuada para su amigo. Cuando se casaran, no vivirían en Cunderley, sino en Londres. Si la señorita Banister destacaba entre la sociedad de la capital, sería por su modestia y no por aires de superioridad. Middlegreen era un hombre afortunado.

La entrada apresurada de una criada interrumpió sus cavilaciones. Estaba alterada y con voz nerviosa le dijo:

—Señor Tash, por favor, suba. Madame Borem dice que Lady Mary Rose quiere saltar por el balcón.

Tash se levantó de inmediato y la siguió. Esperaba que ni la señorita Banister ni la señora Stringle escucharan el altercado que se podía haber montado. Cuando llegó a la habitación de Lady Mary Rose, se alivió al ver que la condesa estaba más aturdida que alterada y madame Borem la retenía sentada en su cama. No había escándalo, la condesa no se zafaba de su cuidadora ni trataba de escapar violentamente hacia el balcón, pero sabía que no podían dejarla sola. Si uno se confiaba, ella se levantaba lánguidamente y se dirigía a la ventana del balcón.

—Es Violet —musitó la condesa—. Violet me llama. ¿Qué tienes, mi niña?

Tash miró severamente a madame Borem y le preguntó:

—¿La ha hipnotizado otra vez?

Mientras la interpelada negaba con la cabeza, Tash vio la ouija sobre la mesa y dedicó una mirada de reproche a madame Borem:

—Ella insistió —se justificó con su acento francés—. Ya sabe cómo se pone cuando se empeña en algo.

—Pues ahora se ha empeñado en saltar por el balcón, ¿también la dejamos? —respondió Tash.

—He pedido a Sally que suba el tónico de pasiflora. Lo hice yo misma con una receta de Paracelso.

—¿Ha gritado?

—No. Solo murmura, no quiere asustarla.

—¿Asustar a quién? ¿Al fantasma de un bebé? —preguntó con sarcasmo Tash—. ¡Por el amor de Dios, deje ya de meterle esas cosas en la cabeza!

—Lord Chandler aprueba mis métodos, señor Tash.

—Porque lo liberan de atender a su esposa, pero usted está alargando el tormento de esta mujer en lugar de aplacarlo.

—¡Oh, siempre se empeña en juzgarme!

La criada regresó con el brebaje que le habían pedido y se lo dio a madame Borem para que ayudara a Lady Mary Rose a tomárselo. Luego la acostó y le cantó un romance francés de tonalidad monótona. Antes de salir, Tash la miró con gesto amenazante y la advirtió:

—Duerma en su habitación, no la deje sola en toda la noche. No quiero que monte ningún escándalo. La prometida de Lord Middlegreen está aquí y le juro que yo mismo tomaré represalias si Lady Mary Rose la asusta con alguna de sus tonterías.

V

Julia se despertó pronto y se vistió sola, ya que no estaba acostumbrada a tener criada propia. Bajó sin ser consciente de la hora y le extrañó no encontrar ni a Lord Chandler ni a la señora Stringle en el comedor. El ama de llaves la oyó y se acercó a la estancia en la que se encontraba. Le ofreció subirle el desayuno a la habitación, pero Julia se negó. Prefería esperar a los demás.

—Lord Chandler no es muy madrugador —le advirtió la señora Hunter—. Pero el señor Tash está desayunando en las cocinas. Lo avisaré.

—¡Oh, no, por favor! No lo moleste. Pasearé un poco antes de desayunar. Ayer no pude ver los jardines —decidió Julia—. Si la señora Stringle se despierta, dígale que volveré en breve.

Amanecía cuando Julia salió. La casa estaba rodeada de jardines, había un laberinto neoclásico de setos altos y a lo lejos se vía un lago al que seguía un bosque. Le tentó seguir el camino que se dirigía hacia allí, pero no le pareció bien alejarse demasiado por si la buscaban. Ya tendría tiempo. Se fijó en las flores y vio que estaban bien cuidadas. No había flores muertas, pero tal vez no siempre había sido así. Caminó hacia los jardines con la esperanza de distinguir las cuadras. Estaba enamorada de los caballos. Sobre todo de los menorquines, negros y de crin aún más negra. Julia era una joven que respetaba el decoro, pero en su intimidad debía reconocerse dos pecados que no conocían ni su tío ni la señora Stringle. Ambos los había cometido en Menorca. Y no se arrepentía. Uno de ellos consistía en montar a horcajadas. Cierto que, cuando abandonaba Georgetown, lo hacía montando de lado. Pero en cuanto se internaba en la naturaleza mediterránea, cambiaba de postura. Las mujeres isleñas también montaban así. Su otro desliz solo lo había cometido el último verano. Conocía varias playas a las que iban mujeres locales con varias carabinas que vigilaban que no se acercara ningún hombre y allí se bañaban en ropa interior. Alguna vez se juntó con ellas. Julia se giró para mirar hacia el lago embaucada por el recuerdo. Soñó, pero supo enseguida que no podría permitírselo. Como siguió avanzando con la cabeza virada, no vio a un conejo que salía de un matojo y la impresión la hizo tropezar. No fue una caída dolorosa, excepto en el codo, que se golpeó contra un objeto de excesiva dureza para hallarse entre plantas. Tardó uno segundos en reaccionar, pero se sintió espeluznada cuando se dio cuenta de que se había golpeado contra una tumba. Se le escapó un grito que no pudo controlar. Al lado de la lápida había otras dos. Eran sencillas. En un epitafio aparecía el nombre de Rose, en el otro, Violet y en el tercero, Hyacinth.

—*Las flores muertas* –pronunció una voz tras ella que la hizo estremecer.

Julia se giró atemorizada y no se sintió más tranquila cuando vio la mirada azulada que se clavaba en ella.

—No se asuste, muchacha, los muertos no deben asustarla –comentó la mujer como en una advertencia–. Son ellos los que sufren.

Julia no reaccionó y esperó a que ella dijera algo más. La mujer no disimuló el descaro al mirarla de arriba abajo.

—Usted debe ser la señorita Banister. Todo el servicio habla de usted.

—Sí, soy Julia Banister... –confirmó esperando una presentación por parte de la otra.

—La futura condesa Lady Julia.

—¡Oh, no! Solo vizcondesa, esperemos que Lord Chandler viva muchos años y su sobrino tarde en heredar.

—¡Oh, vamos! ¿Quién prefiere ser vizcondesa pudiendo ser condesa? ¿O finge su papel de modosita?

Julia se repuso ante esta ofensa y contestó severamente:

—No sé quién es usted ni con qué argumentos me juzga, pero está equivocada.

—Soy madame Borem, querida. Y tengo lo que algunos llaman un don, pero a veces es muy incómodo ¿sabe? Puedo ver cosas que los otros no ven. Y oír palabras que los demás no escuchan.

Sin pedir permiso, la mujer cogió la mano de Julia.

—Puedo leer el futuro de cualquier persona...

—Conozco mi futuro hace muchos años –dijo Julia apartando la mano con violencia.

—Madame Borem, ¿no debería estar con Lady Mary Rose? —preguntó a modo de orden el señor Tash, que había acudido tras el grito de la joven.

Julia se sobresaltó de nuevo, pues no lo había oído llegar. Al parecer, madame Borem tampoco porque su gesto cambió de inmediato cuando se percató de su presencia.

—¡La sombra! —exclamó madame Borem y le mantuvo la mirada durante unos segundos. Pero él continuó con su expresión de censura y, sabiéndose vencida, se dirigió de nuevo a Julia—. Encantada de conocerla, señorita Banister. Ha sido un placer.

Julia no respondió. Tash se acercó a ella y le preguntó si se encontraba bien. Ella le contó que había tropezado y, cuando miró las tumbas, él le explicó lo que ya había entendido:

—Son las hijas de Lord Chandler y Lady Mary Rose.

—¡Pobrecillas! —se limitó a exclamar Julia.

—Debería haberme esperado en el comedor. La señora Hunter me ha dicho que ya estaba levantada —le comentó sin reproche mientras emprendían el regreso.

—No quería interrumpir su desayuno —se justificó ella—. Y... me gusta pasear.

—Lord Chandler me ha pedido que las acompañe al sastre. Al parecer quiere hacerle algún regalo.

—Lord Chandler es muy generoso. Pero no es necesario...

—Yo creo que es mejor que no lo contradiga. Podría desilusionarlo.

—¡Oh! No, no se lo merece —convino—. Dígame, esa mujer... madame Borem, ¿es...

—No, no es una bruja, si es lo que quiere preguntarme. Se aprovecha del dolor ajeno. Lady Mary Rose la considera necesaria y Lord Chandler, conveniente. Pero no debe sentirse asustada por ella. Es inofensiva... excepto en la palabra.

—Es extraña.

—Es oportunista.

—Ayer dijo Lord Chandler que usted no cree que pertenezca a la aristocracia francesa —recordó Julia.

—Ni siquiera es francesa. Fíjese en sus *erres*, a veces se olvida de que finge un papel y las pronuncia bien. Lord Middlegreen y yo al principio nos reíamos de sus despistes.

—¿Lord Middlegreen lo sabe?

Tash recordó que la señorita Banister sentía curiosidad por su prometido.

—Sí, descuide, a él no ha logrado engañarlo. La tolera porque, antes de que apareciera, Lord Chandler vivía más angustiado, siempre pendiente de los ataques de histeria de la condesa. Lord Middlegreen opina que Lady Mary Rose debería estar en Bedlam.

—¿Qué quiere decir? ¿Lady Mary Rose es una lunática?

—No ha superado la muerte de sus hijas. Al principio pensaba que estaba maldita y tenía alucinaciones. Creía que un demonio la perseguía y una vez incluso estuvo a punto de provocar un incendio ahuyentando a un ser imaginario. Afortunadamente la señora Hunter lo detuvo a tiempo. Desde que apareció madame Borem ha cambiado sus desvaríos. Ahora cree que puede ponerse en contacto con las niñas. Dice que las ve crecer, describe sus vestidos…

—¡Oh, pobre Lady Mary Rose! Y… ¡pobre Lord Chandler! —Julia se sentía realmente afectada por lo que estaba escuchando. Sin ser consciente de su falta de discreción, preguntó: —¿Lord Middlegreen también piensa que…

—No, no se preocupe. Lord Middlegreen no es aficionado a las fantasías. Es un hombre que tiene los pies en el suelo —sonrió—. Cualquier cosa que pueda oírme decir sobre él, será en su favor.

Julia se sonrojó. No debería haber mostrado su interés y le molestó que el señor Tash lo hubiera comprendido tan bien. Trató de enmendarse y le preguntó por los caballos de Cunderley. De inmediato, la señora Stringle asomó por la puerta y la llamó.

—Julia, querida. Tengo hambre. La estoy esperando.

Después del desayuno partieron con el señor Tash hacia Winaton. Por el camino vieron que el paisaje no decepcionaba bajo la luz del sol y Julia se fijó en que el lago se adentraba en zona boscosa. No distinguió su final. El señor Tash conducía, así que la señora Stringle pudo contarle a Julia que había conocido a madame Borem, que era una mujer horrible y estirada y que esperaba que Lady Mary Rose tuviera muchas indisposiciones para no coincidir demasiado con ella. Julia, por el contrario, no especificó tanto y se limitó a decir que se habían conocido. Luego le confesó que había visto las tres tumbas y por qué Cunderley era conocida como La casa de las flores muertas. La señora Stringle, que era aficionada a las novelas góticas, lamentó que el motivo fuera tan poco original y expresó que había estado imaginando que la casa tenía fantasmas o algo aún más escabroso. Julia calló, pues eso era precisamente lo que le habían contado y no quería estimular la imaginación de la señora Stringle.

Durante la visita al sastre para que tomaran las medidas a la joven, el señor Tash las dejó solas. Al salir, Julia hubiera preferido conocer el pueblo, pero su compañera no estaba por la labor. Regresaron antes del mediodía y Lord Chandler ya se había despertado y se encontraba en el salón.

—Señorita Banister, hemos recibido carta de Middlegreen. En menos de dos semanas lo tendremos aquí —les dijo a modo de recibimiento.

Esto alegró a las dos mujeres.

—Lo que no he entendido ha sido la carta de la señora Stringle. ¿Por qué quería que fuera a buscarlas a Winaton si Tash ha ido con ustedes?

Tash comentó que debía tratarse de la carta del día anterior, así que la ofensa sufrida quedaba explicada. A pesar de ello, la señora Stringle no pareció sentirse del todo consolada.

—¡Ah, Tash! También hay una carta de mi sobrino que va dirigida a usted —indicó Lord Chandler—. Está en la mesa de mi despacho.

Tash se despidió y se dirigió al lugar indicado.

—¡Oh, qué confianzas tiene Lord Middlegreen con un secretario! —exclamó la señora Stringle que se había quedado con ganas de decir algo.

—Middlegreen y Tash estudiaron juntos en Oxford. Son amigos desde hace mucho tiempo. De hecho, Tash trabaja para mí gracias a Middlegreen —explicó Lord Chandler.

—¿Un criado estudió en Oxford? —sintió curiosidad la dama.

—El señor Tash es hijo de un profesor de Oxford. Su padre tenía dinero y… bueno, las cosas se torcieron y se arruinó. En fin, a él no le gusta que cuente su historia. Es muy reservado, ¿saben?

Por su lado, Tash quedó petrificado cuando leyó la carta destinada a su persona. Middlegreen le pedía consejo y confidencialidad, pero Tash solo podía garantizar lo segundo. No daba crédito a lo que leía y tuvo que empezar la carta varias veces. Notó sentimientos encontrados y le apresó una inquietud que no era natural en él. Estaba acostumbrado a resolver los problemas de los Chandler, pero había asuntos frente a los cuales nada podía hacer.

En menos de dos semanas Middlegreen estaría allí y podría explayarse en las explicaciones necesarias, pero ya no había ningún modo de reparar lo irreparable.

Tash se movió de un lado a otro del escritorio, se alejó de la carta y luego la retomó. Por más que insistiera, las palabras contaban lo mismo una y otra vez.

Estaba enfadado, desconcertado, apenado, contrariado…

Apretó la carta en un puño y cerró los ojos para retener la exasperación.

VI

—¿Nuestra hija? ¡Oh, qué bueno ha sido conmigo, milord! ¡Me ha traído una hija! Querida, acérquese —solicitó la condesa a Julia—. Se van a poner tan contentas las niñas de tener una hermana... Usted las cuidará, ¿verdad? Será buena con ellas.

Julia estaba impresionada y conmovida. Lady Mary Rose le provocaba una inmensa pena, pero también le asustaba el modo en que la miraba.

Lady Mary Rose se acercó a Julia y acarició su cabello, sus hombros, su rostro.

—Tiene usted un cutis tan fino…

—Lord Middlegreen es un hombre afortunado —dijo la señora Stringle al tiempo que apartaba a Julia de la condesa como si estuviera celosa.

—No, querido —Lady Mary Rose dijo a su marido—. No debemos permitir que Middlegreen se la lleve.

—Seguro que, cuando estén casados, Middlegreen y Julia pasarán largas temporadas en Cunderley. Y de momento la joven es toda nuestra.

—Pero podríamos quedárnosla para siempre.

Julia no se sentía cómoda en esta situación y la señora Stringle volvió a intervenir:

—Milady, la señorita Banister ha hecho un largo viaje para casarse con su sobrino. Ahora no iremos a cambiar de planes… No querrá desilusionar a dos jóvenes…

—Tengo que presentarle a madame Borem —apuntó con resolución Lady Mary Rose—. Ella la conducirá hasta sus hermanas.

39

La condesa agarró a Julia por un brazo y se disponía a salir de la estancia cuando intervino su marido. Entre Lord Chandler, la señora Stringle y la ayuda de la señora Hunter, que había llegado corriendo con el frasco de láudano, consiguieron que Lady Mary Rose desistiera en su acoso a la señorita Banister y saliera de la estancia sola y sin más escenas inoportunas. Encontraron a madame Borem y la dejaron a su cargo. Julia se relajó, pero la experiencia la había dejado muy apenada. Lord Chandler intentó consolarla:

—Fue muy duro, pero ahora está más tranquila. Procuraremos que sus altibajos no la importunen, señorita Banister. Ya se acostumbrará, es inofensiva.

La señora Stringle había quedado preocupada por su amiga. Deseaba que Lord Middlegreen apareciera ya, cerrara su compromiso y se casara para llevarse a Julia lejos de los condes. Esperaba que el sobrino no se pareciera a sus familiares. La señorita Banister no merecía un marido ordinario ni tampoco uno que fuera víctima de alucinaciones y delirios.

Cuando Lord Chandler informó de lo ocurrido a Tash, a este se le ocurrió la idea de organizar una cena e invitar a los Wakefield, que tenían dos hijas casaderas y podrían congeniar con la señorita Banister. Si tenía amigas, tal vez la joven llevara mejor la espera de su enlace. Lord Chandler accedió y decidieron preparar las invitaciones para enviarlas ese mismo día y celebrar la cena la noche siguiente.

Pero la primera persona externa que conocieron las huéspedes fue el doctor Lewes, a quien había ido a buscar Tash mientras las mujeres estaban en el sastre. Después de examinar a Lady Mary Rose, entró en el salón y se realizaron las pertinentes presentaciones. La señora Stringle se arregló el cabello disimuladamente.

—Ya conoce mi opinión, milord, es lo mismo de siempre. Debería tomar menos brebajes que la adormecieran y afrontar la pérdida de una vez… Pero su salud está bien, es solo la cabeza.

—¿Recomienda que la envíe una temporada a Bath?

—Eso no la curará. Pero la aliviará y, como supongo que es su intención, también a usted y a sus invitadas.

Efectivamente, el rostro de la señora Stringle pareció alegrarse con esa idea. Julia no lo demostró, pero también sintió cierto desahogo.

—No lo considero conveniente, en breve llegará Lord Middlegreen —intervino Tash.

La señora Stringle contempló al secretario con severidad.

—Bueno, en ese caso, podemos enviar ahora a mi esposa con madame Borem y, cuando llegue Middlegreen, reunirnos todos con ella en Bath —especuló Lord Chandler, pero enseguida recapacitó—. Claro que, si tenemos que organizar una boda, tal vez el asunto nos retenga aquí.

Con esto se zanjó el tema de Bath y el doctor, después de media hora de conversación sobre las alergias de primavera, se marchó.

Después de tomar un tentempié, Julia subió a su habitación a descansar. La señora Stringle se había quedado dormida en una butaca y nadie osó despertarla. Lord Chandler se encerró en su despacho para estudiar sus mapas celestes y la condesa y madame Borem siguieron en sus estancias sin que se oyeran ruidos extraños.

Julia buscó un libro de Hannah More y lo abrió por la página en la que lo había dejado la última vez. De pronto, se sintió sobrecogida. Su mirada se fijó en las flores del jarrón que estaba sobre el aparador. El día anterior le habían parecido recién cogidas y ahora aparecían secas y arrugadas. Flores muertas en menos de 24 horas. La sugestión la envolvió. Sintió como si efectivamente hubiera una maldición sobre Cunderley y ahora llegara hasta ella. Julia no era supersticiosa y se había permitido incluso frivolizar sobre las novelas góticas de la señora Stringle, pero en este momento sentía cierta aprensión. Dejó la lectura y salió de su habitación. Buscó a Amy y le pidió que cambiara las flores. Cuando entró en el salón, sin pretenderlo despertó a la señora Stringle.

—¡Oh! ¿Y los demás? —preguntó sin ser consciente de que había estado durmiendo.

—Se han retirado —respondió Julia—. Yo… iba a dar un paseo, ahora que aún hay luz. Hay un lago hacia el este.

—La acompañaré —se apresuró a decir la señora Stringle, temerosa de que madame Borem o Lady Mary Rose molestaran a la señorita Banister—. A ver si cojo alguna alergia y el doctor Lewes se ocupa de mí —le guiñó un ojo.

Julia se asombró de su descaro, pero el comentario le sirvió para que se sintiera algo más distendida y sonrió.

—Haremos lo que podamos —asintió.

Julia estuvo tentada de contarle el incidente de las flores, pero decidió no exaltar la imaginación de la señora Stringle. Sin embargo, la señora Stringle sí se atrevió a preguntarle qué le había parecido Lady Mary Rose. Julia expresó su pena ante tanto dolor.

—Creo que cualquiera se volvería loco si se le murieran tres hijas. Después de la muerte de mi hermano y de mi madre, mi padre salió a pescar y la barca nunca regresó —suspiró—. Siempre he sabido que no fue un accidente. Mi padre no lo soportó.

—¡Oh, pero las *flores* nacieron casi muertas! No tuvo tiempo ni de encariñarse con ellas. No hay campesino que no tenga al menos un hijo muerto y no se haya recuperado. Mi nuera morirá pronto, eso es algo que he sabido desde que la conocí. Y mi hijo cumplirá el duelo y volverá a casarse. Las cosas se superan.

—Señora Stringle, no sé cómo puede banalizar con algo así.

Caminaban despacio y disfrutaban de una tarde que era agradable, aunque la conversación había vuelto a inquietar a Julia.

—Recuerdo que durante la travesía usted me comentó que el matrimonio con un conde…

—Vizconde —rectificó Julia.

—Bueno, un día será conde. Lo que quiero decir es que usted pensaba que con un buen matrimonio estaría protegida de las enfermedades y ahora ve que la seguridad no es posible. La desgracia alcanza a cualquiera. La suerte no puede elegirse.

—Cierto. Hay accidentes que no pueden evitarse. Pero la pobreza expone en mayor medida a la enfermedad. Cuando la viruela contagió a mi hermano, también afectó a otros niños y los hijos del barón sobrevivieron.

—También es importante ser de constitución fuerte. Esperemos que el mal de las *flores* venga por parte de Lady Mary Rose y no afecte a su sobrino.

—Y también depende de los designios de Dios —reconoció Julia.

—Querida, ya sé que quería llegar hasta el lago, pero estoy cansada, ¿le importaría que regresáramos?

—No se preocupe, todavía no sé cuándo me casaré, así que me quedan días para bordear el lago —respondió Julia a la vez que agarraba del brazo a su compañera.

Cuando regresaron, alguien las observaba desde una ventana del segundo piso, pero ellas no lo advirtieron. Entraron y la señora Hunter les dijo que en menos de una hora cenarían, así que ambas subieron a cambiarse. Antes de que Julia pudiera entrar en su habitación, un brazo la agarró. Era Lady Mary Rose.

—Querida, ¿le gustaría hacerme un favor?

Julia asintió, aunque no sin cierto temor.

—Por favor, acompáñeme —le indicó.

Julia siguió a la condesa y entraron en una estancia con las cortinas corridas e iluminada solo con una vela. Había una pequeña mesa redonda con un mantel sobre el cual había fichas con letras y números y un cuenco en medio. En una silla estaba sentada madame Borem.

—Quiero presentarle a las niñas —dijo la condesa.

—No sé si será oportuno, milady— respondió Julia tratando de no demostrar su miedo.

—No la entretendré, solo será un momento. No irá usted a negarme algo tan pequeño...

Julia no se atrevió a contravenirla. A pesar de lo mucho que la incomodaba, la compasión que sentía por esa mujer era superior a cualquier sentimiento.

Madame Borem sonrió.

—Haga el favor de sentarse —indicó a la joven.

Ella hizo caso, pero sus ojos estaban muy abiertos. Lady Mary Rose le pidió que los cerrara. Luego, tomó una de sus manos y le indicó que alargara la otra hasta madame Borem. Julia dudó. Lady Mary Rose insistió y ella se dejó llevar. Pero en su interior estaba deseando que la soltara y salir de allí cuanto antes.

Madame Borem comenzó a hablar en francés. Julia conocía el idioma, pero había palabras que ignoraba. O debían tratarse de cultismos, o de expresiones coloquiales. Por lo que Julia entendió, madame Borem pedía a unas niñas que dejaran las muñecas y que acudieran a ver a su madre. Julia se estremeció. Luego hablaba como si efectivamente en la habitación hubiera unas niñas y, cuando les dijo que había encontrado una nueva muñeca para jugar y que se acercaran a ella, Julia se levantó sobresaltada, se zafó de las manos que la agarraban y salió apresuradamente de la estancia.

Corrió hacia su habitación y entró aún sofocada. Cerró la puerta y se quedó tras ella, como si quisiera impedir que alguien la abriera. De pronto levantó la cabeza y vio que Amy aún no había cambiado las flores. Se precipitó hacia la campanilla y la llamó. En menos de dos minutos la doncella estaba allí.

—Amy, por favor, las flores —le recordó.

Amy miró hacia el aparador sorprendida.

—¡Oh, no puedo entenderlo! Señorita Banister, ¡le juro que las he cambiado hace una hora!

VII

Julia llamó a la puerta del despacho del señor Tash. Él abrió sorprendido, pero el gesto de preocupación que notó en ella lo empujó a invitarla a entrar. Ella lo miró agradecida, cerró la puerta y luego se detuvo sopesando sus dudas, como si no supiera cómo empezar a explicarse. Avanzó unos metros, pero no encontraba un lugar en el que sentirse cómoda. Él trató de ayudarla acercándole una silla y luego rompió el silencio:

—Le ocurre algo —afirmó.

—No lo sé —respondió ella con voz dubitativa mientras tomaba asiento—. Tal vez solo sea yo. No sé…

—¿Puedo ayudarla?

—Usted dijo esta mañana que madame Borem es inofensiva…

—Es posible que lo dijera.

Julia lo contempló esperando algo más, pero él se limitó a mirarla también.

—¿Opina lo mismo de Lady Mary Rose? —se atrevió a preguntar directamente.

Tash suspiró y esperó un instante antes de responder. Había notado que ella estaba inquieta y quería sopesar las palabras con las que iba a responderle.

—Procuramos tener controlada a Lady Mary Rose, señorita Banister —hizo una pausa—. En otros momentos ha causado problemas que podrían haber sido graves, pero no creo que vaya a atacar a nadie. ¿Tanto la ha asustado lo de esta tarde?

Julia se sintió azorada. El señor Tash no la entendía y debía pensar que ella era una persona débil. Dudó un momento si contarle lo que acababa de ocurrir, pero durante su charla del mediodía le había dado la impresión de que podía confiar en él, así que se animó.

—Acabo de estar en sus aposentos. Querían que... querían que las niñas me tocaran.

Su interlocutor la observó conmovido, pero enseguida un gesto de frialdad encogió su rostro.

—Las niñas... —repitió.

—Sí, las niñas... —dijo atemorizada—. Madame Borem ha empezado a hablar en francés, pero yo la he entendido. Quería que yo fuera una muñeca de las niñas —explicó tratando de ocultar su alteración sin demasiado éxito.

—No hay niñas, señorita Banister, usted vio las tumbas.

Las palabras sonaron con cierto tono de censura y la mirada que le dirigía era rígida. Julia notó el cambio de actitud en el señor Tash. Ella no sabía traducir la expresión de sus ojos, pero no se sentía cómoda. Sin embargo, estaba angustiada por lo que acababa de ocurrirle y se empeñó una vez más en tratar de convencerlo:

—Sr. Tash, las niñas venían hacia mí.

—No hay niñas —repitió él con rudeza.

Sintió un golpe en tan tajantes palabras. Julia había esperado algún gesto de amabilidad, pero se encontró con una mirada reprobadora. Tomó conciencia de que, sin haberlo notado, había sentido un vínculo de amistad con el secretario, pero ahora se sentía decepcionada. No podía hablar de lo ocurrido con la señora Stringle para no alarmarla, pero tampoco podía confiarse con el señor Tash. Estaba sola. Además, se avergonzaba ante su falta de decoro por acudir a confesar sus miedos a un simple ayudante. Se levantó de la silla y se acercó a la ventana, aún nerviosa. Él no dijo ninguna palabra.

Desde aquella ventana no se veía el lugar donde se perdían las tumbas y la belleza de las flores del parterre estaba teñida del dorado de la puesta de sol. Julia respiró. Entonces él sí habló, pero sus palabras no resultaron consoladoras:

—Debería tomar una infusión, señorita Banister. Le diré a la señora Hunter que se la prepare.

—No es necesario, señor Tash... —se rindió, defraudada— Solo ha sido un momento de sugestión. No he debido molestarlo.

—Usted no molesta, señorita Banister— y esta vez sí se filtró un hilo de ternura en su voz.

Entonces ella estuvo a punto de reponerse y contarle el incidente de las flores, pero de pronto calló. De nuevo regresó la severidad a los ojos de él y Julia sintió que no estaba ante a la persona adecuada. El rostro que ahora la juzgaba no ofrecía la misma cordialidad que unas horas antes. El señor Tash era otro. No sabía quién, pero se sorprendió nuevamente por la insensibilidad que le estaba demostrando frente a su estado de nerviosismo.

Julia volvió a disculparse por la molestia y salió con un regusto extraño. Si hubiera tenido templanza para poder adivinarse, hubiera percibido que ahora predominaba la desilusión sobre el miedo o el desconcierto. Pero su turbación solo distinguía una sensación de malestar.

Si no estuviera próximo a anochecer, se hubiese dirigido hacia las cuadras para montar. Necesitaba huir, pero con poca luz no resultaba oportuno. Salió al jardín, aunque no se atrevió a alejarse demasiado del edificio. Miraba sin pretenderlo hacia la zona de las tumbas, le provocaban una atracción que no sabía vencer. Estuvo merodeando cerca del laberinto, pero tampoco se atrevió a adentrarse en él. Al cabo de unos veinte minutos sintió frío y decidió volver a entrar. Quería ir a su habitación para coger un chal y tuvo que respirar hondo antes de atreverse a subir. Por el pasillo, a medida que se acercaba a la puerta, oyó ruidos que parecían provenir del interior de su cuarto. Se detuvo un momento y luego se decidió a abrir la puerta despacio, muy despacio. Enseguida se sintió aliviada.

Amy estaba cambiando las flores y se asustó al ver a la señorita Banister, pues no la había oído entrar.

—Amy, por favor, quítelas —pidió Julia—. En adelante no quiero más flores en esta habitación.

—Como usted quiera, señorita Banister.

—Amy…

—Dígame, señorita Banister.

—¿Lleva usted mucho tiempo trabajando aquí?

—Unos dos años aproximadamente, señorita Banister. Pero es la primera vez que asisto personalmente a alguien, discúlpeme si hago algo mal.

—Llámeme Julia, por favor.

—¡Oh! El señor Tash no me lo perdonaría.

—Parece que manda más el señor Tash que Lord Chandler.

Amy se preguntó si se había dicho algo imprudente, la señora Hunter la había advertido de que no podía permitirse confianzas ni cotilleos con los de clase superior. Enseguida trató de rectificar su error, fuese cual fuese.

—No he querido decir eso, señorita Banister —trató de aclarar la joven—. Pero él es quien dirige y supervisa que todo vaya bien. La señora

Hunter dice que sin el señor Tash esto sería una casa de locos.

—¿Y qué dice de Lord Middlegreen? —se atrevió a preguntar Julia.

—¡Oh, la señora Hunter aprecia mucho a Lord Middlegreen! Lo conoce desde que era un niño y le tiene gran estima. Lord Middlegreen tiene buen porte y es muy simpático, le gustará, señorita Banister.

Julia sonrió. En esos momentos llamaron a la puerta y volvió a sentir una leve sacudida, pero se le pasó en cuanto vio entrar a la señora Stringle.

—Querida, ¿qué hace que aún no se ha cambiado?

Julia reparó en sus ropas. Se había olvidado de la cena.

—¡Oh, Amy, ayúdeme a peinarme, por favor! —le pidió.

—Es una lástima que el sastre vaya a tardar, como mínimo, una semana para los vestidos nuevos. Pero al menos los tendrá para cuando llegue Lord Middlegreen —comentó la señora Stringle mientras guiñaba un ojo a Julia—. ¿Por qué no se pone el vestido verde?

—El verde es el mejor que tengo, pensaba ponérmelo mañana, cuando vengan los Wakefield —contravino ella.

—Entonces… —la señora Stringle abrió el armario de par en par— el blanco de muselina estará bien. Con el color mediterráneo de su tez, le favorecerá.

Diez minutos después, bajaron al comedor. Julia deseaba que Lady Mary Rose estuviera indispuesta y así evitar su presencia y la de madame Borem, pero no tuvo suerte. Ambas estaban allí. Madame Borem la siguió con la mirada cuando ella entró. También el señor Tash estaba allí, pero él ni siquiera la miró. La señora Stringle estaba más callada de lo habitual, tal vez porque no quería entablar conversación con las dos mujeres. Y el silencio hubiera sido la tónica general si no fuera porque Lord Chandler estaba especialmente contento, y lo demostró con su locuacidad. Esa noche había luna nueva y eso hacía que estrellas lejanas, que habitualmente no podían verse por los destellos lunares, ahora cobraran más protagonismo. Contó que esa misma tarde había escrito a su amigo de la Sociedad Lunar, el señor Boulton, y le había prometido que, en cuanto su sobrino se casara, iría a visitarlo a Londres.

—¡Oh! Y eso será muy pronto, ¿verdad, milord? —preguntó la señora Stringle.

—Esperemos que sí, querida, esperemos que sí —respondió.

Durante la cena, el señor Tash se limitó a responder con monosílabos a las preguntas que Lord Chandler le dirigió directamente. Madame Borem habló al oído de Lady Mary Rose en dos o tres ocasiones y esta solo hizo notar su voz para pedir más patatas. La condesa parecía embelesada y había perdido toda la energía de hacía un rato. Ahora no reparaba en Julia. La señora Stringle había intentado un par de veces centrar la conversación en Lord Middlegreen, pero el conde no se había percatado del interés que el tema suscitaba en ella y continuaba hablando de sus planetas y estrellas. El señor Tash no se dirigió en ningún momento a nadie que no fuera Lord Chandler.

Después de cenar, madame Borem y la condesa se retiraron a sus aposentos pero, antes, la francesa se acercó a la señora Stringle y le comentó algo que Julia no logró oír. Lord Chandler pidió permiso para dejarlas y así poder aprovechar el cielo de esta noche y la señora Stringle, Julia y el señor Tash pasaron al salón. El señor Tash y Julia optaron por la lectura, mientras que la señora Stringle se dispuso a escribir una carta a su hermana para confirmarle el día de su llegada.

—Seguro que el clima de Brighton sienta mejor a una persona de mi edad, ¿no creen? —comentó, luego hizo una pausa y añadió: — Espero que a Lord Middlegreen le guste la costa y pueda tener el placer de recibirlos poco después de su boda. No creo que, después de estos años en Menorca, usted se acostumbre a prescindir del mar.

Julia bajó el libro y la reprendió con la mirada, no quería que su amiga hablara en esos términos en presencia de extraños, pero afortunadamente el señor Tash no se interesó en la conversación. Pero la señora Stringle no percibió la incomodidad de Julia y continuó:

—Si vienen, me esforzaré para que todo sea de su agrado. ¿Se imagina, señorita Banister, que Lord Middlegreen decida instalarse en Brighton y finalmente volvamos a ser vecinas?

Julia sonrió e inmediatamente regresó al libro. Pero el señor Tash esta vez sí decidió hablar:

—Creo que Brighton es un lugar muy agradable, señorita Banister.

—No sabía que conociera Brighton, señor Tash —se extrañó ella.

—Efectivamente no lo conozco. Pero pienso que tal vez este lugar la abrume y prefiera la tranquilidad de la costa —se explicó él.

—Y yo dudo de que Lord Middlegreen renuncie a sus responsabilidades sobre Cunderley y decida comprarse una casa en Brighton —respondió Julia que, tras su decepción, deseaba decir la última palabra.

—Lord Middlegreen es imprevisible, señorita Banister.

—Creo recordar que usted mismo ha mencionado en otra ocasión que no podía decir una palabra mala sobre él.

—Exactamente he querido decir que yo no era quién para hablar mal de él.

—En eso estamos de acuerdo, señor Tash.

VIII

Aunque le costó dormirse por la agitación que le había supuesto el encuentro con Lady Mary Rose y madame Borem durante esa tarde, Julia tuvo un sueño tranquilo y descansado y, cuando despertó, no recordó de inmediato lo que la tarde anterior la había amedrentado.

Esta vez desayunó sola y luego se dirigió a las cuadras. Quería ir a la zona boscosa del lago. Escogió un caballo de su gusto, pero no montó a horcajadas, así que se alejó despacio por el sendero que tanto le llamaba la atención. Hacía ya una hora que había amanecido y, bajo esa luz, resultaba más fácil ver con otros ojos los incidentes que la habían asustado. No había fantasmas. Solo locura.

Sospechaba que madame Borem había entrado en su habitación y había cambiado las flores. Quería sugestionarla. Tal vez sin mala intención. Quizá solo quisiera acercarla hacia Lady Mary Rose para que esta no se sintiera tan sola. Cuando la oyó invocar en francés, se encontraban en una estancia oscura y ella tenía los ojos cerrados. En ese ambiente resultaba más fácil persuadirse ante la voz siseante de madame Borem. Pero ella no creía en fantasmas. Debía superar su miedo y verlo todo con otros ojos. Ahora volvía a compadecer a Lady Mary Rose. Incapaz de asumir la ausencia de sus hijas, las inventaba. O tal vez el cambio de las flores lo había realizado la propia condesa. Tal vez fuera un ritual para acercarla a las niñas que ella pretendía que fueran sus hermanas. Pero ahora estaba convencida de que no se habían marchitado por el aliento mórbido de unas almas en pena ni había una maldición en la casa que también quisiera perseguirla a ella.

Así que resolvió no preocuparse más por espíritus ni amenazas ocultas. El tema que pasó a ocupar sus pensamientos durante su paseo no fue otro que el carácter de Lord Middlegreen. No recordaba muy bien la primera opinión que el señor Tash había expresado sobre él, pero ella había entendido que se trataba de un hombre sin tacha. Ayer matizó su opinión y asumió que no era quién para ofrecerla a terceros, pero incluso así había dicho que era una persona inestable. Ciertamente eso encajaba con el carácter de sus tíos.

Por el contrario, Amy había dicho que la señora Hunter lo quería mucho, pero eso es algo normal en una mujer mayor que ha visto crecer a un niño. El cariño no obedece a jueces. Julia había quedado satisfecha cuando Amy le aseguró que Lord Middlegreen le gustaría, pero ahora que pensaba bien los argumentos de tal manifestación, no habían sido otros que el hecho de que se trataba de un hombre apuesto y muy simpático. En realidad, Julia había conocido hombres apuestos y simpáticos que eran auténticos desastres o de naturaleza poco honesta. Se resistía a pensar que Lord Middlegreen no fuera una persona honesta, pero le había surgido la incertidumbre sobre la sensatez de su carácter. "Inestable". Las palabras del señor Tash le habían dejado huella. También había dicho que era un hombre que tenía los pies en la tierra, pero eso no significaba necesariamente que fuera juicioso, también podía interpretarse como alguien mundano.

Seguía bordeando el lago en su lenta cabalgata de cavilaciones, pero no hallaba ningún recoveco escondido.

¡Oh! ¿Por qué le preocupaba ahora el carácter de Lord Middlegreen? Llevaba ocho años comprometida con él, inevitablemente le había ido inventando una personalidad, un rostro, incluso un cariño, pero, ¿quién era Lord Middlegreen? ¿Quién era su familia? ¿Le gustaba realmente Cunderley? Tal vez estas dudas se incrementaban ahora que no encontraba un hueco de intimidad en el lago. Era más pequeño de lo que había esperado, y más abierto. La zona boscosa se hacía visible desde otros lugares, no habría manera de que pudiera bañarse allí ni aunque contara con la complicidad de Amy. Pensó en el mar. Le llegaron imágenes de Menorca, de Binibèquer, Pregonda, del propio Mahón... y sintió añoranza. Sí, se trataba de eso, añoranza. Debía reponerse y agradecer su futuro. Nunca se había planteado cómo podría ser su existencia si su tío no la hubiera comprometido con Lord Middlegreen. Con suerte, se hubiera casado con un oficial y sufrido sus ausencias. O estaría desesperada acudiendo a bailes en busca de alguien que asegurara su porvenir. No tenía dinero para permanecer soltera. La aparición de Lord Middlegreen en su vida era una bendición y ella estaba siendo una tonta.

A media tarde llegaron los Wakefield. El señor Wakefield era el alcalde de Winaton y el año anterior fue nombrado caballero. Había sido íntimo de Lord Chandler en otros tiempos, pero la relación comenzó a enfriarse el día en que el conde comprometió la mano de su sobrino a una desconocida. Los Wakefield tenían dos hijas casaderas. La mayor, Lydia, era una joven tímida a la que no le gustaba llamar la atención. Era más amante de observar que de intervenir. Era juiciosa y poseía todas las virtudes de carácter para ser el orgullo de sus padres. Pero no lo era. Las palabras de halago de los Wakefield solían ir dirigidas a Mary. Abierta y jovial, era el centro de atención allá adonde iba. Su rostro era muy hermoso y su figura, aunque no tan alta como su hermana, estaba bien conformada y nadie dudaba de que encontraría marido y pronto quedaría bien asentada.

La presencia de madame Borem en Cunderley y las prácticas espiritistas a las que se sometía Lady Mary Rose era algo de lo que toda la sociedad de Winaton tenía conocimiento y no veía con muy buenos ojos. El señor Bates había aludido en varios sermones al peligro de las malas influencias y, aunque lo había hecho veladamente porque se trataba de unos condes, todos habían entendido a quién se refería. Muchos feligreses habían dejado morir su amistad con los habitantes de Cunderley. Sin embargo, al igual que los carnavales permiten ciertas licencias, otro tanto ocurría cuando Lord Middlegreen se encontraba visitando a sus tíos. Lord Middlegreen era amante de fiestas y recepciones y a él nadie le negaba la relación, por el contrario, las madres abrigaban la esperanza de que su matrimonio concertado nunca llegara a celebrarse.

Cuando los Wakefield recibieron la invitación de Lord Chandler, no tuvieron ninguna duda de que Lord Middlegreen se encontraba entre ellos. Así que, cuando en lugar del pretendido, hallaron a la competencia, dos de las tres damas sufrieron una pequeña decepción. Sin embargo, pronto se repusieron, dispuestas a encontrar los defectos ocultos de la señorita Banister. Por el contrario, Lydia Wakefield simpatizó con la joven intrusa, aunque su carácter reservado le impidió mostrarse demasiado expresiva. La señora Stringle se acercó a la señora Wakefield cuando notó que esta evitaba a madame Borem, incluso se permitía cierto descaro en demostrarlo. No podía hacer lo mismo con Lady Mary Rose, pero afortunadamente las dos mujeres no tenían mucho que decirse.

El señor Tash no estaba en aquella cena, aunque durante la recepción el señor Wakefield lo había requerido para hacerle algunas consultas jurídicas. Mary Wakefield relató a Julia las maravillas de vivir en el campo, pero cuando recordó que no debía presumir, sino ahuyentar a la prometida de Lord Middlegreen, hubo de reconocer que sentía envidia por la sociedad de Londres y que estaba deseando que su prima de la capital se casara para poder viajar.

Para disgusto de Lord Chandler, el señor Wakefield estuvo más interesado en lo que Julia pudiera contarle de su experiencia en Menorca que en los nuevos descubrimientos astronómicos. El señor Wakefield había oído hablar del impulso económico que el gobernador Kane había dado a la isla años atrás y deseaba saber si los franceses y los españoles habían sabido valorarlo. Pero cuando Julia empezó a explicar su opinión sobre los menorquines y contó que hablaban una lengua que no era ni el inglés, ni el francés ni el español, la señora Wakefield la interrumpió con una pregunta que para ella tenía mayor interés:

—Y, dígame, señorita Banister, ¿conoció usted personalmente a Lady Hamilton?

Julia sonrió y trató de sacarla de su error:

—El almirante Nelson no vino con Lady Hamilton, pero coincidí en una cena con él. Es cierto que fuimos presentados, pero no volvimos a cruzar palabra.

—Querida —intervino la señora Stringle—, Lady Hamilton estaba de incógnito, es usted demasiado aficionada a las versiones oficiales. Debería preguntar más a los criados, me temo que se ha perdido muchas historias que ellos conocen, pero no trascienden.

La señora Stringle conquistó la atención de la señora Wakefield y, orgullosa de su triunfo, continuó:

—Yo la vi una tarde en la que paseaba hacia Mahón, de Georgetown a Mahón hay un trayecto muy agradable con unas vistas muy bonitas. Ella pasaba en una calesa descubierta, iba con otra dama de una edad similar. Llevaba un vestido rosa claro, pero adornado con unas cintas granates muy llamativas. El sombrero era del mismo color. Me sorprendió que no tratara de ocultar su rostro con un abanico, todo lo contrario, me dedicó una sonrisa a modo de saludo. Yo levanté la mano y también la saludé. Me siento muy orgullosa de poder contarlo.

Julia no daba crédito a las palabras de su amiga, pero se limitó a sonreír para no dejarla en mal lugar.

—Tiene razón, señora Stringle, gracias a los criados una se entera de muchas cosas que no sabría de otro modo —convino Mary Wakefield—. El otro día supe que los señores Ferguson... ¡Oh! ustedes tal vez no los conozcan, pero son una pareja que hace menos de un mes que ha celebrado su enlace. Bueno, pues, según el servicio, los señores Ferguson no apagaron la vela durante su noche de bodas.

—¡Mary! —riñó su madre.

—¡Eres una atrevida! —le reprendió su hermana en voz baja.

—¡Oh, yo solo quería darle la razón a la señora Stringle!

La cena prosiguió sin grandes concesiones y, excepto la señora Stringle, nadie parecía entusiasmado por alargar la velada. Los Wakefield se vieron comprometidos a invitar a la señorita Banister cuando celebraran algún evento, aunque Lydia se alegró de que así fuera. Julia también simpatizó con ella, pero no encontró el momento de poder confraternizar algo más.

A las once de la noche ya se habían marchado.

Antes de acostarse, Julia reprendió a su amiga:

—Señora Stringle, ¿por qué les ha mentido diciendo que Lady Hamilton estuvo en Menorca?

—¡Oh, señorita Banister! ¿No se ha dado usted cuenta de que estábamos en medio de una actuación?

IX

Madame Borem no era aceptada en la iglesia y, por casualidad o cortesía, cada domingo Lady Mary Rose tenía un achaque que la dejaba en cama. El vicario, el señor Bates, sentía la obligación de visitar de vez en cuando a la condesa para reencauzarla hacia el buen camino, aunque normalmente retrasaba esta entrevista todo lo que su sentido de la obligación le permitía.

La señora Stringle estaba deseosa de acudir al oficio religioso. Quería observar la sociedad de Winaton y salir del aire asfixiante en que empezaba a convertirse Cunderley para ella. Lord Chandler se despertaba tarde y se pasaba el día encerrado con sus mapas celestes y por las noches se ausentaba y subía a la terraza superior a buscar cometas o estrellas fugaces. Lady Mary Rose y madame Borem ocupaban toda el ala este del primer piso, pero afortunadamente se dejaban ver poco. El servicio era atento, pero era servicio y, en fin, no había nada que hacer en Cunderley. Celebraba las partidas de whist, pero ni su amiga ni los habitantes de la casa eran aficionados a los naipes. También disfrutaba de la lectura de novelas góticas, pero en la biblioteca no había ninguna. La señora Stringle no sabía que Tash las había mandado quemar cuando Lady Mary Rose había dado sus primeras muestras de locura. No le gustaba montar ni eran de su agrado los paseos largos, así que no encontraba actividad en la que ocuparse. A excepción de la cena del viernes con los Wakefield, la única esperanza de alternar podrían haber sido las visitas del doctor Lewes, pero no había vuelto a venir. Así que deseaba encontrárselo durante el oficio religioso, mientras todos admiraban a la señorita Banister y envidiaban su compromiso con Lord

Middlegreen. Julia quería ir sencilla, pero su amiga no se lo permitió y hubo de repetir el vestido verde que ya se había puesto durante la cena de los Wakefield.

Lord Chandler y las dos invitadas partieron hacia la iglesia en coche, aunque Julia hubiera preferido ir paseando. Como era de esperar, muchas miradas se posaron en las dos mujeres y algunos se atrevieron a preguntar a los Wakefield quién era la joven a la que habían saludado. Al terminar el oficio, el señor Bates se vio obligado a dirigirse a Lord Chandler para interesarse por la salud de la condesa y las dos mujeres le fueron presentadas. El vicario miró a Julia compasivamente, pues nada bueno imaginaba de la convivencia con una loca y una bruja. Prometió que en breve los visitaría.

Los Wakefield también se detuvieron a hablar con ellos. Mientras charlaban cerca de la iglesia, Julia notó que alguien o algo le agarraba los bajos traseros del vestido y se los estiraba. Antes de girarse, oyó un rugido. Un cachorro de buldog inglés se había encaprichado con sus faldas y con su fuerza estuvo a punto de tumbarla. Afortunadamente, una muchacha llegó a tiempo para poner freno al ímpetu juguetón del perro.

—¡Sheekoo! —lo llamó—. ¡Deja en paz a la dama!

La señora Stringle la miró sin perdón.

—¡Oh, lo lamento mucho, señorita! Normalmente no ataca a nadie, pero es el color de su vestido. A veces empleo un paño verde para jugar con él.

—Si jugara con un paño violeta podría haber sido yo la atacada. Y, a mi edad, una mala caída puede dejarme inválida. Usted es una imprudente, jovencita —le recriminó la señora Stringle.

Lord Chandler no había sido consciente del suceso porque los Wakefield aprovechaban ese momento para despedirse. Cuando dejó de hacer caso a sus acompañantes, pudo escuchar las disculpas de la joven.

—¡Les ruego que perdonen mi imprudencia! Me habré dejado la verja abierta. Por favor, permítame —dijo dirigiéndose a Julia— que le remiende el roto. Resido en la vicaría.

—¡Oh, señorita Bates! No la había visto —intervino Lord Chandler—. ¿Qué dice que ha pasado?

—El animal de esta joven ha atacado ferozmente a la señorita Banister —denunció la señora Stringle.

—Ha sido un accidente. No me ha pasado nada —quitó importancia Julia.

—Pero su vestido está destrozado —insistió su amiga.

—Eso se puede arreglar encargando un par más al sastre, señora Stringle —y con este argumento Lord Chandler aplacó la indignación de la mujer.

—Insisto en coserlo —repitió la señorita Bates—. Señorita Banister, ¿puede perder veinte minutos?

Julia se dirigió hacia el conde con voz de súplica.

—Milord, ¿les importaría regresar sin mí? Me apetece caminar.

—¿No hay salteadores de camino en este lugar? —preguntó preocupada la señora Stringle.

—No, prácticamente todos los terrenos de aquí a la casa pertenecen a Cunderley. Nadie se atrevería a caminar por allí. Además, están los guardianes… —la tranquilizó Lord Chandler—. De acuerdo, jovencita, puede usted regresar caminando. No entiendo qué necesidad tiene de ejercicio la juventud, pero está claro que ya nunca lo entenderé. Cada vez me gusta menos caminar.

La señorita Bates acompañó a Julia hasta la vicaría. Su padre se había quedado hablando con algunos feligreses y solo encontraron a dos niños gemelos de unos diez años. Eran hermanos de la señorita Bates. Enseguida Julia le pidió que no le cosiera el vestido, que solo necesitaba una excusa para poder pasear y la señorita Bates se rió. Le ofreció una limonada y a los cinco minutos ya se había creado entre ambas un vínculo de complicidad. Las dos eran aficionadas a montar a horcajadas cuando nadie las veía y el compartir esa pequeña transgresión aceleró su intimidad. A la media hora pasaron a tratarse por sus nombres de pila. La hija del vicario explicaba de forma muy esclarecedora y graciosa a la vez cómo veía a la sociedad de Winaton y Julia le habló de su vida en Menorca y de los suaves inviernos del Mediterráneo. Fanny Bates ayudaba a su padre en la escuela de los domingos, era la maestra y se notaba que se trataba de una persona culta y bondadosa. Al cabo de un buen rato, la confianza había crecido hasta tal punto que Julia se atrevió a preguntarle si conocía a Lord Middlegreen.

—Lo he visto en la iglesia y hemos cruzado algún saludo, pero no lo conozco demasiado. Puedo decirle que es una persona abierta y jovial. Mi padre a veces visita a Lady Mary Rose y yo antes lo acompañaba. Una vez coincidí con Lord Middlegreen.

—No se preocupe, llevo ocho años esperando a poder conocerlo, creo que podré aguantar una semana más.

—No debe ser fácil vivir en Cunderley. Con una loca, una bruja y un excéntrico… —se lamentó Fanny.

—Los condes me conmueven. Madame Borem no me resulta agradable, pero procuro evitarla. Y el señor Tash es… es… —no encontró las palabras.

—...quien da serenidad a Cunderley —concluyó su nueva amiga.

—No iba a decir precisamente eso —se sorprendió Julia—. Al principio me pareció amable, pero fue una falsa impresión. Es un hombre muy frío.

—Es un hombre firme y correcto, pero yo no lo tacharía de frío. ¿Sabe? Él es quien mejor le puede hablar de Lord Middlegreen. Son amigos hace años, estudiaron juntos y el señor Tash está en Cunderley gracias a él.

—¡Oh, sí, es cierto que Lord Chandler comentó algo! Dijo que era de buena familia venida a menos, pero no explicó más.

—No se conoce mucho más. Pero el señor Tash estaba destinado a tener un futuro prometedor y ha acabado en un trabajo de criado para poder pagar las deudas de su padre. Lord Middlegreen lo quiere como si fuera un hermano.

—Entonces, ¿por qué no le prestó dinero?

—¿Acaso cree que el señor Tash lo aceptaría?

—No sabría decirle. En realidad, sé muy poco del señor Tash —admitió.

—Yo lo tengo como la persona más cabal de Winaton. Y valoro mucho sus opiniones.

—¡Oh! —exclamó Julia cuando el reloj de la torre de la iglesia marcó las horas—. Debería irme. No me gustaría preocupar a la señora Stringle.

—Es una lástima.

—Me ha encantado conocerla, Fanny.

—Entonces veámonos más a menudo. ¿Vendrá a visitarme?

—Lo haré. Lord Chandler me dio permiso para invitar a quien yo quisiera, así que espero que también venga usted.

—¿Mañana por la mañana?

—¡Estupendo! —se alegró Julia.

Cuando se despidieron, Fanny le indicó el camino que llevaba a Cunderley. Julia partió alegre, había encontrado una amiga. Esperaba que la señora Stringle no se sintiera celosa cuando lo supiera. Había pasado más de hora y media en la vicaría.

El sendero la obligaba a adentrarse en el bosque y este era otro motivo de felicidad. Llevaba días deseando conocer los alrededores del parque y quería calcular cuánto había de camino a pie entre el pueblo y la casa. Ir a Winaton cuando quisiera sería un principio de libertad.

Llevaba media hora caminando a buen paso y no cedía a la tentación de detenerse a comer moras o a observar más detenidamente el paisaje. Se apropiaba de él a cada paso con la convicción de que regresaría con más tiempo. De pronto una figura apareció en camino contrario y casi al instante Julia supo que se trataba del señor Tash. Recordó las palabras de Fanny y empezó a sentir intriga por su pasado. ¿Qué había ocurrido que le había llevado a acabar de secretario?

A pesar de su curiosidad, no tenía intención de detenerse. Lo saludaría con la corrección que merece un criado y continuaría su camino. Descubrió, pues ya lo había olvidado, que estaba interiormente enfadada con él. Para su sorpresa, Tash se detuvo cuando se encontró a su altura.

—Me alegro de haberla encontrado, señorita Banister. Lord Chandler estaba preocupado por usted —le comunicó.

—¡Oh! ¿Ha venido a buscarme?

—Sí.

—No debería haberlo hecho. Precisamente mi deseo era pasear sola.

Él sonrió, pero su gesto no disimuló una leve contrariedad ante lo que había pretendido ser una ofensa. Enseguida se relajó.

—Supongo que de vez en cuando la soledad es necesaria —dijo al tiempo que se colocaba a su lado porque, a pesar de sus palabras, no pensaba dejarla.

—Muy necesaria —insistió ella.

—Pero Lord Chandler no me perdonaría que la dejara regresar sola.

—No sabía si usted acataba los deseos de Lord Chandler o, por el contrario, era él quien acataba los suyos. Le agradezco que me haya resuelto esta duda.

Él la miró sin responder. No era tan sumisa como inicialmente la había juzgado, aunque reconocía que el cambio de carácter de ella respondía a la actitud de él cuando ella lo necesitó. Agradeció que su personalidad fuese más fuerte de lo que la primera impresión sugería. No sabía muy bien cómo tratarla. Sin embargo, ante su silencio, al final se decidió a romper el hielo.

—¿Hay alguna duda más que pueda resolverle?

—Cunderley ofrece un paisaje humano de lo más misterioso… incluso exótico, pero responder a mis preguntas lo obligaría a airear asuntos ajenos. ¿Acaso vulneraría la confianza de otros resolviendo mis dudas? ¡Oh, señor Tash! Dicen que anteriormente fue usted un hombre con clase. Haga el favor de mostrarse como tal.

Esta vez sí se sintió ofendido y ella lo notó. Su pasado era su punto débil.

—Yo no he vulnerado la confianza de nadie —respondió en tono severo—. Ni pienso que usted sea capaz de pedirme que lo haga.

Ahora era él quien había atacado su decoro, pues había ironía en sus últimas palabras.

—Le agradezco su presunción sobre mi delicadeza —respondió ella con la misma intención.

Durante cinco minutos ambos guardaron silencio. Finalmente, más relajado, él se atrevió a preguntar:

—¿Le gusta Cunderley?

—El lugar es precioso —se limitó a responder Julia, aunque era consciente de que la pregunta iba en otro sentido. Él sabía muy bien que no podía sentirse cómoda en Cunderley y que estaba deseando que Lord Middlegreen la sacara de allí.

Él calló. Pero ella aprovechó para ironizar nuevamente:

—Lo echaré de menos cuando me traslade con Lord Middlegreen a Londres.

—Pero podrá volver cuando Middlegreen… Lord Middlegreen herede el título.

—Entonces ya no estará madame Borem, será una pena.

—A no ser que Lady Mary Rose enviude —recordó él.

Ahora calló ella. No había caído en esa posibilidad. Lo cierto es que había pensado a corto plazo, solo había imaginado su boda con Lord Middlegreen y su vida en Londres. Pero cuando su marido heredara, estaría obligado a vivir en Cunderley y, si Lady Mary Rose seguía viva, permanecería con ellos allí. Probablemente también madame Borem. La idea no resultaba nada atractiva. Pero, ¿por qué decía eso ahora el señor Tash? ¿Pretendía que ella no deseara vivir nunca en Cunderley? ¿Quería quedarse solo en la mansión para poder dominarlo todo a su antojo? Lord Middlegreen lo conocía bien, seguramente no se sometería a su opinión como sí lo hacía Lord Chandler. No le convenía tenerlo allí. La otra noche había insistido en la idea de Brighton. Ahora esto. No había duda. La mente de Julia acababa de iluminarse. El señor Tash quería librarse de Lord Middlegreen persuadiéndola a ella primero. Y todos hablaban bien de él. Nadie había comprendido sus verdaderas intenciones. Había sido rico y quería volver a serlo. Todo encajaba.

—¿Qué le pasó a su familia? —se atrevió a preguntar consciente de que él se iba a incomodar con la pregunta.

—¿Por qué le interesa mi familia? —inquirió él a la defensiva. Enseguida fue consciente de la agresividad de su tono y trató de tranquilizarse—. Permítame, señorita Banister, que las cosas de mi familia queden en mi familia.

—Entonces permita, señor Tash, que los asuntos sobre Cunderley queden para los legítimos de Cunderley.

X

Al día siguiente el vicario y su hija se acercaron hasta Cunderley. Coincidieron con una visita rutinaria del señor Lewes y se quedaron todos hasta pasada media mañana a tomar un tentempié. Julia le prometió a Fanny que el miércoles iría a buscarla para montar juntas.

El martes por la mañana un criado acompañó a la señora Stringle y a la señorita Banister a Winaton para recoger los nuevos vestidos. Una vez de regreso en Cunderley, la señora Stringle la obligó a probárselos varias veces con chales y sombreros distintos.

Esa noche, sobre las dos de la madrugada, Julia se despertó de un sobresalto. Oyó un estruendo de golpes y cristales y permaneció despierta durante más de media hora. Tuvo miedo y mil ideas fantasmagóricas le vinieron a la cabeza. Pero al día siguiente se sintió aliviada cuando supo que Lord Chandler había tumbado sin querer uno de sus telescopios y andaba ocupado escribiendo a sus amigos para buscar información sobre si alguien había mejorado las lentes refractarias de Guinand.

Cumplió su compromiso de acudir a la vicaría para encontrarse con su amiga. A su regreso supo que Lady Mary Rose había salido en camisón aprovechando un despiste de madame Borem y se había dirigido hacia el embarcadero. Una vez allí, había cogido el único bote y se había adentrado hacia el lago. Dos criados tuvieron que ir a nado hasta la pequeña embarcación a fin de conseguir que regresara. Afortunadamente, la cosa no pasó a mayores, aunque la señora Stringle no hacía más que desear que Lord Middlegreen llegara de una vez y así poder partir ella hacia Brighton.

Al día siguiente, Julia recibió carta del capitán Atkins, en la que le comunicaba que la entrega de Menorca a los españoles estaba prevista para el 14 de junio y que ese mismo día él partiría hacia Malta. Le deseaba que Lord Middlegreen hubiera sido de su agrado, ya que ignoraba que aún no se habían conocido y le pedía que no le escribiera de inmediato, sino hasta que volviera a recibir noticias suyas ya desde su nuevo destino.

Julia sintió emociones encontradas. Se alegró de tener noticias de su tío, pero también sintió nostalgia. Lo echaba de menos. También a Menorca. Sin embargo, la isla había quedado inevitablemente en el pasado, no volvería a Menorca ya que había dejado de ser británica. Y su tío ya no formaría parte de su vida. Esperaba poder visitarlo en la nueva isla, ya casada, y que durante algún permiso él pudiera regresar a Inglaterra. Pero sabía que no podría acudir a su boda, había muchas cosas que hacer en su nuevo destino, y eso la entristecía. Sintió ganas de caminar hacia el bosque y perderse durante toda la mañana con sus recuerdos, pero desde que se había despertado estaba lloviendo y el tiempo no daba visos de mejorar.

Ese día, también recibieron una invitación a casa de los Wakefield para acudir el viernes a una audición de piano de sus dos hijas. Julia no había demostrado nunca gran interés por aprender a tocar el piano y las audiciones no deseadas se le solían hacer eternas. Pero supo que eso sería algo que ocurriría a menudo una vez instalada en Londres con su marido, así que hizo acopio de paciencia y lo aceptó como un ensayo.

Faltaba poco para que llegara Lord Middlegreen y, a medida que pasaban los días, la señora Stringle hablaba más y más de él, como empujada por su propia impaciencia. Julia compartía esa excitación interior, pero trataba de domeñarla. El sábado, que ya había dejado de llover, decidió ir hasta Winaton. Hacía días que deseaba conocer el pueblo y así se lo comunicó a la señora Stringle. Esta, que se había resfriado, no quiso acompañarla para que sus molestias no pasaran a mayores.

Julia optó por salir igualmente, ya que parecía que a nadie de Cunderley le importaba que ella fuera sola. Lord Chandler se había ofrecido como un padre, pero su única hija era la pasión por la astronomía. Descuidaba sus deberes de anfitrión, unas veces con inocencia infantil y, otras, con el mismo egoísmo que le había llevado a desentenderse de su mujer contratando a una dama de compañía no muy recomendable. De Lady Mary Rose no había nada que esperar. Sus desvaríos, de los que ya estaba segura que eran inofensivos, le impedían salir de sus obsesiones y dar indicios de recuperación. Julia había descubierto que se refugiaba a menudo en una gran habitación llena de juguetes y ropa de niña. También se mantenía intacta una habitación con tres cunas, pero había días que ni entraba. Madame Borem la sometía a sesiones de hipnosis acompañadas de brebajes somníferos, la seguía en los juegos de su imaginación y le creaba otros. Hacía espiritismo y le contaba cómo era la vida de las niñas en un lugar idílico con ángeles custodios. A veces la ponía en comunicación con ellas o eso le decía. Si tardaba mucho en hacerlo, Lady Mary Rose estallaba en rabietas y era capaz de hacer cualquier locura. Pero, a la larga, la situación, aunque insana, se mantenía en un equilibrio que permitía cierta normalidad en Cunderley. Afortunadamente para Julia, madame Borem no se acercaba demasiado a ella y, si lo intentaba, enseguida aparecía el señor Tash para ponerla en su sitio.

El señor Tash era la única persona que no mostraba ninguna excentricidad de los que tenían algo de peso en Cunderley y, curiosamente, se había convertido en el que más la intrigaba. Ahora interpretaba su carácter desde su nueva iluminación. Estaba convencida de que quería apropiarse de Cunderley y de que tenía algún plan oculto para llevar a cabo sus intenciones desde su máscara de hombre perfecto. Tal vez se tratara de una venganza. Desconocía su desgracia familiar, pero era posible que los Chandler tuvieran algo que ver en su mala suerte y el señor Tash actuara por resentimiento. A pesar de su condición de secretario, se le veía elegante en las formas y se notaba que era un hombre orgulloso. Era un buen observador, atento, inteligente y eficaz y se había vuelto imprescindible para el buen funcionamiento de Cunderley. Con su buen hacer y su saber estar, se había ganado la confianza de todos.

Era la estrategia perfecta para poco a poco ir manejando la voluntad de los demás. Excepto la de ella. Julia no se había dejado vencer cuando había tratado de influir en sus ideas. Tampoco se dejaba intimidar por su mirada penetrante ni su perspicacia en el don de la palabra, o eso creía. Por supuesto, no mencionó sus sospechas delante de la señora Stringle, no quería preocuparla. Había estado tentada de confesárselas a Fanny, pero sabía que ella tenía una buena opinión de Tash y no la hubiera creído.

Sin tomar conciencia de ello, comenzó a fantasear con sentirse la heroína solitaria de una historia turbulenta. Ella sería la salvadora de Cunderley y Lord Middlegreen la admiraría por ello. Debía estar atenta a cualquier movimiento de Tash, había notado que él la vigilaba, así que a su vez se convertiría en su vigilante. Comenzó a fijarse en los libros que leía, la mayoría ensayos políticos, sobre todo de autores ilustrados y al que más recurría era a *Justicia Agraria*, de un tal Thomas Paine. Julia no entendía nada de todo eso, pero le parecía que aludían a una gran ambición para un mero abogado, lo cual reafirmaba sus conjeturas. También notó que escribía cartas dirigidas a Londres, pero ignoraba quiénes eran los destinatarios. Desde su posición, tampoco podía averiguar quiénes le escribían a él, pero estaba claro que recibía correspondencia de forma habitual. ¿Habría alguien más implicado en sus conspiraciones?

Cuando Julia se digirió a las cuadras para montar, hizo un nuevo descubrimiento. No pudo coger el caballo que habitualmente utilizaba porque le dijeron que lo estaban preparando para el señor Tash. Ella no entendió el inconveniente, el señor Tash pertenecía al servicio y ella estaba a punto de pasar a formar parte de la familia. El caballo debía ser para ella. Pero el muchacho de las cuadras le dijo que no era un caballo de Cunderley, sino que pertenecía al propio señor Tash. Se sintió decepcionada por no poder montarlo, pero eso le reafirmó su idea sobre el carácter de aquel hombre. Si guardaba un caballo era porque tenía esperanzas de recuperar su posición anterior o de mejorarla, ya no había ninguna duda.

Pidió que le prepararan otro y, mientras esperaba, llegó el susodicho. Como por cortesía, él le preguntó lo obvio, si pensaba montar, y ella supo que ese solo era un primer paso para hacer después más preguntas y tener controlados sus pasos. Así que decidió dar la vuelta a la situación y, tras asentir con la cabeza, decidió responderle con otra pregunta:

—¿Y usted, va a montar por recreo o se dirige hacia algún lugar?

—¿Es que quiere que la acompañe? —se asombró él.

—Ya me imaginaba que no respondería… —sonrió Julia mientras jugaba con un guante.

—Voy a Winaton, si tanta curiosidad tiene. Lord Middlegreen llega el lunes y es aficionado al billar. Debo pasar por el carpintero a recoger unos tacos que estaban mal.

Julia no respondió. Lord Middlegreen llegaba el lunes. Sabía que tenía previsto aparecer la siguiente semana, pero no esperaba que fuera tan pronto. Quedaban dos días. Solo dos largos días.

Tash observó su reacción. La cara de ella se había transformado. El sarcasmo se había borrado de su expresión, ahora había esperanza. Notó que sus mejillas se sonrosaban levemente, pero que hacía esfuerzos por no demostrar su turbación. Tash se sintió conmovido.

—¿Desea que traiga alguna cosa para usted? —se ofreció.

—No, gracias —se limitó a responder ella.

Sin duda, Julia había cambiado de opinión y ya no pensaba dirigirse a Winaton, no quería cabalgar junto a Tash. Ahora sí que le apetecía estar sola. Necesitaba trotar, cabalgar veloz, dar rienda suelta a sus emociones. Se acercó al caballo y, ensimismada, no se dio cuenta de que Tash le ofrecía la mano para ayudarla a montar. Cayó en la cuenta de que no llevaba guante cuando sintió el contacto de su piel. Un hormigueo le recorrió el cuerpo y lo miró incómoda, pero no podía reprocharle su propio olvido de llevar la mano descubierta. Él también la miraba, pero ella no sabía traducir la expresión de sus ojos. Ambos soltaron la mano a la vez, como si notaran la falta de recato de aquel gesto instantes después de haber permanecido en contacto durante unos segundos. Un nerviosismo extraño se apoderó de Julia. Tash, por el contrario, pareció empañado por la tristeza, pero se repuso al momento.

Ella partió hacia el camino del lago, dispuesta a no volver la mirada atrás. Sabía que Tash no había intentado propasarse, pero paradójicamente lo culpaba por su inocencia. Sentía pudor y un remordimiento extraño la apresaba, como si por eso ya no fuera digna de Lord Middlegreen. Su prometido estaba al caer, deseaba intensamente que llegara ese momento. Tenía la certeza de que su presencia supondría un antes y un después en su estancia en Inglaterra. Quería salir de allí, Cunderley no poseía ningún atractivo para ella. El aburrimiento la estaba sacando de quicio y pensó que tal vez ese mismo aburrimiento había ayudado a Lady Mary Rose a enloquecer.

Dos días. Lord Middlegreen llegaría en dos días y entonces fijarían la fecha de la boda. Esperaba que fuera pronto y que su prometido permaneciera allí mientras llegaba el momento del enlace. O tal vez los condes quisieran trasladarse a Londres durante los preparativos. Lo que no deseaba era que Lord Middlegreen regresara a Londres y ella tuviera que quedarse en Cunderley a la espera del gran día. Y esta vez sin la señora Stringle… No, eso no.

Tan absorta iba en sus meditaciones que no se había dado cuenta de que el cielo se había vuelto a cubrir. Fue porque se levantó el viento que de repente notó que amenazaba tormenta, así que no tuvo otro remedio que regresar. Estaba a cinco minutos cuando empezó a llover. Al entrar en la casa, su cabello estaba empapado y los bajos de su vestido chorreaban. Pidió a Amy que le prepara un baño caliente. La señora Stringle estaba resfriada y ella corría el riesgo de igualar su situación. Lo último que quería era mostrar un rostro enfermo a Lord Middlegreen.

Pasó la tarde leyendo y jugando a las cartas con la señora Stringle. Su amiga estaba enfadada con Lord Chandler porque no había ordenado llamar al doctor Lewes. Julia trató de consolarla diciéndole que en Brighton habría muchos doctores Lewes. Sin embargo, al día siguiente la señora Stringle se encontraba mejor y pudo ir a la iglesia, a pesar del aguacero que seguía cayendo. Los Wakefield, sabedores de la próxima llegada de Middlegreen, invitaron a los habitantes de Cunderley a cenar al día siguiente.

El domingo por la noche Julia no conciliaba el sueño. La emoción por la llegada de Lord Middlegreen la mantenía dando vueltas de un lado para otro. Ni la lectura ni el sonido acompasado de la lluvia conseguían dormirla. Finalmente, después de medianoche, cayó agotada y no se despertó hasta pasadas las ocho de la mañana.

Lord Middlegreen no llegaría a primera hora, puesto que venía de Londres y había una hora y media de viaje. Así que, después del desayuno, la señora Stringle y Amy se dedicaron en cuerpo y alma a peinar, arreglar y aconsejar a la señorita Banister. Sobre las once ya no había nada que hacer. La lluvia había cesado y el sol lucía sobre Cunderley, pero Julia no quería salir al jardín para no dar la impresión de que estaba esperando ansiosa.

Pero efectivamente estaba ansiosa, así que, aunque cogió un libro para simular que leía, su mente viajaba una y otra vez al futuro inmediato. Sin embargo, vista desde fuera, Julia parecía una joven tranquila. Mientras, la señora Stringle se dedicaba a arreglar sus ropas, pues ella también quería lucir ante Lord Middlegreen.

Aquel día Lady Mary Rose no tenía ningún achaque, como era costumbre en ella cuando llegaba su sobrino Middlegreen. Así que se acomodó en el salón con Julia mientras ambas esperaban. Madame Borem, sin embargo, se había retirado después de desayunar.

Sobre mediodía oyeron llegar un carruaje. Julia agarró el libro, giró una hoja y luego otra. Afortunadamente Lady Mary Rose no la miraba, si no hubiera pensado que leía demasiado deprisa.

Lord Chandler bajó de sus aposentos en cuanto oyó que alguien se acercaba, entró en el salón a saludar y luego se dirigió hacia la puerta.

Al cabo de un minuto, Lord Middlegreen ya estaba allí.

XI

Lord Middlegreen no era solo un hombre simpático, era encantador. Su sonrisa iluminaba cualquier lugar al que acudiese. Gozaba de buen humor con frecuencia y poseía una capacidad innata para contagiar alegría. Y, además, era apuesto. La señora Stringle quedó fascinada en cuanto lo vio. Julia se sintió azorada y procuró permanecer en un segundo plano, algo que no consiguió porque enseguida fue presentada con grandes halagos por parte de Lord Chandler. Lord Middlegreen admitió que su tío tenía razón en todo cuanto decía.

Lord Middlegreen no venía solo. Iba acompañado de un amigo con el que había viajado a San Petersburgo, el señor Brandon, que también parecía una persona de buen carácter, aunque no tan jovial. Afortunadamente, Lady Mary Rose ofrecía una faceta desconocida para Julia, pues se mostraba dulce y sumisa con su sobrino y, si siempre era así durante esos días, el nuevo invitado no debería notar nada extraño.

Lord Chandler ordenó servir el almuerzo en la terraza, pues a la lluvia había seguido un tiempo agradable. Madame Borem no apareció, pero sí lo hizo Tash. Lord Middlegreen y él se abrazaron con familiaridad y se hicieron alguna confidencia que los demás no escucharon.

Julia, por insistencia de Lord Chandler, se sentó al lado de su prometido y hubo de luchar para que no se notara su rubor. Lord Middlegreen habló del zar Alejandro I, de la poca confianza que le inspiraba Napoleón y, dicho esto, pasó a dar el pésame a Tash.

—Mike, supongo que ya habrán muerto tus simpatías por el francés, después de su decisión de restaurar la esclavitud.

—Habían muerto antes, Middlegreen. Pero ese motivo habría sido suficiente.

—Es una suerte no ser un idealista como tú, yo no soy susceptible a desengaños.

Julia se sorprendió, primero del trato de confianza entre ambos, y luego de que Lord Middlegreen considerara a Tash un idealista. Era una característica que ella nunca le hubiera atribuido. Se fijó mejor en él y notó que Tash no estaba cómodo en esa reunión. No cruzó demasiadas palabras con el señor Brandon, a pesar de que Lord Middlegreen trató de propiciarlo.

La señora Stringle se alegró cuando por fin Lord Chandler preguntó a su sobrino si tenía fijada la fecha de la boda.

—Sería de mal gusto anunciar una fecha sin hablar y acordarlo primero con la señorita Banister.

Julia enrojeció. Tash levantó los ojos en su típica expresión de disgusto. Lord Chandler sonrió y dio por zanjado el tema, pero la señora Stringle añadió:

—Muy caballeroso por su parte querer contar con la señorita Banister para esta decisión, pero supongo que estará deseoso de que el enlace se produzca cuanto antes.

Lord Middlegreen mostró su sonrisa más encantadora y la tranquilizó:

—Señora Stringle, es usted una persona muy inteligente.

Tash le dedicó una mirada de censura.

Tras el almuerzo, donde se contaron más anécdotas y Julia pudo apreciar la capacidad narrativa y el ingenio de su prometido, se dispusieron a descansar. Julia se retiró a su habitación y, aunque se lamentaba de no haberse atrevido a hablar un poco más con Lord Middlegreen, estaba muy satisfecha de lo que había visto en él. Sus miedos se habían desvanecido.

Lady Mary Rose y la señora Stringle también se retiraron a descansar, Lord Chandler secuestró al señor Brandon en cuanto, por educación, este manifestó interés por la astronomía y Tash y Lord Middlegreen salieron a pasear para resolver una conversación pendiente.

Julia los observaba desde la ventana, medio escondida tras la cortina por si alguno se giraba hacia la fachada. Le pareció que ya no hablaban amigablemente, sino que discutían, cosa que le extrañó tras lo que había notado antes. Se dirigían hacia el laberinto de setos y allí los perdió de vista. Debían de tener mucho que contarse o mucho que discutir. Julia no se separó de la ventana durante todo ese tiempo. Estaba inquieta y mil tipos de ideas diferentes pasaban por su cabeza. Sentía un escalofrío por su cuerpo y sospechaba que esa conversación tenía que ver con ella. Tal vez resultaba presuntuoso sentirse protagonista, pero el hecho de haberlos visto enzarzados en una discusión alentaba sus miedos. ¿Estaría Tash tratando de manipular a Lord Middlegreen? Se ponía de puntillas para lograr verlos, pero la altura de las plantas lo impedía. El tiempo no pasaba. Permanecieron casi una hora allí y durante todo este tiempo Julia notaba la velocidad de sus pálpitos, cada minuto se le hacía interminable.

El primero en salir del laberinto fue Tash. Caminaba decidido. A poca distancia lo seguía Lord Middlegreen, gesticulando y hablando como si quisiera convencer a su amigo de que lo escuchara. Pero Tash estaba visiblemente enfadado. Lord Middlegreen lo alcanzó y lo sujetó del brazo, pero el otro intentó zafarse. Finalmente se detuvo y se giró hacia el vizconde. Lo que le dijo debió ser algo tajante, porque Lord Middlegreen se quedó plantado sin responder. Tash continuó su camino y esta vez su amigo no lo siguió. Lord Middlegreen dio un puntapié a una piedra mientras exclamaba algo. Julia supuso que estaba maldiciendo.

Esta escena la dejó enormemente intrigada y multiplicó su inquietud, pero intuía que, si Tash estaba enfadado, era porque Lord Middlegreen no se había dejado arrastrar hacia el lugar al que trataba de conducirlo. Al menos por el momento.

Julia se paseaba de un lado a otro de la habitación sin saber qué pensar. El laberinto de setos se había trasladado a su cabeza. Tal vez Tash había tratado de persuadir a su amigo de que a Julia no le gustaba Cunderley. Si era así, quizás le había aconsejado hacer pocas visitas y así poder continuar manejando a los condes a su antojo. Lo creía capaz. O incluso capaz de algo peor. ¿Y si Tash había tratado de indisponer a Lord Middlegreen contra ella? No solo podría hacer eso por intereses propios, también era algo que le podía nacer con buena intención si, efectivamente, apreciaba a Lord Middlegreen. Lo más probable es que no la considerara una persona digna de su amigo, si eran amigos, y perjudicial para sí mismo, si no lo eran.

Así las cosas, Julia consideraba peligrosa para ella la conversación que acababa de tener lugar en esos momentos en el laberinto. Esperaba volver a encontrarse con Lord Middlegreen para notar su conducta hacia ella. Afortunadamente Tash no acudiría a la cena de los Wakefield, así que no podría vigilarlo. Pero no sabía esperar.

Intrigada, finalmente decidió bajar a la planta baja. Iría a la biblioteca y tal vez se cruzara con Lord Middlegreen. No debía ser muy descarada, así que no se quedaría a leer en el salón, a no ser que él la retuviera.

Bajó las escaleras tímidamente y se encaminó a su objetivo. No había nadie en el hall ni en el pasillo, pero oía las voces de Lord Chandler y el señor Brandon en el salón. Entró en la biblioteca y tardó cinco minutos en escoger un libro, para hacer tiempo. Oyó unos pasos y se decidió a salir. Pero se encontró con Tash, que se detuvo a mirarla como si la viera por primera vez. Julia también se paró un instante. Se sintió descubierta y notó que sus mejillas se sonrojaban. La mirada de Tash era extraña, su malhumor había dejado lugar a una expresión de ¿ternura? Finalmente él se repuso y la saludó con la cabeza a lo que ella respondió igualmente. Ambos siguieron su camino.

Julia regresó a su habitación inquieta. No sabía interpretar la mirada de Tash en relación a lo que había deducido antes. Sintió con más ganas la necesidad de ver a Lord Middlegreen pero no podía volver a bajar.

La señora Stringle llamó a la puerta y Julia abrió.

—¡Oh, señorita Banister! ¿No es usted la más feliz de las mujeres? Si yo tuviera unos años menos, le prometo que le disputaría a Lord Middlegreen.

—Es agradable —sonrió Julia mientras se tranquilizaba.

—Pero debo confesarle algo, querida. No he considerado oportuno decírselo antes de que se quedara tranquila con la presencia de Lord Middlegreen, pero debo partir mañana mismo para Brighton. Ahora he ocupado el tiempo en preparar el equipaje.

—Pensaba que se iría a finales de semana —se sorprendió la joven.

—Mi sobrina, la única casada, está esperando un bebé y mi hermana está muy atareada con los pequeños. Les será de gran ayuda mi presencia.

—¡Oh, pero esa noticia es estupenda! —se alegró Julia.

—Sí, lo es. Pero me obliga a dejarla a usted.

—Lo entiendo. Le prometo que la tendré informada de todo cuanto ocurra. Y espero que pueda venir a la boda.

—No me la perdería por nada del mundo. Pero ahora, debe arreglarse para la cena. Partiremos pronto. Creo que han organizado juegos y cucañas antes de que se ponga el sol.

—Llamaré a Amy.

Partieron sobre las cuatro de la tarde. Iban algo apretados en la berlina, pero a Julia no le importaba. Lord Chandler, Lord Middlegreen y el señor Brandon ocupaban el lado frontal y en el otro estaban las tres mujeres. La señora Stringle anunció que les dejaba al día siguiente y los caballeros lamentaron tan considerable pérdida, pero la felicitaron por el estado de buena esperanza de su sobrina. Lady Mary Rose continuaba tranquila e incluso hizo algún comentario sobre lo agradable del paisaje. Lord Middlegreen sonreía y eso era algo que estimulaba a Julia, pero no se atrevía a decir gran cosa.

En el jardín de los Wakefield había por lo menos unas veinte personas. Varias de ellas, casualmente todas mujeres, trataron de secuestrar a Lord Middlegreen para desengaño de Julia, que había esperado poder conversar con él. El señor Brandon, que tampoco conocía a nadie, decidió acompañarla a ella y a la señora Stringle. El amigo de Lord Middlegreen no poseía el encanto apabullador del vizconde, pero había algo en su porte y en su gesto que lo hacían atractivo. Era un hombre seguro de sí mismo y eso lo mostraba al hablar. Pero Julia solo tenía ojos para Lord Middlegreen. Se tranquilizó cuando notó que no hacía caso por más de cinco minutos a todas las damas, su atención hacia ellas se debía a la cortesía, no a ningún otro tipo de interés.

Lydia Wakefield se acercó a Julia y ella le presentó al señor Brandon. Luego, Lord Middlegreen también se aproximó hasta el grupo y pidió permiso para llevarse a la señorita Banister y exhibirla ante los presentes. La señora Stringle la empujó. Julia se sintió abrumada por el honor y le costaba mostrarse con naturalidad. No le gustaba ser el centro de atención y sentía que, con el carácter de su futuro marido, no le quedaría otra opción que acostumbrarse. Varias personas les preguntaron por la fecha de la boda y Lord Middlegreen no concretaba, pero prometía que muy pronto sería un hombre casado. Julia temía que, cuando eso ocurriera, él continuaría sin perder un ápice de encanto para las mujeres. Afortunadamente, no se tenía por celosa.

No recordaba ahora quién, alguien le había dicho que Lord Middlegreen era amante de las reuniones y las fiestas y se temía que su vida en Londres iba a ser ajetreada. Ella hubiera preferido residir en un lugar tranquilo, más familiar, pero sin duda alguna ese lugar ideal tampoco era Cunderley. De pronto recordó el mar y empezó a percatarse de que la embargaba cierta añoranza. Era un sentimiento injusto e injustificado y se sintió muy egoísta. Había logrado lo que deseaba, un matrimonio que garantizaría una buena vida a sus hijos y a ella misma. Las demás mujeres la envidiaban, no tenía ningún derecho a notar esa melancolía extraña e inoportuna. Lord Middlegreen no se lo merecía, así que trató de superar esa tristeza extemporánea y mostrarse más extrovertida.

Su prometido participó en un partido de críquet y las hermanas Wakefield la empujaron a ella a intervenir en el juego de la cucaña. Durante estas ocupaciones, anocheció.

En la cena, la sentaron entre Lord Middlegreen y el señor Brandon y, aunque echó de menos la complicidad de la señora Stringle, hizo esfuerzos para estar a la altura en cualquier conversación.

No la habían avisado de que había baile, así que se sorprendió cuando escuchó una música cerca del comedor. Les hicieron pasar al salón e inmediatamente Lord Middlegreen le rogó que hiciera el favor de ser su pareja. Era buen bailarín y disfrutó de las dos primeras danzas con él. Luego bailó con el señor Brandon y con dos caballeros más cuyo nombre no pudo recordar.

Se sintió feliz cuando vio que Lord Middlegreen invitaba a bailar a la señora Stringle y se sorprendió cuando notó que Lord y Lady Mary Rose también bailaban. El señor Brandon invitó también a Lydia Wakefield y después a Mary. Todo era fiesta y alegría. Pero para Julia era aquella, sin duda, una noche extraña. Tenía sensaciones encontradas y le faltaba algo.

Cuando llegaron a Cunderley, la inquietud continuaba. Se dijo a sí misma que eran los nervios, que no podía ser otra cosa y se durmió tratando de convencerse de que iba a ser la mujer más feliz del mundo.

Luego, soñó con el mar.

XII

Julia quiso acompañar a la señora Stringle hasta Winaton, para no dejarla sola mientras esperaba la llegada de la diligencia, que pasaría sobre las once. Iba de Londres a Brighton y hacía varias paradas por el camino. La despedida fue emotiva, habían sido más de tres años de verdadera amistad que ahora mantendrían a distancia. Prometieron escribirse y visitarse y, cuando la diligencia partió, a Julia se le humedecieron los ojos. Luego subió a la calesa que les había prestado Lord Chandler.

Cuando regresó a Cunderley, vio que Tash y Lord Middlegreen paseaban por el jardín y notó que ya no discutían. Sin embargo, antes de que Julia llegara al umbral, Tash frunció el ceño, señaló hacia ella y dejó solo al vizconde.

Aunque al principio dudó, al cabo de un instante Lord Middlegreen se acercó hasta la calesa y ayudó a descender a Julia con su cortesía habitual. Inmediatamente le propuso un paseo por los jardines, que ella aceptó encantada. El día era soleado, no hacía viento y Julia sintió que el paisaje y sus sentimientos estaban de acuerdo. Había deseado este encuentro desde hacía ocho años, debía fingir para que no se notara su emoción.

Se dirigieron hacia la zona del lago, el lugar favorito de Julia. Primero hablaron de la señora Stringle y de la amistad que las unía. Lord Middlegreen le preguntó por su vida en Menorca y a ella le alegró que manifestara interés por su persona.

Pero, mientras ella hablaba de sus experiencias pasadas, él la interrumpió, como si no la estuviera escuchando. Por primera vez, su voz era grave.

—Señorita Banister, no sé cómo decirle esto, no hay palabras que puedan suavizar mi inquietud, así que trataré de ser directo.

Julia se sorprendió de este giro y quedó realmente intrigada.

—Los dos sabemos que el nuestro no es un matrimonio por amor —comentó él—. Por tanto, yo sé que usted no está enamorada de mí ni yo puedo estarlo de usted porque no hemos tenido tiempo de conocernos.

Ella confirmó con la cabeza que estaba de acuerdo con su declaración, pero un temor premonitorio se apoderó de su garganta.

—Por tanto, debe saber que lo que voy a decirle no tiene nada que ver con su persona. Creo sinceramente, y Tash, que la conoce mejor, así me lo ha corroborado, que es usted una mujer excepcional y digna de los mejores halagos.

—Dígame lo que tenga que decirme, por favor —rogó ella tratando de reponerse de sus miedos.

—Estoy obligado a comportarme de manera deshonrosa, señorita Banister —trató de justificarse—. Le ruego encarecidamente que rompa su compromiso conmigo.

—Nunca lo obligaría a casarse conmigo, milord —respondió con dignidad, aunque acababa de sufrir un colapso interior y se sentía profundamente humillada.

—Sé que usted es maravillosa y le prometo que la convertiría en mi esposa si no fuera por...

Julia lo miró interrogante.

—Verá, señorita Banister. Durante mucho tiempo no me ha importado que mi tío adoptara por mí la decisión de buscarme esposa. Sabía que, por mi posición, tenía que casarme con alguien que estuviera a la altura y confiaba en el criterio de Lord Chandler. Pero soy un hombre. No la conocía y he vivido mi vida.

—No puedo reprochárselo.

—Sé que no lo hará, es usted muy buena.

Esas palabras le dolieron.

—Y estoy obligado a portarme de forma deshonrosa con usted o con otra dama. No quería contárselo, pero creo que se merece que sea sincero. Ella, la otra dama, está esperando un hijo mío y yo no quiero que sea un bastardo.

—Lo entiendo, milord —dijo luchando para que su rostro no mostrara sus sentimientos. Afortunadamente, la perplejidad, más que la dignidad, en estos momentos resultaba su mejor aliada.

—No quiero perjudicarla. Creo que lo mejor sería que, de cara a los demás, anunciáramos que ha sido usted la que ha roto el compromiso.

Yo no me casaré de inmediato para no levantar sospechas. Cuente lo que cuente usted, yo nunca lo desmentiré.

—No es necesario que se preocupe por mi reputación —dijo creyéndose más repuesta, aunque un temblor por dentro la sacudía.

—Me preocuparé por usted hasta que pueda reparar mi daño.

—Usted lo ha dicho antes, milord, aquí no hay en juego sentimientos. No nos conocíamos. No hay lugar para que pueda sentirme dolida.

—No, me refiero al daño social. Le juro que voy a hacer lo posible para encontrarle un marido.

—¿Por eso ha traído al señor Brandon?

Él la miró sorprendido por su sinceridad.

—Bueno... espero no haberla confundido —se disculpó.

—Supongo que se habrá asegurado de que posee una buena renta —frivolizó ella.

—Sí, efectivamente la he ofendido —confirmó él.

—Entonces, ¿no es cierto?

—No, no lo es.

—Al menos eso me alivia.

—Lamento que lo haya pensado.

Lord Middlegreen admiró a su compañera. La señorita Banister había entendido pacíficamente los motivos de la ruptura que él proponía. Se había temido una escena o unas lágrimas que dificultaran la situación, pero ella lo había aceptado sin inmutarse. Sin embargo, debía reconocer que la idea de haber traído consigo al señor Brandon suponía un insulto.

—Debe usted pensar lo peor de mí.

—No puedo esconder que no me lo esperaba... Pero nunca me entrometería en algo cuando hay un bebé por medio.

—¡Oh, sí, mi hijo! Y seguro que Olivia le gusta a usted. Ella le estará muy agradecida.

Julia trató de sonreír, pero sentía ganas de llorar.

—Señorita Banister, no quiero que piense que Olivia me ha forzado a hablar con usted en estos términos. La idea ha sido mía. Ella es muy buena, solo que... estamos enamorados. Pero es una muchacha que hubiera entendido y aceptado que usted no quisiera romper el compromiso y no la culparía por ello.

—Si hubiera querido seguir adelante con este matrimonio, también debería haber aceptado una amante, por lo visto. Además de un hijo ilegítimo —bromeó contra todas sus ganas.

—¡Oh, señorita Banister! No sabe cuánto la respeto, cuánto la aprecio. Mi tío no podría haber escogido mejor.

—Y yo agradezco su sinceridad, milord. La perspectiva de un matrimonio condenado a la desgracia no resulta muy alentadora.

—Si la hubiera conocido hace seis meses...

—Las cosas son como son, no podemos cambiarlas —sentenció ella forzando su voz para que sonara indiferente.

—No, no podemos. Y usted sabe cómo es la sociedad con los bastardos...

—No sería justo para él —reconoció, pero el asunto no solo era ese, sino que Lord Middlegreen había reconocido que estaba enamorado.

—Olivia y yo hemos hablado de acogerla a usted en Londres si así lo desea. Allí le será más fácil...

—¿...Encontrar marido? ¿Y qué pensará la gente de que su antigua prometida conviva con usted y su actual mujer?

—Habíamos pensado en alquilarle una casa cerca de la nuestra, así podríamos atenderla. Le buscaríamos una mujer de compañía y...

—Milord, olvídelo. Le agradezco su interés, pero no estoy sola. La señora Stringle me ha invitado a Brighton. Tengo amigos. Y puedo ir a Malta cuando mi tío esté instalado.

—Por favor, decida lo que decida, cuente con mi ayuda. Haré todo lo posible por no abandonarla a su suerte —le ofreció apenado—. Me gustaría... y, por favor, no se ofenda, me gustaría que aceptara una pequeña renta. Sabe que puedo permitírmelo y es algo que debe hacerse en un caso así.

—Pero yo no puedo permitírselo.

—Por favor, déjeme hacer algo por usted.

—Ya ha hecho algo por mí: no me ha engañado —respondió Julia con énfasis—. Por favor, ¿le importaría que regresáramos?

Lord Middlegreen notó que ella quería estar sola y lo entendió, así que dieron la vuelta. Tal vez ella no se sentía con tantas fuerzas como aparentaba.

—Quizá no sea el momento, pero deberíamos concretar qué motivo alegamos para anunciar la ruptura —sugirió él—. ¿Hay algún defecto que pueda fingir que fuese motivo suficiente para que usted desease evitar el matrimonio?

Julia soltó una carcajada grotesca que escondía su profundo dolor.

—Dudo de que usted posea grandes defectos, milord.

—Me sorprende que aún tenga una buena opinión de mí.

—¿En serio piensa que alguien va a creer que yo lo he rechazado?

—Puede salir corriendo y decir que he intentado propasarme —se le ocurrió.

—¿Le gusta el mar? —preguntó ella de repente.

—¿El mar? ¿Qué tiene que ver el mar?

—Lo echo de menos.

—¿Está proponiendo que digamos que usted no quiere vivir en Londres porque echa de menos el mar? No entenderían que no lo hubiera dicho antes.

—Tampoco lo habíamos hablado. Además, creo que es cierto, necesito el mar.

—¿El Mediterráneo?

—El mar, no conozco más que el Mediterráneo.

—No sé si es un argumento muy convincente, pero si usted lo desea...

—Sí, lo deseo. Es una lástima que no hubiéramos tenido esta conversación ayer. Podría haberme ido con la señora Stringle.

—Le compraré una casa en Brighton —le propuso.

—Y yo se la devolveré. Por favor, no me comprometa.

—Parece que la ofendo cada vez que hablo.

Julia no respondió. Se sintió aliviada al ver que ya quedaba poco para llegar.

—Hablaré con Lord Chandler —dijo él—. Le diré que hemos tenido una conversación sobre nuestro futuro y que he notado su añoranza. Haré lo posible para que esté de acuerdo con nuestra ruptura.

—Supongo que, cuanto antes lo sepa, mejor.

—Sí.

—Yo escribiré a la señora Stringle.

—Me gustaría que me diera su dirección. Y yo le daré la mía y le rogaré cien veces que cuente con mi ayuda cuando lo necesite.

—¿Se marchará inmediatamente?

—Es probable que antes de que acabe la semana. Creo que mi presencia no será muy cómoda para usted.

—Yo soy la intrusa en Cunderley. En cuanto tenga respuesta de la señora Stringle, me iré.

—Me imagino que no debe ser muy cómoda su estancia aquí aunque no esté yo.

—Lord Chandler es muy amable.

—Y mi tía está loca. ¿Sabe cómo llaman en el pueblo a Cunderley?

—Sí, lo he oído. Pero yo siento mucha lástima por Lady Mary Rose.

—Es usted todo corazón.

Llegaron a la casa y Julia agradeció poder estar sola. Lord Middlegreen fue a buscar a Lord Chandler y ella subió aprisa a su habitación. Ya por el pasillo sentía necesidad de llorar, pero las lágrimas se negaban a salir. Afortunadamente nadie vio su expresión. Cerró con llave para que no entrara Amy y se tumbó sobre la cama con la esperanza de llorar. Sentía un dolor que no encontraba consuelo y deseaba desahogarse. Su futuro llevaba ocho años proyectado y ahora se truncaba de repente. Se sentía desorientada y humillada. Su prometido la había abandonado porque esperaba un hijo con otra mujer de la que estaba enamorado. Todo su futuro se convertía ahora en incertidumbre. Y ella era pobre. Como sus padres.

Pensó en escribir a la señora Stringle y pedirle que le buscara un puesto de institutriz. Cogió papel y pluma, pero la ansiedad le impidió trazar algo legible. Continuaba sin llorar, pero los ojos y las manos le temblaban. Supo que en esos momentos no podía escribir. Además, no sabría cómo contarlo. Solo podía encerrarse en sí misma y tratar de tranquilizarse.

Ni siquiera podía pensar ahora en si debía o no contárselo a su tío. Sentiría una gran decepción. Tal vez las cosas se arreglaran antes de que le llegara la dirección de él en Malta. Pero, ¿qué arreglo posible había? No, no había solución ni alivio posibles. Su situación de mujer despreciada lo hacía inevitable. Debía reconocer que lo sucedido era una gran deshonra.

Había pasado más de media hora cuando Amy llamó a la puerta. Julia le pidió que esperara un momento y trató de acicalarse el pelo y ensayó caras que disimularan su malestar. El espejo le devolvía su imagen demacrada y abrió fingiendo que se sentía indispuesta.

—Señorita Banister, Lord Chandler quiere verla —le informó la criada.

—¿Puede esperar? Estoy ocupada.

—Creo que no puede esperar, señorita Banister. La aguarda en su despacho. Está… enfadado. ¡Nunca lo había visto así!

XIII

Julia salió sin ganas de su habitación y deseando que la entrevista fuera breve. En el hall encontró al señor Brandon, que parecía estar buscando algo.

—Señorita Banister, ¿sabe dónde está Lord Middlegreen? He estado montando toda la mañana y a esta hora habíamos quedado para jugar una partida de billar.

—Hace una media hora hemos regresado de un paseo. Tiene que estar por aquí, ¿lo ha buscado en sus habitaciones?

—No está allí, ni en el salón. Miraré en la biblioteca, gracias.

El señor Brandon no notó su desolación y eso la alentó a dirigirse con más resolución hacia el gabinete de Lord Chandler. Llamó y le abrió el conde, pero vio que Lord Middlegreen también estaba allí y se alarmó.

Lord Chandler cerró la puerta y la contempló detenidamente. Ella balbuceó:

—¿Le puedo ser de utilidad en algo?

—No soy hombre de rodeos para cuestiones de honor —comentó Lord Chandler con voz severa—. Haga el favor de tomar asiento y ser sincera conmigo, ¿es cierto que usted ha roto el compromiso con mi sobrino porque desea vivir en la costa?

—Sí, es cierto —repuso ella con firmeza.

—¡Pamplinas! —explotó Lord Chandler—. ¿Es que piensan que voy a tragarme eso? Señorita Banister, le he pedido franqueza —gruñó—, ¿ha cometido mi sobrino algún acto… que lo desacredite como pretendiente?

—No, en absoluto —negó Julia con énfasis—. Lord Middlegreen es todo un caballero.

—Entonces, ¿no hay ningún motivo por el cual desee rechazarlo, excepto porque no le apetece residir ni en Londres ni en Cunderley?

—Es… una cuestión de libertad, milord— trató de justificarse ella.

—¡Libertad! Señorita Banister —se acercó a ella, le cogió el mentón y levantó dulcemente su cabeza—, reconozco que afronta esta situación con sorprendente dignidad, pero su rostro no es el de una persona decidida y resuelta que acaba de tomar una resolución de este calibre. Tiene los ojos tristes. Parece que la libertad no logra hacerla feliz.

—Creo que me he resfriado —se defendió.

—Es usted una mala actriz, pero no peor que mi sobrino. Sepa que no me he tragado ni una palabra de ninguno de los dos. Así que, aunque tengo hambre, permaneceremos aquí sin cenar hasta que escuche algo convincente.

—Pero, tío —protestó Lord Middlegreen—, no sé a qué vienen sus suspicacias.

—Cállate, Middlegreen —le instó—. Llevo dos semanas con esta joven y en ningún momento he notado ninguna indisposición a casarse contigo, al contrario. Se ha mostrado agradecida y feliz y ha manifestado en repetidas ocasiones que este matrimonio era más de lo que podía soñar. ¿Ahora he de creerme que ha cambiado de opinión? —preguntó con ironía—. No puedo pensar otra cosa que esta ruptura se debe a ti, Middlegreen. Estoy decepcionado, he empeñado mi palabra ante su tío. El capitán Atkins me salvó la vida y yo se lo agradezco rompiendo el corazón de su sobrina.

Julia se sintió sobrecogida y fingió un estornudo para poder acercarse el pañuelo a la cara y que no se notara su incomodidad. Pero el gesto no pasó desapercibido para Lord Chandler.

—Y, ahora, uno de los dos, ¿puede contarme qué ha ocurrido?

—Milord… —trató de asegurar Julia—, le doy mi palabra de que no quiero casarme con su sobrino.

—Y yo no la creo —le recordó el conde.

—No insista, señorita Banister. Mi tío es muy testarudo y no cesará en su labor inquisitiva hasta que confesemos la verdad.

Julia se asustó un momento, pero luego sintió que se sentiría mejor si no estaba obligada a fingir un papel.

—Tío, la señorita Banister me ha liberado de la promesa de matrimonio porque yo se lo he pedido.

—Eso empieza a sonarme más verosímil —respondió el conde empezando a enfadarse—. ¿Y puedo saber por qué has hecho eso?

—Porque… porque debo casarme con otra mujer —confesó—. Está esperando un hijo mío.

—¡Oh! ¿Y cómo sabes que el hijo es tuyo?

—Tío, por favor, no ofenda a Olivia.

—¿Olivia? Si esta Olivia se comportó de forma deshonrosa contigo, ¿cómo sabes que no lo ha hecho con otros? ¡Ignoras que tu título es muy atractivo para desear engañarte!

—¡No tiene ningún derecho a insultarla! Olivia solo ha estado conmigo y, por mucho que a usted le desagrade, el niño llevará mi apellido.

—Que también es el mío.

—Usted no puede desheredarme, el título y las propiedades están vinculadas.

—¡Nunca me habías hablado así! ¡Cállate! Me importa un pepino si el niño que espera esa mujer es tuyo o no es tuyo. ¡Te casarás con la señorita Banister!

—Pero yo no me casaré con él —intervino Julia.

—Señorita Banister, no permitiré que mi sobrino la ofenda de esta manera.

—Milord, su sobrino me ofenderá si se casa conmigo y abandona a su hijo —sentenció con dignidad.

El conde no respondió. Dio media vuelta y se encaminó hacia la mesa en la que había una botella de whisky. Se sirvió un vaso y lo probó. Lord Middlegreen y Julia permanecían en silencio.

—En casos como este, si un hombre rompe su palabra de compromiso, está obligado a indemnizar a la dama con una suma importante —comentó Lord Chandler meditando sobre el tema.

—Pero Lord Middlegreen no ha roto su palabra, he sido yo la que no acepto un matrimonio en estas circunstancias —protestó Julia.

—¡Sandeces! Mi sobrino ha incumplido su deber.

—No aceptaré que me "compensen" como si yo fuera una mercancía.

—El dinero de Mary Rose no está vinculado —recordó el conde ignorando la protesta—. Lo heredará la señorita Banister. Con el mío, mientras esté vivo, puedo hacer lo que quiera. Así que dispondré de una parte dedicada a la dote de la joven y mientras no escatimaré en gastos hasta que le encuentre un marido.

—No necesito nada, milord. Tengo a la señora Stringle y a mi tío…

—Su tío no debe saber nada por el momento y convendría que la señora Stringle tampoco. Y no admito discusiones. Es usted encantadora, pero no olvido que ha tratado de encubrir a un sinvergüenza como mi sobrino.

83

—Pero… —trató de protestar.

—Entonces, ¿aprobado? —preguntó alegremente Lord Middlegreen.

—No pienses ni por un momento que estás perdonado. Si la señorita Banister es tan amable de no sentirse ofendida, no esperes lo mismo de mí. Además, no hemos resuelto la explicación oficial de la ruptura. Esa tontería del mar no se la creerá nadie. Debemos encontrar algo que no deshonre a la señorita Banister. Y espero que ambos finjan un poco mejor de lo que lo han hecho hasta ahora.

—¿Y qué sugiere? —preguntó Lord Middlegreen.

—Por el momento no te irás el jueves como pretendías. Nos dedicaremos a alternar con la sociedad. Celebraremos cenas y fiestas, la gente vendrá porque esperan que se anuncie el compromiso. Middlegreen, tú adularás a la señorita Banister hasta el punto de agobiarla. Señorita Banister, usted suspirará cansada y tratará de evitar a mi sobrino. Si queremos que algo tenga crédito, debemos preparar el terreno. Cuando el hastío de la señorita Banister ante la perspectiva de su matrimonio sea evidente, anunciaremos la ruptura. Nadie dudará de que haya sido ella la que ha puesto fin —anunció—. Para no dejar ninguna duda, es conveniente que nadie sepa lo que ha pasado aquí, ni mi esposa, ni el señor Brandon, ni nadie del servicio.

—Esto último se lo agradecería, milord. No me gustaría que…

—Aunque me temo que —la interrumpió—, en el caso de Tash, ya es algo inevitable. ¿Me equivoco, Middlegreen?

—Mike lo sabe desde antes de mi llegada. Lo avisé por carta —confesó Lord Middlegreen.

Julia se sintió tremendamente avergonzada.

—Si él no ha sido capaz de convencerte de que te cases con la señorita Banister, mucho menos lo seré yo. Así que doy por zanjada la cuestión, pero eso no hace, Middlegreen, que no esté indispuesto contra ti. Debes saber que me has decepcionado.

—Lo sé, tío. Lo lamento mucho.

—Ahora no valen los lamentos. Avisa a Tash y dile que venga para contarle nuestro plan, si él lo ve viable, es que es viable.

—No, por favor —suplicó Julia—. No soportaría que nadie más interviniera.

—Mike es un hombre de confianza, señorita Banister —intervino Lord Middlegreen.

—Pero ahora no, por favor, ahora no puedo ver a nadie.

—De acuerdo. Es lo menos que puedo hacer por usted.

—Gracias —dijo ella, aunque no lograba sentirse aliviada.

—De todas formas, Mike no está. Ha ido a Winaton a enviar la correspondencia.

—Ahora deberíamos almorzar. Diré que preparen la mesa para dentro de un cuarto de hora. Empezamos con el plan, me servirá para observar si es creíble.

—Yo debería escribir a Olivia... —dijo Lord Middlegreen—. No espera que me quede tanto tiempo.

—Esta tal Olivia, ¿tiene apellido? —preguntó Lord Chandler.

—Se llama Olivia Long.

—¿Es de buena familia?

—No tiene familia, solo un hermano que está en la India. Ella...se gana la vida como actriz.

—¡Actriz! —exclamó Lord Chandler de nuevo enfurecido.

—No es lo que usted piensa, no es de moral laxa, es que no ha gozado de buenas oportunidades y...

—Realmente eres imbécil, Middlegreen. ¡Te has dejado engatusar por una actriz!

—Sea como sea, el bebé no tiene ninguna culpa —intervino Julia.

—Señorita Banister, le ruego que deje de hacer de abogado defensor de mi sobrino y nos deje solos. Aún tenemos mucho que discutir.

Julia obedeció. Mientras salía, tuvo tiempo de oír las palabras de Lord Middlegreen.

—¡No es una indecente! ¡Olivia interpreta a Shakespeare!

Por las escaleras se cruzó con madame Borem. Se saludaron de forma escueta y Julia supo, ante la reacción que le provocó su mirada, que no iba a llorar. Sus sentimientos habían cambiado, pero no sabía identificarlos. Continuaba confusa y decepcionada, incapaz de asumir aún las consecuencias de lo que había pasado. Pero también le había sorprendido la reacción de Lord Chandler, su predisposición a defenderla y cuidarla. Y Lord Middlegreen le había parecido ahora menos atractivo de carácter. Le faltaba la seriedad que ella admiraba; su personalidad, aunque lo consideraba buena persona, no era firme y decidida. Su buen humor y su simpatía eran un modo de evitar que el interlocutor penetrase más allá de lo superficial. Era sincero, cierto, pero imprudente. Agradable, pero trivial. Tash lo había calificado de voluble y Julia estaba convencida de que si Lord Chandler hubiera insistido un poco más, él hubiera acabado por aceptarla en matrimonio y mantener a la señorita Long como amante. ¡Oh, eso sí que ella nunca lo hubiera aceptado!

Entró en la habitación enfada consigo misma, aunque no sabía por qué. Amy la estaba esperando, así que guardó para sí todas sus emociones y trató de mostrarse de forma habitual. Vio que había un vaso con unas flores silvestres sobre el aparador y se estremeció.

–Por favor, Amy, le dije que no quería más flores. No quiero que vuelvan a marchitarse en cinco minutos.

–¡Oh, disculpe! No me había dado cuenta de que estaban aquí.

–¿No las ha puesto usted?

–No, señorita Banister.

–Las habrá puesto madame Borem, acabo de cruzarme con ella –afirmó Julia.

–Hace quince minutos que estoy aquí y no ha entrado nadie, señorita Banister. Tal vez haya sido Lord Middlegreen, son muy bonitas –dijo Amy ingenuamente.

–O el señor Brandon –ironizó Julia– Retírelas, por favor.

XIV

Julia bajó a almorzar contra su deseo. Hubiera preferido alegar que se sentía indispuesta y pedir que le subieran algo a su habitación, pero no podía permitirse hacerle eso a Lord Chandler. El conde se había portado muy bien con ella. Tampoco quería demostrar a Lord Middlegreen ni a Tash lo profundamente afectada que se encontraba por lo ocurrido. Debía mantener la templanza. Pero Tash no se hallaba allí, lo cual la alivió cuando llegó a la mesa.

Julia no se encontraba cómoda en el deber de fingir un papel y dudó sobre si sabría cumplir las expectativas que habían depositado en ella. Miró a madame Borem con intención de ver si delataba en alguna expresión haber sido la autora de que nuevamente hubiera flores en su habitación y no notó nada extraordinario en ella. El señor Brandon explicó que por la mañana había salido a montar a caballo y que se había encontrado con una de las hermanas Wakefield, pero que luego había esperado puntual a Lord Middlegreen para su partida de billar. El vizconde se disculpó tan enfáticamente que resultaba imposible no perdonarlo. Lady Mary Rose expresó que echaba de menos las termas de Bath y Julia, en general, habló poco. Lord Middlegreen la aduló en un par de ocasiones y ella no hubo de fingir ningún fastidio. Lo sentía sinceramente, el dilatado encanto del vizconde la cansaba y su reacción fue la natural. Lord Chandler la miró complacido.

Ella necesitaba alejarse de allí. Después del almuerzo, salió hacia las cuadras y escogió el caballo que montaba desde que supo que el negro pertenecía a Tash. Partió despacio y sentada de lado, pero en cuanto se alejó de Cunderley se detuvo y cambió de postura. Llevaba mucho tiempo deseando montar a horcajadas y ahora ya no debía comportarse como una futura vizcondesa. Decidió que, si había quedado libre, sería libre hasta las últimas consecuencias.

No era consciente de que continuaba enfadada. Durante cinco minutos cabalgó tan deprisa como permitía el terreno. Necesitaba cansarse. Pero se detuvo de golpe cuando notó, a través de una curva, que había otro jinete cerca. Afortunadamente miraba hacia otro lado y no se había percató de su presencia. Julia se escondió porque no le apetecía encontrarse con nadie y se quedó observando desde su refugio. Era Tash. También galopaba y se sintió aliviada cuando vio que pasaba de largo. Él no la había visto.

A pesar de que el secretario desapareció rumbo a Cunderley, ella no reemprendió la marcha. Bajó del caballo y cogió unas piedras. Sentía la necesidad de arrancarse algo de dentro y las fue lanzando una a una contra un tronco. De pronto se detuvo, se preguntó qué estaba haciendo y supo que su reacción era absurda. Era evidente que no podía hacer nada por cambiar su situación, pronto todos hablarían de ella como la abandonada. Se dejó caer sobre la hierba húmeda y sintió sobre sí todo el peso del bochorno.

En esos momentos notó unos pasos que se acercaban y luego oyó un ladrido. Lo último que le apetecía era que alguien la sorprendiera en esta situación y tomó aire para tratar de reponerse.

—¿Julia? —preguntó la señorita Bates mientras *Sheekoo* se lanzaba a las faldas de la otra joven.

—¡Oh, Fanny! —exclamó avergonzada de que la viera en ese estado.

—¿Qué ha ocurrido? ¿Se ha caído?

Julia no contestó. Negó con la cabeza y se atragantó con un hipo incómodo que delató que había sido sorprendida de un modo en el que no se sentía orgullosa de sí misma. Fanny se acercó cuando vio que su amiga ni siquiera notaba que *Sheekoo* le estaba lamiendo un codo.

—La señora Stringle se ha ido hoy —explicó Julia para justificar su desolación que ella consideraba evidente.

—¡Oh! Pero supongo que se escribirán y podrán visitarse —trató de consolarla.

—Sí, nos escribiremos.

—Bueno, si tanto le afecta, puede pedirle a Lord Middlegreen que resida con ustedes en Londres —pero al tiempo que pronunciaba esta propuesta le pareció mala idea.

Julia se sintió falsa y sucia. Bajó los ojos y dijo:

—¡Oh, Fanny! No le estoy diciendo toda la verdad. Ha ocurrido algo horrible.

Fanny la abrazó pensando lo peor. Julia sabía que no le convenía que la noticia se difundiera, pero Fanny le inspiraba confianza y el desconsuelo que le estrujaba el alma la empujaba a referirle lo que acababa de ocurrir. Estaba desolada y necesitaba una amiga. Se lo contó con pelos y señales, tal como hubiera narrado los hechos cuando años atrás escribía un diario. No escatimó ni un detalle y se recreó en su sentimiento de humillación.

—Por eso entenderá que me gustaría haberme ido con la señora Stringle y no tener que vivir esta situación que, de trascender, resulta escandalosa. He sido repudiada, puedo tratar de suavizarlo con otras palabras, pero esta es la realidad.

—Es terrible, pero, ¿quiere que le diga algo? Viniendo de Lord Middlegreen, no me sorprende.

—No lo culpe a él, podría haberme engañado y no la ha hecho.

—¡Oh, no! Esto sí que no. No puede defenderlo. Lord Middlegreen siempre ha sido un joven muy alegre, pero también antojadizo e inestable. Siempre ha delegado su responsabilidad en el señor Tash.

—Tash también lo sabe… ¡lo sabe todo! ¡Me siento tan ridícula…! —exclamó mientras las lágrimas tomaban nuevo empuje.

—Por el señor Tash no debe preocuparse, es de fiar.

—Pero me mirará y me juzgará y… ¡Oh! ¡Soy tan desgraciada!

—La opinión del señor Tash no importa en estos momentos. Ahora lo fundamental es que usted se levante y afronte la nueva situación.

—¿Que no importa? ¿Cree, acaso, que podré fingir un papel delante de alguien que tiene conocimiento de todo? ¡Resulta bochornoso! —gimió.

—Al contrario, si el señor Tash y yo lo sabemos, podremos ayudarla a propagar el rumor de que Lord Middlegreen no es de su agrado. Julia, que el señor Tash lo supiera no podía ser de otra manera tratándose de los asuntos de Lord Middlegreen. Lo que hay que hacer es mirar hacia delante. Es una suerte que, tal como dice, cuente con el apoyo de Lord Chandler y seguro que le encuentra un buen marido. Solo que…

—¿Qué?

—Que tal vez no sea buena idea quedarse aquí por el momento. Todo el mundo le preguntará por la fecha del enlace y eso la agobiará. Debería venir a Londres.

Julia la miró interrogante y Fanny se explicó:

—El viernes que viene mi madre y yo vamos a ir a Londres a visitar un familiar enfermo. Es un familiar lejano, algo de compromiso, no me mire con lástima. Estaba pensando en algo más alegre, Julia, podría acompañarnos.

—¿A Londres? No creo que Lord Chandler quiera que yo vaya a Londres.

—¡Oh, pero le ha demostrado su apoyo! Yo creo que la pregunta que debe hacerse es si a usted le apetece este viaje.

—Lo cierto es que preferiría irme de aquí, a cualquier lugar, pero no conozco a nadie en Londres —comentó—, excepto a los señores Watson, que estaban al corriente de mi compromiso y también me harían preguntas.

—En Londres la vida social es más rica, no tiene por qué encontrárselo. Y no creo que nosotras acudamos a muchos bailes. La idea que le propongo no es la de encontrarle un sustituto a Lord Middlegreen estos días, sino algo de tiempo para que pueda asumir lo que le ha pasado y regresar más fuerte. Entonces ya podrá pensar en su futuro con más ánimos.

—Es usted espléndida, Fanny, solo trata de animarme. Pero eso sí que suena inverosímil. No creo que pueda asimilar una idea que se forjó en mí hace ocho años en solo unos días.

—Eso es cierto.

—Pero admito que necesito poner tierra por medio. Si no fuera porque tiene que atender a su sobrina, hubiera escrito a la señora Stringle para pedirle que me dejara pasar con ella unos días —reconoció Julia.

—Si viene con nosotras, nadie sabrá nada. Podrá reflexionar con tranquilidad.

—Seguro que su madre sabe perfectamente quién soy, el día que fui a la iglesia todo el mundo me miraba.

—Sí, es cierto. Pero mi madre no tiene por qué saber lo que ha pasado. Por supuesto yo no le diré ni una palabra de lo que me ha contado. Y mi madre estará ocupada toda la semana. Reconozco que también la invito por mi interés. Si usted está conmigo, yo no me veré obligada a estar todo el día en una casa.

—Por supuesto que me apetece ir a Londres, me apetece ir a cualquier sitio que no sea Cunderley, pero…

—Entonces, perfecto. Hable con Lord Chandler. Si él acepta este viaje, yo me encargaré de comunicárselo a mi madre. No hará demasiadas preguntas, es la mujer de un vicario, está más dedicada a las obras de Dios que a las del hombre.

Julia rió.

—Lo que quiero decir —se explicó Fanny— es que nunca ha sido propensa a los cotilleos y todo eso. Es una buena mujer.

—Suena estupendo. Pero, ¿qué pasará con la escuela?

—Mi padre me sustituirá este fin de semana —respondió como si ya echara de menos su labor.– ¿Ve que ya ha cambiado de expresión? Y, si sonríe, a lo mejor encuentra otro pretendiente. Julia, usted merece alguien mejor que Lord Middlegreen.

–Es usted muy ocurrente. No creo que un vizconde pueda ser considerado como algo despreciable.

–Me refiero a la persona, no a la posición. Alguien con una personalidad semejante a la del señor Tash.

–¡Bromea! ¡Nunca me fijaría en alguien como Tash!

Sí, ahora estaba segura. Si dejaba Cunderley, su mayor preocupación desaparecería. Londres no le garantizaba un marido, pero sí el hecho de dejar de sentirse observada por un tiempo. Con el calor de Fanny y la complacencia de su madre, no necesitaría nada más. Si la señora Stringle le escribía, podían remitirle las cartas a Londres. La propuesta de su amiga le hacía sentir que su carga se aligeraba. Además, no tendría que fingir, algo que odiaba.

Acordaron verse al día siguiente, Julia acudiría a la vicaría para informar a Fanny de la decisión de Lord Chandler. Confiaba en que la idea pudiera seducirlo, aunque si notaba reticencias por su parte, no insistiría, no quería abusar de la amabilidad del conde.

Durante el regreso, montó el caballo con el decoro que se le requería a una dama. Ahora se encontraba menos ofuscada, incluso capaz de encarar cualquier mirada que la juzgara. No estaba eufórica, no era eso, aún se sentía muy lejos de poder afirmar que el rechazo no la afectaba. Pero veía las cosas de otra manera.

Llegó a Cunderley decidida a hablar con Lord Chandler y se dirigió a su despacho. El conde estaba observando los nuevos lentes para el telescopio que había ido a recoger el señor Tash a la estafeta de Correos. Pero no le importó ser interrumpido por la señorita Banister.

Ella tomó asiento ante su mesa y él le preguntó cómo se encontraba. Julia tuvo que disculparse por haberle contado lo ocurrido a Fanny Bates y él la regañó:

–Ha cometido usted una imprudencia, señorita Banister. No podemos permitir que se sepa la verdad –protestó él– Su reputación está en juego.

Julia defendió la lealtad de Fanny, confiaba en ella y contar con su apoyo le resultaba necesario. Luego le explicó el viaje a Londres que tenía previsto junto a su madre, le contó que la había invitado y le expresó su deseo de acompañarlas.

–No sé si es una buena idea, señorita Banister –objetó Lord Chandler–, si su viaje es por motivo de la enfermedad de un familiar, dudo de que sea una buena ocasión para que se divierta.

–Es un familiar lejano, según me ha dicho. Y la idea no es exactamente divertirme.

Ante la mirada de desconsuelo de la señorita Banister, Lord Chandler condescendió.

–Podría escribir a un par de amigos. No todos conocen su existencia, señorita Banister, debo reconocerlo, aunque espero no ofenderla por ello. Pero con los del grupo de astronomía no solemos hablar de esas cosas, ya sabe, nos vemos poco y dedicamos el tiempo a lo nuestro. Tal vez si le doy una carta para uno de ellos, pueda tratar de abrirle puertas en la sociedad.

–¡Oh, milord! ¿Haría eso?

–Por mi parte no veo ningún problema. La señorita Bates a veces habla de cuestiones políticas, está en contra de la esclavitud, de la posición de la mujer… Pero no me importa lo que piense, mientras no lo exprese en público. Nunca he entendido muy bien cómo una persona así puede ser la maestra de un pueblo. Si no la vigilan, un día puede convertir esto en una nueva Francia.

Julia no conocía esa faceta de su amiga, aunque era cierto que el día que la visitó en Cunderley se refirió a las hermanas Wakefield como *Pamela* y *Shamela* y luego comentó que era una lástima que las mujeres no tuvieran una tercera opción: ser una misma. Julia había leído a Samuel Richardson, pero no a Henry Fielding, así que no había entendido muy bien sus alusiones. Después de esta información que acababa de darle Lord Chandler, su amiga le pareció aún más interesante. Las palabras del conde la sacaron de su ensimismamiento.

–Menos mal que me lo dice hoy, ya tenía preparadas las invitaciones para celebrar un baile el viernes, pero no las enviaré. Por el contrario, escribiré a este amigo para anunciarle su visita y le pediré que me informe de los próximos eventos sociales en la capital. Espero que se hospeden en una buena casa y que tenga una sala para poder recibir pretendientes –le guiñó el ojo–. Le diré a mi sobrino que se marche el viernes con ustedes, así, él y el señor Brandon las escoltarán, pero cuando lleguen a Londres, deben separarse.

–La señorita Bates se lo agradecerá, milord, pero no más que yo –dijo Julia nuevamente conmovida–, es usted muy bueno conmigo. No sabe lo agradecida que le estoy.

–Me está agradecida cuando debería deplorarme por no haber cumplido mi palabra. Señorita Banister, usted no merece menos. Le dije que sería como un padre para usted y es lo que voy a procurar hacer. Sé cuál es mi obligación y, en cuestiones de honor, no sabría dar preferencia a nada más.

XV

Al día siguiente acudió a la vicaría a informar a su amiga de que tenía el consentimiento de Lord Chandler para acompañarla a Londres. Su amiga lo festejó y le presentó a su madre, la señora Bates, que a Julia le pareció una mujer amable y discreta. No podían ausentarse más de una semana porque los gemelos necesitaban a su madre, y dejarlos allí suponía demasiado trabajo para el señor Bates.

Había ido a pie, tenía ganas de pasear y, cuando regresó a Cunderley, se encontró a Lord Middlegreen. Él había pasado la mañana en Winaton junto al señor Brandon. Lord Middlegreen se apartó de su amigo y la llamó. Ella acudió con la cabeza alta.

—Señorita Banister, mi tío me ha informado de que mañana viaja a Londres con la señora y la señorita Bates. El señor Brandon y yo las escoltaremos, pero me temo que no vayamos a vernos en Londres. Las circunstancias…. Antes de despedirnos, me gustaría agradecerle de nuevo su benevolencia conmigo.

—Preferiría no hablar más del tema, milord. Espero que sea muy feliz en su matrimonio.

—Sé que no debe alternar con mis conocidos en Londres, todos sabían lo de nuestro compromiso, pero me gustaría que tuviera mi dirección por si me necesita en algún momento —dijo mientras le entregaba una nota.

Ella la aceptó y la guardó en un bolsillo, pero con el firme convencimiento de que no la usaría. Mientras lo hacía, vio que Tash pasaba cerca y se dirigía hacia las cuadras.

¡Bendito Londres! Había muchos motivos para querer abandonar aquel lugar y reconocía que Tash era uno de ellos. Quería librarse de él, de su vigilancia, de sus modales perfectos y sus intenciones sibilinas. Había algo oscuro en ese hombre que le molestaba, aunque ahora debía admitir que él no había tratado de predisponer a Lord Middlegreen contra ella. Recordó la discusión del laberinto, pero no quiso profundizar en una nueva interpretación.

Esa noche Julia no bajó a cenar. Fingió sentirse mal y dijo querer reposar para encontrarse mejor durante el viaje. Amy le subió un caldo y un trozo de carne que apenas probó.

Ocupó el día siguiente en preparar el equipaje, hizo una buena selección, pues no quería cargar demasiado el baúl. Solo iban a estar fuera una semana. Decidió regalar dos vestidos viejos a Amy, aunque debería arreglárselos, pues no tenían la misma constitución. También escribió a la señora Stringle, a la que no contó toda la verdad, pero sí le habló de su viaje a Londres.

Los Bates no tenían coche, así que, cuando llegó el viernes, Lord Chandler acompañó en su berlina a Julia hasta la vicaría para recoger a su amiga y la señora Bates. Lord Middlegreen y el señor Brandon iban a caballo. Una vez cargado el equipaje y acomodadas las damas en el coche, partieron hacia Winaton. Allí las dejó el conde y ellas cogieron el coche de postas hasta Londres, escoltadas por los dos jóvenes. Durante el trayecto hablaron poco, pues la presencia de la señora Bates impedía que la conversación fluyera entre las dos amigas.

Cuando entraron en la capital, dejaron el correo y Lord Middlegreen y el señor Brandon las acompañaron a alquilar un coche, pues llevaban demasiado peso para dirigirse a pie hacia la dirección que llevaba apuntada la señora Bates. Luego se despidieron. Ellas atravesaron calles sucias y fueron testigos de una miseria que difería mucho de la pobreza de las zonas rurales, lo cual enturbió la primera impresión de su viaje.

Se alojaron en una casa de huéspedes con paredes desconchadas de un barrio modesto. Los Bates no eran ricos. Lord Chandler había dado dinero a Julia para cualquier cosa que le surgiese, así que alquilaron dos habitaciones, una para la señora Bates y otra para las jóvenes, que ella se ofreció a pagar. No iba a casarse con Lord Middlegreen, pero tomaba conciencia de que contar con la ayuda de Lord Chandler suponía una suerte. Las habitaciones eran oscuras y austeras, pero estaban limpias. Abrieron las ventanas para que entrara un poco de aire, pero las cerraron enseguida cuando notaron el olor del Támesis. Así supieron que no estaban lejos del río. En realidad se hallaban en el barrio de Clerkenwell, pero aquel hedor era capaz de viajar cientos de yardas más. Deshicieron el equipaje y bajaron a comer algo. A Julia se le quitó el hambre en cuanto le sirvieron un potaje de color indeterminado en el plato.

A pesar de la falta de lujos, Julia seguía agradeciendo esta escapada. Después del almuerzo, la señora Bates se fue a visitar a su primo lejano y les pidió que no se preocuparan si regresaba tarde. Julia escribió una nota rápida a Lord Chandler en la que no le explicaba las condiciones de su hospedaje. Afortunadamente, Lord Middlegreen no las había acompañado hasta allí, así que no tendría por qué preocuparse. Aun así, le apuntó su dirección, pues él le había pedido que enseguida que llegara se la enviara.

Luego, Fanny y ella por fin pudieron salir a conocer el lugar. Iban agarradas la una a la otra, puesto que la casera les había comentado que por allí se producían robos frecuentemente. En concreto, les había advertido de que no se fiaran de los niños, pues había adultos que los adiestraban como rateros a cambio de comida y techo. Eso las impresionó.

—Deberíamos haber acompañado a mi madre —dijo Fanny—, no me gusta que haya pasado sola por un lugar como este, aunque creo que sus primos no viven lejos.

—Tal vez solo sea así durante un par de calles. Si seguimos caminando, seguro que encontramos otro ambiente —propuso Julia.

—Y ha dicho que volverá tarde. No quiero ni imaginarme cómo será esto cuando no haya luz —se quejó.

—Tampoco a nosotras nos conviene regresar tarde —advirtió Julia.

—Me parece que no ha sido una buena idea invitarla. Dudo de que esto sea un respiro para usted —ironizó por los olores.

—Ni se le ocurra lamentarlo. No soportaba pasar ni un minuto más en Cunderley. El lugar es precioso, por supuesto, pero Lady Mary Rose me da lástima, madame Borem a veces consigue inquietarme y Lord Chandler hace demasiado por mí, siento que no lo merezco. Y luego Tash, ¡como si fuese mi sombra!

—Sí, supongo que el lugar más bonito se puede convertir en un infierno según la compañía y las circunstancias —reconoció Fanny—. Lo que no es seguro es que podamos transformar este lugar horrible en un paraíso —rió.

—Bueno, si consigue que eche de menos el infierno, ya habrá logrado más de lo que yo esperaba.

—No debería sentir que no es digna de la atención de Lord Chandler. Es un hombre de honor. Estoy convencida de que para él ha supuesto un duro golpe la conducta de Lord Middlegreen hacia usted.

—De eso estoy segura. Es muy bueno.

—Ni usted debería preocuparse por el hecho de que el señor Tash la observe. No pretende intimidarla. Su deber es velar por la comodidad de todos los habitantes.

—¿Comodidad? ¿Quién puede sentirse cómodo con su mirada en el cogote?

—Es atento, cosa que se le agradece en su puesto.

—No entiendo por qué siempre lo defiende.

—Cambiemos de calle, esos hombres de allí me dan mala espina —le suplicó Fanny.

—Buen ojo —aceptó Julia—. Realmente dan miedo.

—Respecto al señor Tash, él no tiene por qué ser agradable, debe ser eficaz y yo creo que gracias a él, según se dice, la economía de los condes ha mejorado. Además, ahora Cunderley dona más comida y ropa para los pobres, aunque Tash ha comentado muchas veces que si el Estado se preocupase por la justicia social, no haría falta ofender a las personas con la caridad.

—Así que reconoce que no es caritativo.

—Veo que su indisposición no tiene remedio. Hablando de caridad, deberíamos comprar algo de fruta para guardar en la habitación. Creo que ninguna ha comido demasiado y mi madre agradecerá encontrar algo cuando regrese.

Así lo hicieron y luego volvieron a la casa de huéspedes. Julia preguntó dónde podía encontrar una oficina de Correos y decidió ir al día siguiente a primera hora. La casera dijo que por un chelín, podía encontrar a alguien que las acompañara.

Una vez en la habitación hubieron de afanarse en limpiar las botas. El fango apestoso de las calles se había incrustado en ellas y el olor de afuera ahora estaba en el interior. Cerca de la casa de huéspedes había una fábrica de betún y eso suponía una ironía al contemplar su calzado.

—¿Sabe, Fanny? Mañana escribiré al amigo de Lord Chandler, tal vez nos ofrezca visitarlo y podamos salir de este ambiente. Además, tengo dinero. Por la mañana alquilaremos un coche e iremos al centro, a algún lugar donde podamos pasear.

—Mis ropas no son muy adecuadas, Julia.

—Pues le prestaré uno de mis vestidos. Pruébese el que quiera. Le pediré aguja e hilo a la casera y lo arreglaremos. ¡Mañana también iremos a los jardines de Ranelagh! Estoy decidida a sacar provecho de este viaje.

—Me parece una idea estupenda. Pero no hace falta que me preste ningún vestido. Disfrazaré alguno mío y, si me deja un sombrero y una chaqueta, será suficiente.

Julia también propuso contratar a un acompañante para la señora Bates. Temía estar abusando de la generosidad de Lord Chandler, pero estaba convencida de que era un modo de emplear bien el dinero.

A primera hora un chico las acompañó a la oficina de Correos y luego dieron otro chelín para que se dirigiera a la casa del señor Foster para entregar su nota. Después alquilaron un coche con el que atravesaron medio Londres y las dejó a la entrada de los jardines de Ranelagh. Pagaron la entrada y la visita duró hasta la noche. El hecho de tener dinero en el bolsillo facilitaba mucho las cosas, era la única oportunidad que tenían de escapar del ambiente de putrefacción y degradación moral de la zona donde estaba su hospedaje.

La gente con la que se cruzaron en los jardines pertenecía a una clase muy diferente. Se notaba la recién firmada paz, porque había muchos oficiales paseando con sus parejas. Visitaron la Rotonda Central, cerca del río, y almorzaron en un salón en el que servían jamón cortado muy fino y frutas dignas de un buen bodegón. Después se acercaron hasta un globo, artilugio del que habían oído hablar pero nunca habían visto ninguno, aunque no se atrevieron a subir. A media tarde asistieron a un concierto en el anfiteatro, donde interpretaron *La cantatrici villane*, una ópera bufa, y la gente parecía divertida A medida que se fue apagando la luz del sol, se iluminaron las zonas ajardinadas y más tarde se puso en marcha una exhibición de fuegos artificiales. Rieron, hablaron, se divirtieron e incluso jugaron una partida de boliche, que era un juego que se había exportado de Francia y se estaba poniendo de moda.

Por la noche, desde la ventana de su pequeña habitación alquilada, habían visto a mujeres de mala vida y peleas de borrachos. El contraste con lo vivido durante el día de hoy era enorme y a ambas les dio pereza cuando tuvieron que regresar. Una vez en el coche, de nuevo se adentraron en el barrio de casas hacinadas, fábricas y tabernas en el que se hospedaban. Ahora, más que nunca, al compararse con esas gentes de clase baja, Julia valoraba su situación.

Cuando llegaron, la posadera dormía y hubieron de llamar y esperar con cierta inquietud a que les abriera ya que oían unos gritos cercanos como si hubiera una pelea. La posadera bostezó al verlas y les dijo que había una nota para la señorita Banister, fue a buscarla y se la entregó. Era del señor Foster, el amigo de Lord Chandler, y las invitaba a tomar un té a la mañana siguiente. En esos momentos llegó la señora Bates, con cara de cansada, pero aun así se quedó un rato con su hija para contarle sus experiencias. Julia se acostó antes, encantada por tener algo que hacer al día siguiente.

Cuando Fanny se reunió con ella en la habitación que compartían, le agradeció que hubiera decidido acompañarla.

—De no ser por su compañía, me pasaría el día en casa de unos familiares lejanos que no conozco.

El señor Foster residía en Pall Mall, era viudo y tenía cuatro hijas casadas, aunque, para su mala suerte, ninguna vivía en Londres. Les contó que, aparte de la carta de la señorita Banister, había recibido también otra de Lord Chandler y que para él supondría un honor poder hacerles de guía durante su visita a la capital. Después de una hora de conversación, les prestó su coche para que pudieran volver sin peligro a su hospedaje, pero bajo la promesa de regresar para llevarlas a cenar al restaurante de un hotel del que todo el mundo hablaba en Londres.

Así lo hicieron y, además del señor Foster, a la cena se agregó su hermana, la señorita Foster, que era una mujer soltera de unos cuarenta años. A Julia la llamaba la protegida de Lord Chandler y quiso saber dónde y con quién se hospedaban y cuál era el motivo de su visita. Una vez satisfecha esta curiosidad, consideró inadecuado que dos jóvenes se alojaran en un barrio como ese y les propuso varios nombres de hoteles en el centro. Julia sabía que no podía abusar del dinero que tenía, así que se lo agradeció con una sonrisa y no dijo más. También aconsejó un sastre a Fanny y esta aseguró que lo tomaría en cuenta, no sentía ninguna necesidad de confesarle el estado de su economía. La señora Foster no fue una compañía tan agradable como su hermano, pues le gustaba dirigir la conversación y normalmente esta versaba sobre temas que a las dos jóvenes no les interesaban. Por el contrario, agradecieron enormemente la calidad de la cena y el señor Foster debió pensar que llevaban una semana sin comer.

Tal vez fue por influencia de su hermana, pero el señor Foster no las volvió a invitar inmediatamente, aunque les aseguró que las avisaría en cuanto tuviera noticia de algún evento social.

El cuarto día de su estancia en Londres no se presentaba tan prometedor como los dos anteriores, Julia no quería volver a alquilar un coche y la idea de llegar hasta el Teatro Real de la Ópera a pie, tal como le había propuesto su amiga, no le resultaba tentadora. La señora Bates se había ausentado a primera hora de la mañana, pero ellas se permitieron remolonear en la cama y bajaron tarde a desayunar. Julia ya no pensaba en Lord Middlegreen. Se sentía liberada y comprendía que no tenía motivos para quejarse. El hecho de hospedarse en ese barrio le había removido algo por dentro. Había muchas personas mil veces más desgraciadas que ella y así se lo comentó a Fanny mientras bajaban a lo que la casera llamaba comedor.

—Coincido con usted, Julia, y me alegro de que ahora lo vea.

—Claro que sigo decidida a hacer un buen casamiento —bromeó—. No daré mi mano a alguien que cobre menos de cinco mil libras al año.

Mientras decía esto, sus ojos se abrieron sorprendidos. No daba crédito a lo que veía. Lord Chandler y Tash estaban en la planta baja, al final de las escaleras.

XVI

Lord Chandler contemplaba la estancia con preocupación al tiempo que Tash observaba a las muchachas mientras descendían.

—¡Señorita Banister! ¿Cómo ha podido hacer algo así? —gritó el conde en cuanto las vio—. ¡Suba inmediatamente a recoger su equipaje!

—¿Qué he hecho? ¿Ha ocurrido algo? —se preocupó Julia, extrañada primero por su presencia, pero también por la gravedad de su tono y las prisas.

—¿Si ocurre algo…? ¿Ha visto usted esto? En la puerta hay una rata muerta y el ambiente es irrespirable. ¿Está la señora Bates aquí? Quiero hablar con ella —ordenó.

—Mi madre no se encuentra aquí en estos momentos —respondió Fanny un poco ofendida.

—Milord, la señora Bates ha sido muy amable conmigo —terció Julia.

El conde iba a decir algo que Tash consideró que podría resultar impertinente para la señorita Bates, así que se le adelantó.

—Señorita Bates, sabemos que su madre ha procurado el mismo trato para la señorita Banister que para usted, que es su hija. Pero entenderá que Lord Chandler se preocupara cuando tuvo noticia del lugar donde se hospedaban. Este barrio no es seguro. No hemos visto ningún policía durante todo el camino.

—No es lo que se llama acogedor, precisamente —admitió Fanny más relajada.

—Lord Chandler ha pensado que lo más apropiado sería alquilar una casa mientras deseen permanecer en Londres.

—Le dije que no escatimara en gastos, señorita Banister —intervino

Lord Chandler–. Afortunadamente veo que está bien.

La dueña de la casa de huéspedes había estado a punto d no transigir con la desconsideración que estaba teniendo lugar contra su local, pero al ver la elegancia y el porte de los dos hombres se abstuvo de meterse con gente que consideró importante y desapareció hacia las cocinas. Al fin y al cabo, esas mujeres habían pagado por adelantado.

–Claro que estoy bien, milord –trató de defenderse Julia–. Hemos alquilado un coche para movernos por Londres. Tomamos precauciones. Y ayer cenamos con el señor Foster y su hermana, tal como era su gusto. No es necesario que alquile ninguna casa, eso sería demasiado. Además, regresamos dentro de tres días.

–Tenemos que hablar sobre el regreso. De momento, hoy pasaremos la noche en un hotel de categoría mientras buscamos una casa. La señorita Bates y su madre están incluidas en la oferta.

–Mi madre no aceptará, milord –protestó Fanny.

–Se equivoca, ayer hablé con el señor Bates, le conté en qué tipo de lugar se alojaban y estuvo de acuerdo. Así que, por favor, recojan el equipaje y vamos a almorzar algo en otro lugar. Tengo la berlina fuera. También cojan las cosas de su madre. Después de encontrar un hotel, iremos a buscarla. ¡Ah! Señorita Banister, hay una carta de la señora Stringle para usted. Entréguesela, Tash.

Julia vio ensombrecida su alegría de recibir carta de la señora Stringle por el hecho de que la guardara Tash. Él se la entregó, pero ella prefirió no leerla en su presencia.

Aún sorprendidas, las dos jóvenes hicieron su equipaje y el de su madre y luego Lord Chandler avisó a su conductor de que subiera a recogerlo. Una vez en la berlina, Julia comentó:

–No debería haberse molestado en venir, milord. Todo esto me parece demasiado. No debería haber dejado sola a Lady Mary Rose.

–Mi esposa ha partido esta mañana hacia Bath junto a madame Borem. Nosotros nos quedaremos en Londres un mes aproximadamente, el señor Bates ha dado su consentimiento para que la señorita Bates nos acompañe durante parte de ese tiempo. Tash me ha hecho comprender lo importante que es para usted no quedarse encerrada en Cunderley.

–El señor Tash es muy amable –ironizó ella–. Milord, lamento que haya dejado sus intereses por mi causa.

–Las estrellas no abandonan el cielo, señorita Banister, puedo aparcar el telescopio durante un tiempo sin preocuparme por ello. Ya que la señorita Bates conoce *nuestro secreto*, sepa que estoy decidido a encontrarle un marido digno de usted. Es cierto que no soy amante de fiestas ni de jolgorio social. Me aburro tremendamente en situaciones así, pero la acompañaré si es necesario. Conozco a la suficiente gente como para poder dejarla al cuidado de amigos distintos y poder ausentarme si mi presencia no es requerida. Sin embargo, con esto no estoy diciendo que me esté lavando las manos, iré adonde tenga que ir por el bien de usted.

Julia se ruborizó ante esta declaración. No le había gustado que Lord Chandler hubiese hablado en estos términos delante de Tash. Ni quería verse en la situación de que alguien tuviera que encontrarle marido.

—Milord, le agradezco su buena intención hacia mí. Pero espero que se abstenga de intervenir en cuanto a buscarme marido. Aún no he decidido qué rumbo le voy a dar a mi vida. Ya sabe que cuento con la señora Stringle, además de con mi tío.

—Y yo me niego a devolverla a su tío ultrajada por mi sobrino.

—Yo no me siento ultrajada, milord. Pero creo que este no es el momento adecuado para aclaraciones, ya hablaremos cuando yo haya podido reflexionar sobre el tema. Comprenda que aún estoy sorprendida por su llegada.

Tash miró al conde de forma reprobadora, como si le solicitara que abandonara el tema. Lord Chandler se sintió incómodo ante esta extraña alianza a la que la señorita Bates pareció sumarse.

—De acuerdo, hablaremos largo y tendido sobre el tema. Espero que no me salga cabezota, no me lo pareció cuando la conocí. Ahora vayamos a un hotel para que puedan asearse un poco y luego buscaremos un lugar para comer algo decente. Mientras, Tash, usted encárguese de encontrar una casa. Ya sabe con quién tiene que hablar.

El aludido asintió con la cabeza. Julia estaba muy sorprendida por lo que acababa de escuchar, incluso se sentía algo apabullada por Lord Chandler. Y por Tash que, como siempre, se había inmiscuido en asuntos ajenos y parecía que también participaba de la idea de buscarle marido.

Llegaron hasta un hotel de estilo palladiano del que salían personas muy bien vestidas y Lord Chandler pidió varias habitaciones. Tash partió a buscar una casa en alquiler en Mayfair, tal como le habían indicado, y las jóvenes aprovecharon para bañarse en agua caliente. Almorzaron en el comedor del mismo hotel y después decidieron ir a buscar a la señora Bates para contarle los cambios.

Para Julia, supuso una concentración de los contrastes que llevaba notando desde que había llegado a la capital. De una casa de huéspedes a un lujoso hotel, de un barrio sucio y pobre a otro de calles amplias y casas excesivas, con personas opulentas y coches con remates de oro. Pero lo que no se esperaba era encontrarse a dos personas enjauladas. En una de las plazas que atravesaron y a una distancia de aproximadamente unas cien yardas entre cada uno, había colocado algo similar a una pajarera de tamaño humano y en el interior sendos hombres de mal aspecto. Había alboroto y las gentes que los rodeaban les lanzaban piedras y vaciaban en ellos sus orinales. Julia observaba la escena desde el interior de una cómoda y segura berlina. Fanny estaba igual de impresionada que ella y Lord Chandler se limitó a comentar:

—Hay muchos motivos para decantarse por vivir en el campo.

Alguien de la calle les arrojó un papel que cayó justo en las faldas de Fanny. Era un volante que anunciaba el lugar y el momento de una ejecución. Lord Chandler se lo quitó en cuanto se percató de qué se trataba.

—Hay espectáculos más adecuados para ustedes. Una noche iremos al teatro —pero dicho esto se arrepintió por si coincidía con una actuación de la amante de su sobrino.

—Milord, ¿no ocupa usted un escaño en la Cámara de los Lores? ¿No podría hacer nada para cambiar esta crueldad? —le preguntó de inmediato Julia.

—Me aburre solemnemente la política, señorita Banister. Y no me apetece entrar en una discusión que ya he repetido demasiadas veces con Tash. Un parlamentario solo no pinta nada.

—Pero...

—No hay peros que valgan. Ya sé que la mayoría de delitos (hurtos, impagos, injurias, etc.) se cometen por la situación de pobreza de la gente, le doy la razón a Tash en esta parte del debate, pero la situación en el campo es diferente. Colaboro generosamente con la parroquia, lo puede corroborar la señorita Bates, y los pobres rurales pueden vivir perfectamente de la misericordia. Sé que en las ciudades es diferente, pero deberían plantearse un cambio de residencia —alegó el conde.

—Usted sabe, milord, que gran parte de campesinos han tenido que emigrar a las ciudades porque la nueva maquinaria los ha dejado sin trabajo —protestó Fanny.

—Y usted sabe que yo no compré esa maquinaria y que mantengo a los jornaleros. Es usted muy testaruda en estos temas, pero Tash lo es más.

—Nadie lo está juzgando a usted, milord —intervino nuevamente Julia—. Pero tal vez, desde su posición pudiera denunciar...

—¿Cree que ha descubierto América, señorita Banister? La situación está denunciada y vuelta a denunciar, pero también hay quienes alegan, y no sin razón, que mantener a los pobres es condenar a la vaguería a una gran parte de los que podrían levantar Inglaterra si se vieran en la necesidad de esforzarse. Esta nación necesita manos trabajadoras, no pedigüeñas.

—Pero hay familias que trabajan y no pueden pagar la manutención de sus hijos. Los salarios son muy bajos y los precios altos... —recordó Fanny.

—Ya me temía yo que pronto sacaría usted esa faceta revolucionaria, señorita Bates. Sí, le repito que esta discusión ya la he mantenido en numerosas ocasiones con Tash. Pero insisto en que no soy la persona adecuada para poder cambiar algo. Hemos visto lo que ha pasado en Francia cuando se ha buscado la ruptura con la tradición. Considero más adecuadas las injusticias que pueda sufrir alguien de vez en cuando que las que ha sufrido toda una nación como la francesa... y sus satélites.

Ante un nuevo intento de Fanny de rebatir su indiferencia, o así lo consideró ella, Lord Chandler dijo que ahí se zanjaba el tema y que no quería oír a ninguna de las dos volver a hablar sobre ello. Y menos en sociedad, remarcó.

Llegaron a la dirección del primo lejano de la señora Bates y preguntaron por ella. No eran ricos, pero, para su alivio, el nivel de pobreza no era tan drástico como otros que habían visto esos días. La enfermedad del familiar no era grave, pero obligaba a su esposa a estar pendiente de él durante todo el día y no tenía a nadie que se ocupara de sus seis hijos, por eso se había decidido a pedir ayuda a la señora Bates, a pesar de que nunca se habían visto. Afortunadamente, ya se estaba recuperando.

La señora Bates, como no podía ser de otra manera, se sorprendió de la llegada de su hija y sus acompañantes pero, sobre todo, de ver allí a Lord Chandler. Él le explicó, esta vez con toda la delicadeza que supo, el motivo de su preocupación por la seguridad de ellas. Le comunicó que había hablado con su marido y que él desconocía el tipo de lugar en el que pensaban hospedarse, pero que en cuanto tomó conciencia de los peligros a los que estaban expuestas, se disculpó ante Lord Chandler y aceptó el cambio que este le proponía.

Se acordó que por la noche enviarían a alguien a recogerla y la trasladaría al nuevo hotel.

Ella agradeció su viaje, lamentó la inquietud a la que lo había sometido y aceptó de buen grado con exagerada modestia.

Cuando regresaron al hotel, Julia demoró la lectura de la carta de la señora Stringle y le pidió a Fanny intimidad para poder hablar con

Lord Chandler. Quería aclarar unas cuantas cuestiones antes de que regresara Tash.

XVII

–... Además de todo lo expuesto, cuenta con cocinera, un lacayo, una criada y un mayordomo– informaba Tash a Lord Chandler.

–Yo necesitaré un ayuda de cámara, procure encontrar uno que no sea muy hablador. Supongo que habrá suficientes habitaciones para el servicio. Recuerde que también está James, que no va a dormir en la berlina. Por lo demás, si cuenta con su aprobación, doy mi conformidad. El precio es alto, pero no excesivo para su ubicación y sus características –fue la opinión del conde.

–Entonces cerraré el trato por un mes, pero con la posibilidad de ser renovado. Los dueños están en la India y piensan quedarse allí bastante tiempo, no habrá problema si usted desea prorrogar la estancia en Londres.

–Bien. ¡Ah, Tash! Cuando estemos instalados y quede algo más liberado, puede tomarse un día para visitar a su hermana, si así lo desea.

–Gracias, milord. Iba a pedírselo yo, pero usted se me ha anticipado. Se lo agradezco.

–Creo que no era algo difícil de adivinar. Usted no merece menos. Ya sabe que me parece muy injusta su situación, pero es usted muy testarudo al no haber querido aceptar nunca mi ayuda.

–Es una cuestión de honor, milord.

El conde calló para no discutir de nuevo un tema en el que se sabía perdedor y, además, sentía la necesidad de debatir sobre otros.

–Antes de retirarse, me gustaría hablar con usted de algunas cuestiones.

–Usted dirá.

—Una de ellas, y ya sé que no puedo prohibírselo, pero sí rogárselo, es la de que me gustaría que se abstuviera de hablar de política con la señorita Banister. También con la señorita Bates, pero a mí me preocupa más la señorita Banister.

—Nunca he hablado de política con ella, milord —respondió sorprendido.

—Supongo que no, pero el haberse alojado en ese barrio y ver todas esas cosas la ha hecho agitarse contra la situación de los pobres. Me ha recordado a usted. No quiero tener que repetir las discusiones que usted y yo hemos mantenido. Me gusta que me dejen en paz. Absténgase de animarla o darle ideas. Es mujer, se le pasará en cuanto empiece a acudir a bailes y la cabeza se le llene con otras fantasías.

Tash asintió, aunque se quedó pensando en la impresión que debía haber sufrido la señorita Banister al hospedarse en ese lugar.

—Otra cosa, la joven es más obstinada de lo que pensaba. Esta tarde hemos estado hablando largamente sobre su situación. Se niega a que le busque marido. Es orgullosa. Afortunadamente no es de las que sueña con casarse por amor. En esto, es una joven prudente. Su hermano pequeño y su madre murieron presas de la viruela. Hubo una epidemia en su pueblo y ella vio como los dos hijos del dueño de las tierras salvaban la vida gracias a los cuidados médicos que los demás no podían pagar. Su madre era hija de un caballero, pero se casó por amor con un herrero y la familia se desentendió de ella. Solo su hermano, mi amigo el capitán Atkins, aceptó recoger a la señorita Banister mientras duró la enfermedad. En principio iba a ser algo transitorio. Pero su padre, destrozado, salió un día a pescar y la barca jamás regresó.

—Me consta —dijo Tash—. Pero ahora ya han descubierto la vacuna de la viruela.

—De todos modos, no creo que tenga miedo de ser pobre, pero sí de tener hijos pobres.

—Lo entiendo.

—Gracias a mi insistencia, ha aceptado que nos quedemos un mes en Londres. He alegado que le vendrá bien alejarse de aquellas personas que conocían su compromiso con mi sobrino y que a él no lo veremos en todo este tiempo. Durante este mes, tenemos que conseguirle marido sin que ella lo sepa.

—Lo veo un poco difícil, milord.

—He tenido una idea al respecto. Le hablaré siempre en favor de alguien que no sea mi elegido. Si nota interés por mi parte en emparejarla, lograré el efecto contrario del que pretendo. Por tanto, el elegido no deberá ser nombrado, pero buscaremos coincidir con él, para que piense que es ella misma la que está escogiendo.

—Enrevesado. Y, en general, la teoría masculina no suele adaptarse a la realidad femenina, pero será como usted diga. ¿Ha pensado en alguien?

—He pensado en el señor Butcher, el banquero, creo que sigue soltero. Pero no estoy seguro. La señorita Foster, la hermana de mi amigo, debe de estar el corriente. Hablaré con ella. Creo que para estos casos hay que considerar la información que maneja una mujer.

—¿Confía usted en su discreción?

—No lo sé, pero no expondré a la señorita Banister. Oficialmente, en Londres, la señorita Banister es la hija de un oficial de la marina con honores de guerra. Ella está bajo mi protección. No alternaremos con nadie que haya oído hablar de la señorita Banister. Lo contrario podría resultar perjudicial para su estado de ánimo.

—Ha pensado en qué hacer si la señorita Banister no... recibe ninguna propuesta durante este tiempo.

—Le aseguro, Tash, que esta joven va a ser presentada con una buena dote. Es bonita y agradable, no dude de que recibirá más de una propuesta. Eso sí, no conviene que hable de política, las mujeres con opiniones políticas resultan difíciles de casar.

Aunque Tash lamentó enseguida haber expresado esa posibilidad, no supo reprimir la siguiente reflexión.

—Recibir una propuesta no es sinónimo de que ella acepte.

—En este punto tengo dos cosas a mi favor. La primera es, como ya le he dicho, que no se trata de una muchacha que sueñe con grandes pasiones. Además, yo me mostraré indiferente para que no note presión.

—¿Y la segunda?

—La segunda es también el otro tema del que quería hablar con usted. No sé por qué, la señorita Banister no lo ve con buenos ojos. No, no me lo ha dicho directamente, pero sí me ha pedido que reserve las conversaciones sobre su intimidad cuando usted esté presente. Por su tono de voz, he podido apreciar que usted la incomoda. Ignoro por qué. Usted suele ganarse el favor de todos los que lo conocen. Pero no es el caso de la señorita Banister, está..., ¿cómo diría? predispuesta hacia usted. Tal vez sea porque son demasiado iguales. No lo sé.

Tash solía mostrar un rostro inexpresivo, pero en este caso no pudo disimular un gesto de intranquilidad.

—Creo que no la apoyé en cierta ocasión en que requirió mi ayuda. Entonces yo ya sabía que Middlegreen había decidido romper el compromiso y procuré que no se encariñara con Cunderley.

—Pues consiguió que no se encariñara con usted —se quedó pensando Lord Chandler—. Y consiguió más, no es indiferencia lo que siente cuando surge su nombre ante ella, es antipatía. Creo que disfrutaría llevándole la contraria y eso juega en nuestro favor.

—No entiendo en qué modo.

—Bastará una palabra suya de desaprobación sobre el pretendiente que se le declare para que ella acepte.

—Mucho poder otorga a mi influencia —se extrañó él.

—Se lo demostraré. Encargaré muselina verde y muselina amarilla para que le confeccionen un vestido. Le pediré consejo a usted y usted dirá que se inclina por la verde. Le apuesto lo que quiera a que ella escoge la amarilla.

—Tal vez le guste más la amarilla.

—Señor Tash, estoy casado. Creo que, de mujeres, entiendo más que usted. Con su vida monástica, le queda mucho por aprender.

—Aunque así fuera, no puedo asumir ser quien influya sobre la señorita Banister en un tema tan delicado.

—No entiendo sus reticencias, Tash, decidiremos lo mejor para ella.

—Lamento decirle, milord, que no voy a hacer nada al respecto.

—¡Ah! ¿Se ha ofendido porque le he dicho que usted no es del gusto de la señorita Banister?

—En absoluto, he reconocido que lo procuré.

—Entonces, no lo entiendo. Usted sabe que estoy conspirando sobre su futuro por su bien. ¿Acaso no le desea ningún bien?

—Le deseo toda la felicidad del mundo, que creo que es lo que merece. Mi opinión sobre la señorita Banister no puede ser más favorable. Por eso me niego a manipularla.

Lord Chandler se quedó mirando perplejo a su secretario. Era la primera vez que le negaba algo.

—Acepto que esto no entra dentro de sus funciones de secretario. Pero se lo ruego.

—No.

Lord Chandler sabía que Tash era terco. Debía aceptar su negativa, pero no lograba entenderla.

—Al menos contaré con usted para que me ayude a escoger a un pretendiente, supongo.

—Ha manifestado usted que esa será labor de la señorita Foster.

—La señorita Foster me informará sobre la disponibilidad de los casaderos y de su situación económica. Pero yo he cogido aprecio a la señorita Banister y además exijo que sea alguien que la merezca. Sobre asuntos de dignidad, confío en su criterio.

–Ninguno me parecerá lo suficientemente bueno, milord.

–Se lo parecía Middlegreen, y mire cómo nos ha salido –le recordó el conde.

–Con eso me ratifica a mantener en silencio mi opinión.

Lord Chandler quedó callado. Por un momento se preguntó si Tash estaría enamorado de la señorita Banister, pero lo descartó enseguida porque su decoro y su orgullo no se lo permitirían. Volvió a mirarlo a los ojos y notó que su resolución era inflexible. Finalmente, aceptó su deseo.

–Está bien, lo haré yo. Pero ello no impide que le consulte en algún punto, a ver si lo pillo desprevenido y le saco algo –bromeó para distender una situación que lo tenía perplejo.

Tash procuró sonreír, pero no lo consiguió. Se alegró de confirmar que la señorita Banister se sentía indispuesta hacia él. Esos sentimientos mantendrían a raya cualquier valor que pudieran adoptar los suyos.

–Si no desea nada más, iré a firmar el contrato de la casa y a buscar un ayuda de cámara.

–De acuerdo. Cenaremos aquí. Estoy cansado para salir a experimentar en otros restaurantes.

Se despidieron y Tash salió ocultando sus contradicciones. Por un lado, sabía que a la señorita Banister le convenía un buen matrimonio. Por otro, odiaba esa idea. Se justificaba sus sentimientos con el argumento de que ella le había pedido que no se inmiscuyera en sus asuntos, y llevaba razón, él estaba de acuerdo en que ella tenía derecho a hacer su elección con libertad. Pero en el fondo presentía que no deseaba que eligiera. Egoístamente, deseaba que se quedara con ellos, como si no supiera que, en cuanto Middlegreen heredara Cunderley, no le quedaría de otra que afrontar un futuro incierto.

Tash no ignoraba que Lord Chandler había dispuesto para ella el dinero que había aportado Lady Mary Rose al matrimonio, pero sabía perfectamente que madame Borem había disminuido la cifra inicial con sus manipulaciones. La condesa le hacía regalos frecuentemente y la falsa francesa se encargaba de hacerle creer que eso beneficiaba su comunicación con las niñas muertas.

Tash había conocido a Julia Banister como la prometida de Middlegreen y su primera impresión fue que la joven estaba a la altura de la posición a la que ascendería. Luego, al recibir la carta de su amigo, la había compadecido y se había alejado de ella para no crearle ningún vínculo con algo que desaparecería. Pero poco a poco el cariño y la admiración habían ido creciendo. Cuando lo intuía, aunque no se atreviera a reconocerlo, luchaba contra sus propios sentimientos. Él no podía ofrecerle nada.

El padre de Tash era un profesor muy querido en Oxford y muchas instituciones lo contrataban para impartir conferencias. Su hijo mayor estudiaba Derecho y pudo mandar a su hija a uno de los mejores internados. Incluso se atrevió a emprender una aventura en un negocio editorial para poder publicar aquello que echaba de menos que hicieran otras editoriales. Pero su generosidad lo llevó a la quiebra. Un íntimo amigo, el señor Hurst, le había pedido prestada una cuantiosa cantidad y, como tenía su dinero invertido, hipotecó su casa familiar para poder ayudarlo. Por aquella época los bancos tenían más cuentas abiertas que depósitos de oro y se negaban a conceder nuevos créditos. Pero también eran malos tiempos para los negocios. La guerra con Francia y con Irlanda llevó a la quiebra al señor Hurts y, en consecuencia, los Tash perdieron su propiedad. Con la liquidez justa para poder pagar las deudas del propio negocio que había emprendido con su editorial o el salario de sus trabajadores, optó por lo segundo. Los acreedores no tardaron en demandarlo y el señor Tash cayó en la deshonra y murió arruinado en la cárcel de Marshalsea. Su hijo, Michael Tash, heredó su deuda.

Antes de la quiebra de su padre, Tash había logrado un escaño en el parlamento por sus inquietudes políticas, pero renunció a él cuando estalló el escándalo. Con sus estudios y su carácter, hubiera podido arriesgarse a crear un negocio propio, conocía el mundo editorial y tenía contactos, pero eso era una apuesta que podía salir mal. De no haber tenido una hermana, hubiera sido su opción. Pero, por ella, no podía permitirse riesgos. Middlegreen le ofreció su ayuda de mil maneras, confiaba en su capacidad y su éxito, pero Tash no quería permitirse repetir la historia del señor Hurts. De su amigo solo aceptó trabajar para él. Si iba a obtener ingresos, quería ganárselos y aceptó el puesto de secretario de su tío. Lord Chandler, a medida que iba conociendo y admirando a Tash, también le ofreció su ayuda. Pero Tash siempre se negó. Con su salario podía permitirse pagar la educación de su hermana en la escuela para señoritas de la señora Yerby y poco a poco ir saldando las deudas de su padre. Quería limpiar su nombre y ya le quedaba poco.

Aun así, no podía ofrecer una vida digna a la señorita Banister. Por eso luchaba consigo mismo, sabía que no podía ser egoísta y estaba obligado a callar sus sentimientos y dejarla ir.

Pero pedirle que le buscara un marido era pedirle demasiado. Además, era cierto lo que le había dicho a Lord Chandler, en ninguno concurrirían todos los méritos que él exigiría, ninguno le parecería lo suficientemente bueno para ella. Sabía que lo mejor era alejarse de la señorita Banister, asistir a su nuevo compromiso le produciría un sufrimiento innecesario, pero algo se lo impedía. Se decía a sí mismo que continuaba allí por su hermana, pero lo cierto era que no sabía apartarse de Julia Banister.

Solo podía permitirse observarla, y en ello se recreaba.

XVIII

—Espero no haber sido muy dura con el señor Chandler, Fanny, pero, aunque entiendo que lo dice con la mejor intención del mundo, es un hombre de ideas fijas y difícil de convencer. ¿Puede creerse que al principio me hablaba como si fuese él quien debía dar o no consentimiento a un hipotético pretendiente en lugar de mi tío? Gracias a Dios ha entendido que solo necesito unos días para mí antes de tomar una decisión y ha desistido de su intención inicial de buscarme marido. Pasaremos unas semanas en Londres entre desconocidos y eso me dará tiempo para pensar.

—¿Contempla la idea de irse a vivir a Malta cuando reciba noticias de su tío?

—Es una de las opciones que me he planteado, pero hay dos más. Ahora leeré la carta de la señora Stringle y espero que me dé alguna pista sobre si habría cabida para mí en Brighton. La tercera opción, la de quedarme en Cunderley como *protegida* de Lord Chandler, es la que menos me apetece.

—Es la única que no nos separaría —le recordó su amiga.

—¡Oh, Fanny! Sabe que, pase lo que pase, ya ocupa un lugar en mi corazón.

—Lo sé, y usted también —confesó lo que ya ambas sabían—. Y me acostumbraré a estar sin usted, si decide marcharse. A todo se acostumbra una —dijo en un tono de voz más grave—. ¿Sabe que hace unos años se me declaró George Wakefield, el hermano de las señoritas Wakefield?

—No, ¿cómo iba a saberlo? No me lo ha contado. Tampoco sabía que tuvieran un hermano –se sorprendió Julia.

–Solía acompañarnos los días de visita a los pobres. Siempre llevaba cestas generosas. Su carácter era más parecido al de Lydia que al de Mary. Yo lo apreciaba mucho.

–¿Y por qué no aceptó? –preguntó con curiosidad.

–Acepté, Julia, acepté –respondió mientras miraba a un punto fijo y buscaba el modo de explicarse–. Yo tenía diecisiete años. Se declaró una tarde, en la alameda que se encuentra entre la vicaría y Winaton. Me prometió que al día siguiente vendría a hablar con mi padre y luego se lo comunicaría a los suyos. Iba a hacerlo, era un hombre de palabra – suspiró–. Pero... media hora después estaba muerto. Una mala caída del caballo, cosas que pasan. Creo que entonces adopté la costumbre de montar a horcajadas cuando nadie me ve, para coger más velocidad y...

–¡Oh, Fanny! ¡No tenía ni idea! Lo siento, lo siento mucho.

–No es que ahora monte así porque quiera matarme ni nada de eso, en absoluto. Pero me acostumbré.

–Me ha dejado sin habla. ¡Qué historia más triste!

–Le hubiera gustado. Una vez superada su timidez, era un joven sensible y amable. Me prestaba libros que a mi padre no le hubiera gustado saber que yo leía –sonrió con amargura–. ¿Conoce a Thomas Paine?

Julia negó con la cabeza, aunque recordaba que era uno de los autores que leía Tash.

–Si mi padre me hubiera descubierto leyendo *La edad de la razón*, hubiera negado que yo fuera su hija. Es un libro que cuestiona las religiones oficiales, imagínese.

–Afortunadamente parece ser que eso no pasó –sonrió Julia de forma forzada, porque realmente se sentía muy apenada por la historia de su amiga.

–No, no pasó. Hubo muchas cosas que no pasaron.

–¿Aún lo ama?

–No podría afirmarlo. No, supongo que no lo amo. Él no existe. Amo un recuerdo de algo que se fue y sé que ya no volverá. Doy gracias por haberlo conocido –admitió con firmeza–. Después de aquello decidí que nunca me casaría.

–Eso no puede saberlo.

–Han pasado casi cinco años y no he cambiado de idea.

–¿Los Wakefield tenían conocimiento de las intenciones de su hijo?

–No, nunca lo han sabido. Ellos aspiraban a una nuera de más alta posición. Ya los conoce, son muy estirados. Yo soy la hija de un vicario, me sonríen y me ignoran.

—Lydia Wakefield es diferente.

—Sí, tiene un buen corazón, pero es muy temerosa. Nos hubiera dado su bendición a escondidas, pero nunca lo hubiera admitido delante de sus padres.

—¿Y qué piensa hacer? —le preguntó Julia.

—¿Se refiere a cuando muera mi padre?

—No quería decir exactamente eso.

—Claro que quería decir eso. No se apure, yo también lo he pensado. Greg, el mayor de los gemelos, heredará el servicio en la vicaría. Aunque se case, si administra bien su renta, podrá cuidar de una hermana. No soy caprichosa. Y yo continuaré como hasta ahora, con mi labor en la escuela. Es muy bonito trabajar con niños, ¿sabe?

—Podría volver a enamorarse.

—Podría, pero no ha ocurrido. A lo mejor dentro de veinte años un viudo rico me hace una propuesta y cambio de idea— bromeó.

—¡Deben parecerle tan frívolas mis preocupaciones y yo tan tonta!

—Me parece prudente y entiendo sus vacilaciones. Pero creo que el asunto no es tan grave como sospeché en un inicio, usted no se siente despechada.

—No, no es exactamente eso. Me sentí humillada al principio, y avergonzada, pero creo que nunca hubiera podido sentir por Lord Middlegreen el respeto y la admiración que pienso que una esposa debe a su marido.

—Me sorprende que estuviera dispuesta a casarse sin..., quiero decir, que no entiendo cómo no ha soñado con enamorarse. Siempre habla de respeto, de confianza, pero nunca de amor.

—Mi madre se casó por amor, pero de forma imprudente. Mi padre era un buen hombre, pero no pudo costear el médico.

—Lord Chandler puede costear todos los médicos de Inglaterra y se le han muerto tres hijas. No creo que sea justa cuando habla así. También podían los Wakefield...

—Lamento mis palabras.

Fanny la miró de forma condescendiente.

—La señora Stringle me dijo que la prudencia no ahuyenta las amenazas, que hay que aprender a convivir con los miedos porque la vida no puede asegurarse.

—Debería leer la carta de la señora Stringle —le recordó— seguro que la anima.

—Sí, eso haré. Pero no sé si le responderé hoy mismo. Debo pensar qué le cuento. No quiero mentirle, debo decirle que el compromiso se ha roto, pero no quiero contarle los términos en que ha ocurrido. Le aseguro que mis dudas no son por orgullo.

—¿Es indiscreta?

—No es su indiscreción lo que me preocupa. Aunque le gusta hablar, confío en su lealtad. Lo que me asusta es su carácter. Si supiera la verdad, sería capaz de venir a pedirle a Lord Chandler que exija a su sobrino el cumplimiento de su compromiso. Sí —rió—, no tengo ninguna duda de que eso haría.

—Maravillosa amiga.

Julia se apartó para leer la carta y Fanny continuó limpiando sus botas.

"Querida señorita Banister,

¿O debo llamarla ya Lady Julia? Celebro decirle que, en estos momentos, tanto mi familia y yo nos encontramos bien de salud. Espero que usted pueda responderme con las mismas buenas noticias en Cunderley.

Tanto mi hermana como mi cuñado se han mostrado muy contentos de tenerme con ellos. Les agradezco el trato que estoy recibiendo. Además de habitación, tengo una sala de lectura propia y dispongo de gran libertad para ocupar mi tiempo. El sueldo de mi cuñado hace que puedan permitirse una institutriz, así que para mi tranquilidad, no debo andar ocupándome de mis sobrinos. La pequeña tiene nueve años, es tan bonita como la señorita Mary Wakefield, pero me temo que al ser la mimada de la casa, cuando crezca será igual de altiva que ella. Los dos medianos tienen doce y quince años, y durante el invierno están en un internado, aunque ahora pasarán todo el verano con nosotros. Son educados y más serviciales que molestos. La casada lleva una temporada de reposo y cuidados y esperamos que dé a luz dentro de cuatro semanas. Su marido es un ingeniero del Ejército británico que se encarga de coordinar la vigilancia y el uso del telégrafo de Murray, aunque él prefiere llamarlo semáforo.

Cada mañana disfruto de paseos por la orilla del mar y celebro haberme traído el parasol que me hice confeccionar en Menorca, porque este junio está siendo caluroso y puedo imaginar cómo será el sol de julio y agosto. Se nota que ya ha empezado la temporada turística, esto ha empezado a llenarse de londinenses y el otro día conocimos a una pareja que habían coincidido con Lord Middlegreen en una cena en Londres. Ahora que ya debe tenerle confianza suficiente, pregúntele si se acuerda de los señores Smith. De eso hace dos años, pero quedaron gratamente encantados con el talante de su prometido, ¿o debo decir marido?

Ya sabe que bromeo. Sé que usted no se hubiera casado sin avisarme previamente. Ahora que conoce que mis familiares se encuentran en posición desahogada, no dude de que acudiré a su enlace. ¡Hemos fantaseado con él tanto tiempo!

Lamento no haber podido alternar con Lord Middlegreen durante un poco más de tiempo, pero creí haber entendido que me necesitaban en Brighton. Ahora sé que era una forma amable de hacerme partícipe de su dicha. No pude expresarle en esos momentos lo mucho que me gustó el vizconde, o tal vez sí lo hice, pero seguro que no con todo el énfasis que hubiera deseado. Permítame que lo haga ahora. Señorita Banister, estoy convencida de que va a ser la esposa más dichosa de Inglaterra.

Espero recibir noticias suyas en breve. En cuanto suelte esta carta, empiece a escribir la mía. Debe contarme para cuándo se prevé el enlace. Mi cuñado me ha prometido que me va a hacer confeccionar un vestido para la ocasión. Ya sabe usted que soy muy coqueta.

Todavía no he recibido noticias de mi hijo desde que partió hacia la India, pero supongo que debo culpar a la dificultad de las comunicaciones. Espero que no se hunda el barco del correo y, que en mi próxima carta, pueda contarle buenas noticias sobre su nuevo destino.

Voy a dejar de escribirle antes de que la añoranza me haga derramar alguna lágrima. Debe saber que la echo de menos y que su felicidad será la mía. Afectuosamente,

Rebecca Stringle"

Julia no supo si la señora Stringle había derramado finalmente alguna lágrima, pero ella sí estuvo tentada de hacerlo. Cuando había leído que la llamaba *Lady Julia*, había notado un nudo en la garganta, pero fue en el momento en el que le preguntaba por la fecha de la boda que sus ojos se humedecieron. Pero se sobrepuso consciente de que estaba siendo observada. Fanny la contemplaba en la distancia y no decía nada.

Sus sentimientos la pillaron por sorpresa. Pensaba que ya se encontraba con fuerzas para afrontar esta carta, pero, por el contrario, se había sentido desconsolada.

—¡Oh! ¿Cómo se lo voy a contar? La desilusionaré tanto... Y si no sé cómo decírselo a ella, no veo cómo se lo comunicaré a mi tío.

—Hemos quedado en que no contestaría inmediatamente. Primero debe recuperarse de este golpe de emociones. Lo hará mañana, cuando sea capaz de dar apariencia de felicidad. Y, si quiere, puede decirle que Lord Middlegreen se acuerda de los señores Smith. Estoy convencida de que recuerda a alguna pareja que se llama así. Y para cuando toque escribir a su tío, ya no fingirá. Estoy segura de que no hubiera sido dichosa con Lord Middlegreen y de que ya ha empezado a comprenderlo.

—Sí, es cierto. La verdad es que no sabría explicar por qué me afecta tanto.

—Porque estaba hecha a una idea y le cuesta borrarla. Eso es todo.

—¡Oh, Fanny! ¡Qué mal debe haberlo pasado usted!

—El tiempo fue mi mejor aliado y será el suyo. Si lo he superado yo, que sí estaba enamorada, en su caso se sorprenderá de la velocidad con que lo hace.

—Eso pensaba, pero esta carta...

—Aún está reciente, no se exija tanto. Dentro de un mes volveremos a hablar. Al menos ha podido comprobar que no supondrá una molestia para la señora Stringle. Y estaría junto al mar.

—Fanny, ¿ha visto alguna vez el mar?

—No, ni siquiera he soñado con ello. Pero si viviera en Brighton, no dude de que la visitaría.

—Preferiría mil veces llevar una vida tranquila en la costa que verme obligada a permanecer en Londres.

—¿Se arrepiente ya de haber venido?

—No, no lo sé. Hasta ahora no, pero no sé qué resultará de esto de conocer gente nueva. La verdad es que la perspectiva que me ofrece Lord Chandler no me resulta muy atractiva. Creo que he aceptado porque me conmueve lo afectado que está por el comportamiento de su sobrino. Es posible que él tarde más en superarlo que yo.

—Siente que ha deshonrado a la familia, dudo que eso sea fácil de olvidar. Ya sabe que en cuestiones de honor...

—¡Oh! Seré optimista. Debo pensar que me vendrá bien el cambio de aires... claro que la presencia de Tash no supone ninguna alteración de la rutina. ¡Siempre me observa!

—Y usted siempre habla de él.

XIX

Lord Chandler escribió a sus amistades londinenses que ignoraban la identidad de la señorita Banister. La primera noche que salieron, fueron al teatro a ver *El glorioso primero de junio* de Sheridan, que se había estrenado hacía ocho años antes en el Drury Lane, pero que ahora reponían durante toda la semana por haberse cumplido el aniversario de la batalla. Como Lord Chandler la había vivido en propia persona, deseaba acudir y, además, la señorita Foster le había comentado que el teatro era un lugar idóneo para ver y dejarse ver, por lo que le pareció una buena idea.

Al día siguiente recibieron la visita del señor Foster, que se quedó a comer, aunque después el conde y él salieron sin las jóvenes. Ellas se quedaron arreglando un vestido de Julia para que le quedara bien a Fanny. Tash no las incomodó, aunque Julia se preguntaba en todo momento por dónde andaría. Su ausencia empezaba a incomodarla tanto como su presencia. Hubieron de cenar solas, pues el conde no había regresado y el secretario no quiso apuntarse donde no lo llamaban.

La mañana siguiente, las dos jóvenes visitaron una juguetería y varias tiendas de galletas y pastas acompañadas de James, el cochero, mientras Lord Chandler estudiaba la lista que le había pasado la señorita Foster. En ella destacaban, como solteros interesantes, el señor Butcher, Lord Coleman, el señor Applewhite, el señor Graham y el que consideró como el favorito, el duque de Pooleblack. El conde era consciente de que no podía pedir su opinión a Tash sobre los mismos, pero sí le solicitó que indagara sobre ellos y le pasara informes sobre los rumores que se comentaban de cada uno, pero Tash se negó, así que hubo de recurrir nuevamente a un abogado de una firma que tenía fama por su discreción. Así averiguó que el señor Applewhite se había arruinado por su afición al juego, aunque trataba de ocultarlo en sociedad, y que el señor Butcher estaba prometido en secreto con la señorita Legendre, a la que su padre había enviado una temporada a Francia. Lord Chandler los descartó como posibles y se quedó solo con tres candidatos, aunque el señor Applewhite demostraba gran interés por la señorita Banister.

Aquel día, la señora Bates regresó a Winaton y Fanny le prometió que en dos semanas ella también estaría de vuelta con su familia. Deseaba acompañar a su amiga todo el mes, pero no quería faltar a sus labores en la escuela por más tiempo. Julia se encontraba a gusto con Fanny y sabía que la echaría de menos.

La escapada a Londres se había convertido en una vigilancia del conde y Julia se sentía obligada a parecer feliz por los esfuerzos que Lord Chandler se tomaba por llenarla de novedades. Todavía no había visitado a ninguno de sus amigos astrónomos y parecía que solo se preocupaba de buscarle ocupaciones. Aquella tarde fueron al circo y, además de las piruetas y el funambulismo, las jóvenes quedaron impresionadas por los fenómenos. Allí se encontraron con la señorita Foster, que les presentó al señor Graham, al señor Dixon y a la señora y la señorita Kent. La señorita Foster le comentó a Lord Chandler que se disponían a ir a cenar a Vauxhall, y el conde, tras sonreír a Julia y a Fanny, decidió que ellos tres también se apuntaban. La señora y la señorita Kent se retiraron, pues tenían el día siguiente muy ocupado y preferían acostarse pronto.

Llegaron en coche hasta una orilla en la que se vieron obligados a alquilar una pequeña barca para acceder hasta el puente de Westminster y poder entrar en los jardines. Les recibieron varias filas de grandes árboles bien cuidados y alumbrados con lámparas de globo. Había muchas fuentes y estatuas y hacían un efecto extraño porque estaban iluminadas con luces de colores. Aproximadamente en el centro de los jardines, se veían dos semicírculos a modo de anfiteatro en el que había muchas cabinas adornadas con cuadros y en ellas se podía uno sentar a comer o beber lo que quisiera. Escogieron una lejos de la orquesta para que la música no pisara la conversación.

Durante la cena, Fanny comentó a Julia, confidencialmente, que tenía la sensación de que Lord Chandler pretendía emparejarla con el señor Dixon, por lo que esta prefirió la relación con el señor Graham. El señor Graham tendría unos treinta y cinco años y era el dueño de unas fábricas textiles en el norte. Viajaba a menudo a Londres y era un hombre versátil, que sabía mostrarse educado en sociedad y práctico en el mundo de los negocios. Tenía don de gentes, de eso no había duda, pero se mostraba prudente y no monopolizaba la conversación. Julia lo consideró agradable, aunque no hubiera podido tacharlo de encantador. En realidad no se sentía receptiva como para que ningún hombre le inspirara algo más que amistad.

El señor Dixon no mostró las mismas reservas a la hora de hablar y la pobre Fanny, que se había propuesto huir de protagonismos, tuvo que escuchar las argumentaciones que esbozaba su interlocutor contra los delirios de independencia de algunos irlandeses. Cuando le hizo ver que se olvidaba de una parte del problema, el señor Dixon, lejos de reprimir su opinión, la repitió sin nuevas razones pero con mayor volumen de voz. La señora Foster aprovechó un momento de discreción para comentarle a Lord Chandler que la señorita Bates no era una acompañante conveniente para encontrarle marido a la señorita Banister.

El conde sabía que la señorita Bates se iría en dos semanas y que después, ya que para él no había límite de tiempo, ese problema no existiría. Sin embargo, Lord Chandler consideró que sería conveniente que la señorita Foster aleccionara, al menos a la señorita Banister, sobre el comportamiento ideal de una dama. No es que la señorita Banister no supiera estar, al contrario, su modestia le permitía no destacar, pero la señorita Foster consideraba que, cuando uno busca pareja, eso no siempre es una virtud. Sobre todo ahora, que las columnas de sociedad de los periódicos no dejaban de hablar de la señorita Lefroy, una debutante que había deslumbrado en todos los bailes por su belleza y sus grandes cualidades.

La señorita Foster leía todos los consejos de sociedad que se publicaban, era adicta a las columnas y notas de periódico sobre moda, matrimonios y todos los cotilleos que a una mujer aburrida le puedan interesar. Por tanto, se consideraba una experta en el tema, aunque a sus cuarenta años no había logrado para sí aquello que ahora pretendía para otra. La petición de Lord Chandler, es decir, la propuesta de encontrar un pretendiente acomodado para la señorita Banister, había venido acompañada no solo de buenas palabras, sino además de una suma en billetes de banco nada despreciables. Esto había sido estímulo suficiente para despertarle una afición al celestinaje que nunca había poseído. Y, por supuesto, la coincidencia en el teatro con el señor Graham, no había sido una casualidad.

Si Julia ya lo sospechaba, la conversación que al llegar a casa mantuvo con Fanny se lo confirmó.

—Creo que Lord Chandler no cesará hasta que estés comprometida, aunque te haya jurado lo contrario —le comentó cuando quedaron a solas en el salón.

—No estoy segura de poder hablar como usted, Fanny. Lord Chandler quiere que me divierta, que piense en otras cosas, ese es el acuerdo al que llegamos para quedarme aquí. Aunque… reconozco que he notado que trataba de hacerme entablar conversación con el señor Dixon un par de veces, afortunadamente estaba el señor Graham para no seguirle el juego.

—No creo que tampoco descarte al señor Graham. Aunque acepto que es agradable. A la que no soporto es a la señorita Foster.

—No tiene ningún derecho a meterse con sus vestidos, Fanny. Usted es quien es y no debe avergonzarse por ello. Y yo no debería olvidar que soy hija de un herrero.

—Pero usted tiene la fortuna de contar con la protección de Lord Chandler.

—Sí, es una suerte, pero se puede volver en mi contra. Ahora mismo no puedo pensar en casarme, debo resolver antes tantas cosas...

—Creo que Lord Chandler no la comprometerá contra su voluntad. Él se siente obligado hacia usted. Creo que tiene buena intención y le consultará antes.

—Pero él no puede dar su consentimiento en nombre de mi tío…

—Yo creo que siente que debe hacerlo. Pero le consultará, seguro, Julia.

—Y usted sabe que yo también me siento en deuda con él y que no tendré otro remedio que aceptar.

—No se lo permitiré, Julia, yo estaré a su lado y no le permitiré cometer ese error.

—Ahora mismo no sé qué es un error, Fanny. Recuerde que hace poco iba casarme con un desconocido. No soy rica, no puedo elegir, ni puedo traicionar la confianza de Lord Chandler.

—Tiene amigos, Julia. No se quedará sola.

—Gracias, Fanny. Lo sé, pero no se puede vivir de la caridad.

—Nunca he estado a favor de los matrimonios por interés. Cuando me enamoré de George, sabía que tendría a su familia en contra. Le admiraba porque él estaba dispuesto a luchar e incluso a renunciar a su herencia para casarse conmigo. De haber sido al contrario, yo hubiera hecho lo mismo.

—Pero yo no estoy enamorada. Nunca me he enamorado y nunca lo haré. Solo es que me siento confusa. Estaba hecha a una idea, han sido muchos años en los que he pensado que mi futuro sería otro y ahora tengo que asumirlo. Necesito tiempo. Tal vez dentro de un año pueda aceptar al pretendiente que Lord Chandler escoja para mí, pero ahora... no sé cómo explicarlo, creo que necesito hablar conmigo misma, escucharme como me escuchaba cuando paseaba junto al mar...

–Yo también tardé en asumir la pérdida, pero no tenía nada que pensar. Estaba decidida a ser fiel a un recuerdo. Sin embargo, su caso es distinto, si Lord Middlegreen no hubiera sido Lord Middlegreen, sino el señor Graham, usted lo hubiera aceptado igual. No puedo entenderla.

–No soy diferente a las demás. Excepto la señorita Gardiner, la hija de un oficial que frecuenté en Menorca, el resto de jóvenes que conozco se han casado según lo estipulado por sus padres.

–No deberíamos hacerlo. Ese es el principal motivo de que manejen nuestras vidas a sus antojos, no nos rebelamos. La culpa también es nuestra.

–Nunca diría yo que la decisión de un padre es un antojo. Todos quieren lo mejor para sus hijas.

–Y las casan con hombres que les llevan veinte años. Incluso más.

–Lord Middlegreen me lleva ocho años. Es joven.

–Pero muchas veces ocurre, y lo sabe. Si quisieran lo mejor para ellas, las dejarían casarse por amor.

–¡Mi madre se casó por amor y está muerta!

–Y si su familia la hubiera apoyado, tal vez hoy estaría viva. Y su hermano también.

–Eso es muy cruel por su parte, Fanny.

–Pero es cierto.

Julia no podía enfadarse con su amiga porque era consciente de que hablaba con el corazón y que sus palabras estaban llenas de cariño hacia ella, pero le dolió esa afirmación.

–Deberíamos acostarnos –dijo para zanjar una conversación en la que se sentía incómoda–. Mañana tenemos el día ocupado.

–Julia –dijo Fanny antes de permitir que su amiga se marchara sintiendo recelo hacia ella–, lamento si la he disgustado, pero no puedo ser moderada cuando aprecio a alguien.

–Lo sé –respondió–, pero no es el mejor momento para hablar de ello. No me encuentro demasiado bien. Me siento obligada a complacer a Lord Chandler.

–Podría hablar con el señor Tash, él puede ayudarla.

En esos momentos Fanny notó en el pasillo la luz de una vela que avanzaba hacia el salón e hizo un gesto a su amiga para avisarla, pero Julia no lo notó.

—Tash ha sobrepasado la familiaridad que le ha ofrecido Lord Chandler, no voy a permitir que haga lo mismo conmigo. No consentiré que se entrometa en mis asuntos ni que se exceda en su confianza.

—Lamento si ha notado lo contrario —dijo Tash al tiempo que aparecía por la puerta.

XX

Julia se sobrecogió y notó que el rubor se apoderaba de sus mejillas. Fanny trató de decir algo, pero no se le ocurrió nada y permaneció de pie, vacilante.

—Tal vez deberíamos hablar de ello, si ha habido algún malentendido —se ofreció el secretario.

—No soy su igual, señor Tash —respondió la señorita Banister.

—¡Julia! —se molestó Fanny—. Hace un momento decías que eras la hija de un herrero.

Esta declaración la avergonzó y miró a su amiga con cierto asombro. Fanny decidió que lo mejor que podía hacer era marcharse y así lo hizo.

Julia se disponía a seguirla, pero Tash la interpeló:

—Señorita Banister, estamos obligados a convivir bajo el mismo techo. ¿No sería mejor que pudiéramos entendernos?

—¿Entendernos? ¿Sabe usted entender? ¿Entendería que yo desee ser más independiente de sus opiniones que Lord Chandler? ¿Puede entender que me gusta moverme sin sentir que observan si entro o si salgo? ¿No ve que estoy cansada de que todo el mundo espere algo de mí y de que traten de determinar mi vida? —se quejó Julia.

—¿Cree que no lo he advertido? Entiendo sus acusaciones, pero no sé por qué las dirige contra mí —protestó él.

—Porque siempre está en la sombra... No, usted apenas me dirige la palabra, pero controla cada paso que doy. Necesito intimidad, señor Tash.

—Lo lamento mucho si esa es la sensación que le causo —respondió apesadumbrado–. Por el contrario de lo que usted piensa, me gustaría ayudarla.

–Y yo estoy cansada de que quieran ayudarme. Y me molesta enormemente que usted conozca cosas sobre mí que yo no le he contado. ¡Usted supo antes que yo la decisión que había tomado Lord Middlegreen!

–Contra eso no puedo hacer nada.

–¡Y me molesta que me mire como si supiera lo que siento! ¿Quién se ha creído que es? ¡Usted no es nadie, señor Tash, nadie! –exclamó al tiempo que se marchaba.

Y luego permaneció rabiosa durante más de una hora agarrada a la almohada.

Al día siguiente Fanny reprochó a Julia su dureza con Tash y estuvo de acuerdo con él en que no podía evitar que Lord Middlegreen le hubiera confesado la verdad. Julia debía admitir que eso era cierto y le confesó la discusión que había presenciado desde una ventana entre Tash y Lord Middlegreen.

–Seguro que le estaba reprochando su actitud –dedujo Fanny.

–Es asunto mío, no quiero que me defiendan.

Por su parte, Tash se preguntaba si debía regresar a Cunderley y respetar el espacio de la señorita Banister, pero sabía que Lord Chandler no se lo permitiría. Así que procuraba no coincidir con ella. Afortunadamente, ahora las jóvenes casi siempre cenaban fuera.

Porque continuaron las cenas y aparecieron las fiestas. La siguiente semana las jóvenes estuvieron ocupadas de la mano de la señorita Foster, que parecía muy interesada en que la señorita Banister fuera presentada a todos sus conocidos solteros. Visitaron el Museo Británico, donde se exponía la Piedra Rosetta, el Parlamento y la Torre de Londres, también las tiendas de chocolate y las de café; y casi siempre se encontraban a alguien que poseía las características de posible pretendiente. El señor Applewhite continuaba siendo el soltero que más interés mostraba hacia la señorita Banister, quien recibía sus atenciones con la misma disposición que las de cualquier otro.

A los pocos días, el señor Applewhite se atrevió a visitar a Lord Chandler para pedirle permiso para cortejar a su protegida, pero el conde ya sabía que aquel caballero estaba arruinado y le insinuó que la joven contaba con una dote muy pequeña. Dicho esto, la pasión del señor Applewhite y el propio señor Applewhite desaparecieron de su círculo de amistades y la señorita Banister no tuvo conocimiento de aquella conversación. En realidad, Lord Chandler hubiera deseado que quien le hiciera aquella solicitud fuera el duque de Pooleblack.

Pero como pronto fue notorio que el duque de Pooleblack se sentía fascinado ante los encantos de la señorita Lefroy, a Lord Chandler solo le quedaron dos candidatos: el señor Graham, que había regresado a Manchester aunque había prometido estar de vuelta en dos semanas, y Lord Coleman, que conoció a la señorita Banister en un baile que había organizado Lady Twistelton y al que habían sido invitados por indicación de la señorita Foster. Medio año antes, Lord Coleman no tenía título ni un futuro prometedor, pero la muerte de su hermano mayor en la batalla de Copenhague, había cambiado su destino. Permanecía soltero, pero en los últimos meses le habían aparecido candidatas en todos los salones de Londres.

Sin embargo, en aquel baile prestó más atención a la señorita Banister que al resto de postulantes y pronto llegó a oídos de Lord Chandler que había bailado con ella en tres ocasiones durante la misma noche. Por tanto, aconsejado por la señorita Foster, consideró oportuno celebrar una cena en su lujosa casa alquilada en Mayfair.

El día previsto para la cena, la señorita Foster fue a buscar a las jóvenes para acompañarlas a comprar guantes, sombreros y otros complementos para el nuevo tipo de vida que habían comenzado. Fanny se negó a gastar dinero en algo que consideraba superficial dada la economía de su familia, además, le quedaban pocos días para regresar. Julia moderó las propuestas de la señorita Foster, pero acabó comprando un par de guantes y un chal de cachemira del mismo color.

Cuando, al regreso, el coche de la señorita Foster las dejó en la puerta de su casa, las dos amigas vieron a una mujer joven que esperaba en la verja del pequeño jardín de entrada. Estaba nerviosa y vacilaba. Caminaba de un lado a otro, pero no avanzaba más de tres yardas. Cuando se acercaron, ella las miró con cierto temor. Dudó. Finalmente la mujer se atrevió a preguntarles si una de ellas era la señorita Banister. Julia respondió afirmativamente. Entonces la desconocida le cogió las manos, se las besó y le dijo:

—Es usted muy buena, señorita Banister, le estoy muy agradecida por lo que ha hecho por mí —sus ojos se humedecieron al tiempo que decía estas palabras y se le escaparon un par de lágrimas.

Julia se sorprendió ante el gesto y las palabras, pero enseguida intuyó de quién se trataba.

—Soy Olivia Long. Middlegreen habla muy bien de usted y yo siempre la llevaré en mi corazón. Cuando yo conocí a Middlegreen, ignoraba su existencia. Espero que me perdone y pueda entender que en ningún momento he querido dañarla.

—¿El bebé está bien? —preguntó Julia, que no sabía cómo reaccionar.

—¡Oh, sí, todo va bien! —respondió al tiempo que llevaba una mano de Julia hacia su pequeña barriga—. Esperamos que nazca en noviembre.

—¿Lord Chandler sabe que está aquí?

—Sí, no me ha permitido entrar. Pero yo lo entiendo, le he dicho a Middlegreen que no deberíamos venir.

—¿Middlegreen está con Lord Chandler y a usted no le han dejado pasar? —preguntó Julia ofendida.

La señorita Long afirmó con la cabeza.

—Pues usted entrará conmigo y con la señorita Bates. Lleva la sangre Chandler por sus venas, no pueden hacerle esto —comentó resuelta.

—¡Oh, no, por favor, señorita Banister! Lord Chandler se va a enfadar con usted.

—No voy a permitir que la agravien de este modo.

Y, ante la sorpresa de Fanny, Julia aprovechó que tenía cogida de la mano a la señorita Long para estirarla hacia el portal. Llamaron y abrió el mayordomo, que se quedó parado sin saber qué hacer. Hacía diez minutos que Lord Chandler le había pedido que no dejara entrar a esa mujer, pero ahora venía con la señorita Banister y la señorita Bates. Julia, que no hizo ademán de detenerse y lo miró desafiante, aprovechó su dubitación para avanzar con la señorita Long.

Se oían gritos desde el salón y Fanny decidió subir a su habitación para no interferir en la resolución de su amiga. La señorita Long se resistía a dejarse llevar. Lord Chandler llamaba insensato a su sobrino y lo amenazaba con retirarle la palabra. Julia, cada vez más apenada por la situación de aquella joven, se decidió a entrar.

—Buenos días —dijo a la vez que hacía aparición con su nueva acompañante—, milord, permítame que le presente a la señorita Long.

Lord Chandler miró asombrado a su protegida y luego a la otra joven y exclamó:

—¡Usted también! ¡He dicho que no quiero conocerla! Y usted no debería actuar así. ¡Esa mujer ha sido la perdición de los dos! Y también lo será de mi sobrino.

—Esta mujer no es responsable de haberse enamorado, milord y, si yo no me siento en absoluto perdida, tampoco debe sentírselo usted. La señorita Long está esperando un hijo de Lord Middlegreen —suplicó—, ¿acaso también considera al niño culpable?

—Señorita Banister, por favor —le rogó la señorita Long.

—Tiene razón mi prometida, señorita Banister —intervino Lord Middlegreen—, ya ha hecho usted bastante, no es necesario que nos ayude más.

—Milord, estoy haciendo lo que le tocaría hacer a usted, exigir un trato digno a la madre de su hijo. No debería haberla dejado sola. No debería haber consentido que la echaran.

Lord Middlegreen se avergonzó ante esas palabras y la señorita Long empezó a llorar de nuevo.

—Es usted más valiente que mi sobrino, señorita Banister, pero este asunto no le concierne. Le ruego que suba a su habitación. Mi sobrino y su *amiga* ya se van.

Julia comprendió que no podía hacer nada más. Los dos enamorados se habían dado por vencidos y su única resistencia no lograría nada.

—Por favor, milord, sea compasivo —le rogó Julia antes de abandonar el salón.

Salió tan deprisa que, sin darse cuenta de su presencia, chocó con Tash, que se encontraba en el pasillo. Él la agarró de los hombros instintivamente y la soltó enseguida. Ella lo miró con ojos vidriosos que en un instante pasaron a revelar indignación o algún otro sentimiento que la aturdía. Estuvo a punto de decirle algo, pero no quería que él notara su rubor. Así que lo esquivó y continuó con paso decidido, aunque le temblaban las piernas.

Tenía las emociones a flor de piel, sentía compasión por el bebé y se avergonzaba de la conducta de Lord Middlegreen, que se había permitido entrar y dejar fuera a su futura esposa. Pero también se vio turbada por haber tenido tan cerca del suyo el rostro de Tash y haber notado sus manos sobre sus hombros. Sabía que por un segundo había deseado que la abrazara y reposar su cabeza sobre su torso para poder llorar, pero quería negarse esa sensación de vulnerabilidad. No le hubiera servido de consuelo. Detestaba a Tash. No sabía si tenía motivos suficientes para ello, pero detestaba sentirse nerviosa y esa era el efecto que él siempre le producía. ¿No le había dejado bastante claro que lo quería lejos?

Pero mientras ella continuaba ofuscada subiendo las escaleras, él la siguió y se atrevió a colocarse a su lado.

XXI

—¿Se encuentra bien? —le preguntó.

—No es por mí por quién debe preocuparse, señor Tash. ¿No es usted amigo de Lord Middlegreen? —le reprochó—. Debería tratar de que Lord Chandler aceptara a ese niño.

—Si yo hubiera podido evitarlo, las cosas no hubieran sido de esta manera —dijo él mirándola con firmeza.

—Y, ¿cómo hubieran sido, señor Tash? —se enfadó ella— ¿Me hubiera empujado a casarme con un hombre que ni siquiera sabe defender a una mujer que lleva su sangre? ¿No es eso lo que intentó? ¿No trató usted de convencer a Lord Middlegreen para que no rompiera nuestro compromiso?

—En esos momentos pensé que era lo que menos la perjudicaba.

Julia cada vez se sentía más ofuscada.

—¿Y piensa que soy mujer que pudiera soportar la falta de tacto de Lord Middlegreen?

—No lo pienso.

—Pero usted conocía su historia y quería condenarme a soportar esa situación. ¿Cree que puedo perdonarlo?

—Me equivoqué. Si entonces hubiera conocido su fortaleza… no me hubiera atrevido a pedirle a Middlegreen que mantuviera su compromiso. Tal vez no pueda perdonarme, pero le aseguro que lo hice por usted.

—Yo no soy una Chandler. No debe hacer nada por mí.

Dijo al tiempo que daba por finalizada la conversación.

Cuando Middlegreen y la señorita Long se hubieron ido, Tash fue a encontrarse con Lord Chandler, que estaba malhumorado dando vueltas en el salón.

—¿Y bien? —dijo el conde en cuanto lo vio—. ¿Quiere saber qué quería mi sobrino?

—Supongo que presentarle a la señorita Long y reconciliarse con usted.

—Sí, eso quería. Pero además quería mi consentimiento para casarse ya. ¡Quieren casarse antes que la señorita Banister! —masculló—. Debí haber imaginado que con tanta fiesta al final llegaría a oídos de mi sobrino que estábamos en Londres. Y me ha traído a esa mujer... sin avisar. Sin mandar una nota o venir él primero. ¿Pensaba que iba a aceptarla después de lo ocurrido con la señorita Banister? Mi sobrino es un irresponsable, Tash, un verdadero irresponsable.

—La señorita Banister ha aceptado la situación con más templanza que usted, milord.

—Sí, la joven es más valiente de lo que parecía al principio.

—Cierto. Y ella desea que usted acepte a la señorita Long.

—¿Desea? Ella siente compasión por el niño. Eso es lo que ocurre. Pero, ¿para esto la hice venir de Menorca? ¿Para humillarla así la arranqué de la protección del capitán Atkins? No lo puedo olvidar, por mucho que ella desee que perdone a la señorita Long.

—Tal vez la señorita Banister se sienta aliviada de no casarse con Lord Middlegreen.

—¿Qué quiere usted decir?

—Que, de no haberse roto el compromiso, se hubiera visto obligada a aguantar a un marido con bastardo, mujer y, posiblemente, también con amante.

—¡Pero sería vizcondesa y condesa algún día!

—Tal vez le importe más la dignidad —le hizo ver—. Y usted debería entenderlo mejor que nadie. Ha abandonado la astronomía para tratar de compensar una palabra rota.

—Y la compensaré, juro que la compensaré. Esta noche viene a cenar Lord Coleman. Claro que hay otros invitados, pero a mí me interesa él. Bailó tres veces con la señorita Banister en la última fiesta.

—Insiste usted en dirigir los pasos de la señorita Banister. Tal vez ella no esté conforme con esa idea.

—¡Oh, claro que lo está! Ella también bailó con él. No entiendo por qué le parece tan ofensivo para la señorita Banister que yo me preocupe por su futuro. Es lo que el capitán Atkins esperaría de mí.

—Usted conoce mejor al capitán Atkins, pero debería empezar a preguntarse qué quiere la señorita Banister.

—¿Qué cree que quiere? Lo que todas las jóvenes, querido Tash, un marido rico y un futuro asegurado. ¿Acaso piensa que ella es diferente?

—La señorita Bates lo es.

—La señorita Bates se va pasado mañana y dejará de influir sobre la señorita Banister.

—Creo que se equivoca, milord.

—Lo ha manifestado usted cientos de veces. Debe saber que estoy más que advertido. Ahora, por favor, déjeme hacer a mí.

Tash se resistió a abandonar la disputa.

—Y respecto a Middlegreen, ¿no podría replantearse conocer a la señorita Long?

—Hoy insiste usted en llevarme la contraria. No lo reconozco.

—Debería pensárselo, la presencia de un bebé en Cunderley podría ayudar a Lady Mary Rose.

—Entonces buscaremos bebés de campesinas, pero un hijo concebido en la deshonra…

—…de la que no es culpable.

—¡Tash! Si quiere ayudarme, hable con Middlegreen y procure que no se case antes de tiempo. ¡Ya conoce su dirección!

Tash comprendió que no había nada que hacer ante la testarudez de Lord Chandler y dio por finalizada la conversación. Aquel día no solo fue a entrevistarse con Middlegreen, sino que primero aprovechó para saludar al señor Galton, miembro de la Sociedad lunar. Lo hizo con la intención de que este conociera la estancia en Londres de Lord Chandler y, así, tal vez lo visitara y lo despistara de sus intenciones de programar el futuro de la señorita Banister. El señor Galton escribió una nota, que de inmediato entregó a su lacayo, en la que avisaba al conde de su intención de visitarlo al día siguiente.

La entrevista con Middlegreen no fue tan breve. La señorita Long se había instalado en su residencia, algo que, de haber llegado a oídos del conde, lo hubiera escandalizado. Middlegreen le pidió ayuda para que mediara con su tío y Tash le explicó que ya lo había intentado, pero que el dolor de la ofensa solo dejaba lugar al resentimiento. Le pidió que confiara en el tiempo, estaba seguro que algún día aceptaría al bebé y daría su consentimiento para la boda. Middlegreen insistió en que le gustaría casarse antes del nacimiento, por si ocurría algo.

—Imagínate, Dios no lo quiera, que a Olivia le pasa algo, que el parto sale mal. Ese niño estaría condenado a ser un bastardo. Es necesario que me case con ella.

—Te entiendo. Pero tu tío está obcecado en tapar la ofensa a la señorita Banister. Deberías verlo, está irreconocible. No ha vuelto a tocar un telescopio desde que hemos llegado, incluso asiste a cenas y llegó a entrar en un baile. Insiste en buscarle un buen partido a la joven.

—Seguro que lo encontrará. La señorita Banister es muy agradable. Mi amigo Brandon se llevó muy buena impresión de ella. Ahora mismo no está en Londres, pero a su regreso puedo hacer lo necesario para que coincidan.

—Será mejor que dejes las cosas como están.

—Supongo que sí, siempre sueles tener razón en los asuntos ajenos. Es una lástima que no tengas el mismo acierto con los tuyos.

—¿A qué te refieres ahora?

—A que si hubieras aceptado mi ayuda cuando ocurrió lo de tu padre, si tu situación ahora fuera otra, podrías solucionar tú mismo el asunto de la señorita Banister casándote con ella, si tanto te interesa.

—Nunca me aceptaría.

—Pero tú sí serías capaz de sacrificarte por ella, si te lo pidiera mi tío. Me resulta inaudita tu lealtad. Deberías independizarte de Cunderley…. Serías capaz de cualquier cosa por cumplir con tu papel de criado fiel. Y no eres un criado. Eres un abogado y mi amigo. Acepta el préstamo, recupera el negocio de tu padre y levántalo.

—Ya hemos hablado de eso muchas veces. Si saliera mal, me llevaría por delante la seguridad de mi hermana… y tu dinero. No quiero préstamos. Todavía estoy pagando las deudas de mi padre.

—El señor Hurts tuvo mala suerte. Ahora la guerra ha terminado. Incluso podrías recuperar tu escaño en el Parlamento.

—Estoy desengañado de la política, Middlegreen. Los parlamentarios no se mueven por ideas, sino por intereses. Se ha olvidado el concepto del bien común.

—No puedes pensar eso de tu Thomas Paine ni de Wilberforce. ¿Y William Smith y los del grupo de Clapham? ¿También te han desengañado? ¿Ya no te interesa combatir la esclavitud?

—Hay muchas formas de esclavitud y muchas formas de combatir. Ahora soy yo esclavo de la responsabilidad hacia mi hermana.

En esos momentos interrumpieron la conversación porque la señorita Long entró en la sala en la que se encontraban. Middlegreen le presentó a su amigo y ella se sentó en un sillón junto a ellos. La visita duró veinte minutos más.

La impresión que se llevó Tash de la señorita Long fue mejor de lo que esperada. Era una joven sencilla, vestida sin lujos y con poco maquillaje, al contrario de lo que había imaginado. Era callada y dejaba hablar a su prometido, al que se notaba que admiraba. No buscaba llamar la atención, más bien se turbaba cuando se le dirigía la palabra y podría afirmarse que era tímida. Esas características no encajaban con los prejuicios que se tenían sobre una actriz, pero muchas veces la timidez se rompe en un escenario. Tampoco era una beldad, sus pómulos se marcaban demasiado y era una joven que bien podía pasar desapercibida en cualquier salón. Su mirada era triste, pero nadie hubiera podido asegurar que ese fuera un rasgo habitual en ella o fruto de la situación del momento. A Tash le cayó bien, aunque es posible que influyera el hecho de que, la única vez que le dirigió la palabra, fue para alabar la actitud de la señorita Banister.

Regresó a Mayfair a media tarde, cuando los preparativos para la cena ya estaban en marcha. Revisó la lista de invitados: la señorita Foster, el señor Foster, Lord Coleman, el señor Dixon, el señor Preston y la señora Kent y su hija. Cerró los ojos un instante como muestra de desaprobación, pero no dijo nada.

Lord Chandler estaba entusiasmado porque había recibido una nota de visita de Samuel Tertius Galton y Tash aprovechó su buen humor para proponerle lo siguiente:

—Debería contratar a una dama de compañía para la señorita Banister. O cuando la señorita Bates regrese a Winaton, se sentirá encerrada y sin poder salir.

—¿Una dama de compañía? ¿Y para qué se cree que cuento con la señorita Foster?

—Es probable que con la señorita Foster no se sienta tan libre como con la señorita Bates. Debería contar con alguien para salir sin necesidad de adaptase a la agenda de la señorita Foster.

—Tash, la señorita Foster es la persona ideal para acompañar a la señorita Banister. Sabe lo que espero de ella.

—Pero si la señorita Banister quiere dar un paseo, no puede mandar llamar a la señorita Foster y esperar a que esta llegue, suponiendo que pueda. Tal vez solo quiera dar un paseo de media hora. La señorita Banister no toca el piano, no es aficionada a bordar y la lectura no la ocupa más que un par de horas al día. En Cunderley era muy aficionada a pasear, pero allí podía hacerlo sola. Aquí es distinto —le hizo ver.

—En ese caso tan poco probable, la acompañará usted.

—¿Yo?

—Y no se hable más.

XXII

Lord Chandler se había encargado de que Lord Coleman se sentara junto a Julia durante la cena. Ella se percató de que el conde ya no tenía interés en acercarla al señor Dixon, a quien había encontrado cargante en la última ocasión, y a este lo colocaron junto a la señora y la señorita Kent. Al otro lado tenían al señor Preston, que ya había cumplido los cuarenta y cinco años y era un hombre viudo con dos hijos que daba paz a aquellos con quienes alternaba. Fanny tuvo la suerte de sentarse a su lado y enfrente quedó colocada ante el señor Foster. La señorita Foster entre Lord Chandler y Julia.

Era aquella una velada en la que personas de intereses tan diversos tenían poco que decirse y, sin embargo, la conversación no faltó. El señor Dixon habló de sus tierras en Antigua y eso provocó que él y el señor Preston discutieran sobre la legitimidad de la esclavitud. Julia se interesó en esa conversación y la señora Foster le reprochó en voz baja que a veces olvidara la atención debida a Lord Coleman. Pero ella se sentía atrapada por la argumentación que el señor Preston hacía en favor de la dignidad humana sin diferencias de color. Lord Coleman se dirigió entonces a la señorita Foster, quien se interesó por cómo administraba sus responsabilidades tras la muerte de su hermano.

La falta de atención de la señorita Banister captó aún más el interés de Lord Coleman, aunque trató de no mostrarlo de un modo público. Pero al terminar la cena, le pidió permiso a Lord Chandler para invitarla a pasear por Hyde Park la tarde siguiente, por supuesto, acompañada de la señorita Bates. Lord Chandler aceptó encantado.

Fanny había decidido llevar un cuaderno en el que escribía sus observaciones, no exentas de una crítica mordaz, tras cada uno de los actos sociales a los que acudía, así que había aprendido a callar y a estar pendiente de lo que se movía en torno a ella. Luego compartía sus escritos con Julia y, aunque esta consideraba exagerados algunos de sus apuntes, reían juntas.

Cuando Julia se acostó, una sonrisa le atravesaba rostro mientras pensaba en lo que estaría escribiendo su amiga sobre aquella velada.

Al día siguiente se recibió carta de la señora Stringle dirigida a la señorita Banister y Julia se apresuró a leerla.

"Querida señorita Banister:

Espero que se encuentre bien. En Brighton todos estamos perfectamente. Mi deseo de que se encuentre bien no se refiere solamente a su salud y la salud de los suyos, sino sobre todo a su estado de ánimo. No puedo negar que su carta me ha dejado preocupada. Me cuenta que las buenas impresiones que le causó Lord Middlegreen en un principio han cambiado, pero no me aporta ninguna argumentación sobre ese cambio. No me parece mal del todo que aún no hayan cerrado la fecha para el enlace, pero no entiendo por qué me dice que quiere tomarse un tiempo para conocerlo mejor. Entenderá que no puedo otra cosa que sospechar que tiene dudas sobre su matrimonio. Porque, ¿para qué necesita tiempo si no? Si al conocerlo mejor, le gusta más, es obvio que acelerar la boda es positivo para usted. Si al conocerlo mejor, le gusta menos, creo que también debería haberse casado ya, a no ser que contemple la posibilidad de romper el compromiso.

En su carta noto que titubea y se repite, como si quisiera darme una sensación de normalidad. Pero yo no puedo estar tranquila. La conozco y hemos hablado mucho del tema.

Debo decirle que me preocupa lo que Lord Middlegreen pueda estar pensando de usted. Si es su voluntad esperar, ¿sabe acaso cuál es la de él? ¿Es usted consciente de que ya ha esperado mucho y lo único que puede conseguir con esta actitud es que piense que su prometida es una caprichosa?

No hay excusas. Debe fijar la fecha de la boda cuanto antes. Espero que me responda de inmediato, es notoria mi preocupación, y quiero que en su carta me concrete la fecha del matrimonio. Si no es así, busque el suficiente tiempo para escribirme extensamente sobre cuáles son los motivos que refrenan su decisión.

Atenta y ansiosamente,

Rebecca Stringle"

—¡Oh, Fanny! No debería haberle mentido. Solo he conseguido preocupar a la señora Stringle y ahora me veo obligada a confesarle la verdad.

—¿Me permite leer su carta?

—Por supuesto —dijo mientras se la entregaba.

Cinco minutos después, Fanny rompió su silencio y comentó:

—Cuéntele la verdad a medias.

—¿Otra vez? No, no puedo hacer eso.

—Esta vez es más fácil, añada un poco más de verdad. Dígale que su primera decisión de esperar a fijar la fecha fue porque había oído el rumor de que Lord Middlegreen tenía un hijo bastardo y quería cerciorarse. Luego añada que él le ha confesado la verdad, hay una mujer que está esperando un hijo suyo y que por eso ha decidido no aceptarlo como marido. Pero no le cuente que ha sido él quien ha roto el compromiso, hágale creer que es cosa suya tras esta información.

—¿Usted cree?

—Es lo mejor para evitar rumores.

—Vendrá a buscarme inmediatamente.

—Dígale que ha conocido a Lord Coleman.

—No me gusta Lord Coleman.

—Pero hágaselo creer, así la dejará tranquila.

—¡Uf! —suspiró Julia—. No sé por qué le hago caso, Fanny. Tiene usted una capacidad para convencerme que a veces me parece peligrosa.

Después de escribir la carta, las jóvenes fueron con James hasta la oficina de Correos y la enviaron. Al regreso encontraron a la señorita Foster en el salón con Lord Chandler. No parecían muy contentos.

—¿Ha ocurrido algo? —preguntó Julia.

—¿Que si ha ocurrido algo? ¿Que si ha ocurrido? Esto es tan inaudito que ni yo mismo doy crédito.

—Pues créaselo, milord —aconsejó la señorita Foster. Luego miró a las jóvenes y se explicó—. ¿Han tenido alguna vez el cielo a su alcance y en un minuto todo se ha echado a perder? Pues eso le ha ocurrido a nuestro Lord Coleman. Ha aparecido Jack Coleman.

—¿Quién es Jack Coleman? —preguntó Julia.

—El hermano mayor de Lord Coleman, es decir, el auténtico Lord Coleman —explicó la señorita Foster—. William Coleman, el Lord Coleman que ustedes conocen, no tiene nada.

—No lo entiendo —comentó Fanny—. ¿Se refiere al hermano que había muerto en la batalla de Copenhague?

—Ese mismo. En realidad lo dieron por muerto porque desapareció hace seis meses y no se había vuelto a saber de él. Por lo visto estuvo gravemente herido y fue atendido por unos pescadores que no entendían nuestro idioma. Ayer, mientras Lord Coleman, es decir, su hermano sin título, William Coleman, cenaba con nosotros, Jack Coleman, es decir, Lord Coleman, llegó a Londres y certificó que estaba vivo.

—Me alegro por Lord Coleman, quiero decir, por el señor Coleman, debe estar muy contento por haber recuperado un hermano —comentó Julia.

—¿Contento? Lo ha perdido todo en el tiempo que dura la estampación de una firma —razonó la señorita Foster.

—Y ¿por eso es terrible? ¡Usted tiene un hermano, señorita Foster! No puede hablar en serio —le reprochó Fanny.

—¿A usted también le parece una mala noticia? —preguntó Julia a Lord Chandler.

—Yo no he dicho que sea terrible, he dicho que es inaudito. Pero estoy convencido de que William Coleman ya había superado el duelo por la pérdida y ahora disfrutaba de su herencia.

—Si el señor Coleman no se alegra de que su hermano esté vivo, no merece mi respeto —adujo Julia.

—Nadie ha dicho que no se alegre, lo que ha comentado la señorita Foster es que ha pasado de tenerlo todo a no tener nada y eso, señorita Banister, es un obstáculo importante de cara a su futuro.

Julia hubo de reconocer que Lord Chandler llevaba razón, aunque no le había gustado el modo en el que había afrontado el tema la señorita Foster. Cuanto más la conocía, menos le gustaba esa mujer.

Llamaron a la puerta y el mayordomo anunció al señor Galton, lo que ayudó a suavizar el malhumor de Lord Chandler. Tras las presentaciones, la señorita Foster se fue y las jóvenes subieron a la habitación de Julia. Por supuesto, el paseo previsto para esa tarde con el que hasta ese momento había sido Lord Coleman se anuló.

—¡Oh, Fanny! Le he hecho creer a la señora Stringle que me interesaba Lord Coleman y ahora volverá a tener motivos para preocuparse por mí.

—Tal vez no llegue la noticia a Brighton.

—Las noticias no entienden de geografía, sino de clases sociales. Según con quién alterne la señora Stringle, se enterará. ¡Ya lo creo que se enterará! En cuanto lea mi carta, interrogará a todos sus vecinos para saber si han oído hablar de Lord Coleman.

—Tal vez piense que usted se refería al hermano mayor, al que daban por muerto. En ese caso, no tiene por qué preocuparse.

—Esperaré a la próxima carta y ya hablaremos del tema. No debería haber mentido. Nunca más volveré a mentir ni a hacer caso a sus sugerencias en este aspecto.

—Cálmese. Tal vez la señora Stringle piense que ahora sí quiere casarse con Lord Middlegreen.

—Pero ni puedo ni quiero hacerlo. Espero que en esto me apoye. Cuando sepa que hay un bebé por medio, espero que me apoye.

—¿No le extraña que la señorita Foster haya venido solo para comunicar esta noticia? ¿Y no le preocupa el motivo por el cual Lord Chandler estaba desilusionado?

—Fanny, no soy tonta. Ya sé que quieren emparejarme con él, pero ya hemos hablado de eso. Ahora no quiero maridos.

—Lord Coleman, el señor Dixon, el señor Graham... ¿ninguno ha logrado despertar en usted algún interés?

—Ni el más mínimo. De todo el tiempo que llevamos en Londres, lo más interesante fue escuchar ayer al señor Preston y sus alegatos contra la esclavitud. Hablaba muy bien y no es pretencioso. Se distingue por encima de todos. La gente aquí es tan maleducada... Las mujeres son descaradas, los hombres atrevidos... El señor Preston es diferente.

—Lástima que tenga casi cincuenta años.

—No me refería a él en esos términos. Pero es una persona sensata y que inspira seguridad. El señor Preston es alguien en quien me resultaría fácil confiar —se quedó pensando un momento sobre sus propias palabras—. No puedo decir lo mismo de nadie que haya conocido en Londres.

—Tiene algo que recuerda a Tash.

—No les veo ningún parecido.

—Me refiero al carácter, no a su aspecto. En esto último, sale ganando por mucho Tash.

—No sé en qué nota semejanzas.

—En su seriedad, su saber estar, su forma de pensar, la sensación de protección que inspira...

—¡Oh, pare, pare! Si sigue con eso, no la voy a echar de menos ahora que se va.

—Excepto por el hecho de dejarla sola, estoy deseando marcharme de aquí. Londres es la cuna de la hipocresía y la doble moral.

XXIII

Al día siguiente, Julia acompañó a su amiga hasta la salida de la diligencia que pasaba por Winaton. Una vez allí, buscaron a alguna mujer que fuera a coger el mismo carruaje y a Julia le gustaron dos mujeres mayores que parecían hermanas. Se acercó a ellas y les preguntó si podían servir de compañía a la señorita Bates, hija del vicario de Winaton, y a quien su padre recogería en la parada del pueblo. Fanny consideraba innecesario que le buscaran acompañante porque en hora y media estaría en casa, pero Julia insistió en que se sentiría más segura por si ocurría algún incidente durante el camino.

—Le agradezco de nuevo que me invitara a acompañarlas a su madre y a usted —le dijo Julia—, aunque después se hayan invertido las tornas.

—Y yo espero que disfrute lo suficiente para regresar recuperada, pero también que añore regresar a la tranquilidad.

—Ya la añoro, Fanny. A estas alturas me gustaría volver con usted, pero Lord Chandler ha alquilado la casa para todo un mes y debo quedarme dos semanas más. Le aseguro que procuraré que no alargue esta estancia. Coincido con usted en que la vida en Londres no me resulta tentadora y ahora me siento más fuerte para mirar a la cara a los Wakefield y decirles que nunca seré condesa.

—Le escribiré al llegar, aunque no creo que pueda transmitirle muchas novedades.

—Y yo le contestaré enseguida.

Las amigas se abrazaron y Fanny subió al correo. Luego Julia regresó al coche donde James la estaba esperando.

Sabía que, sin su amiga, no podría tomarse con el mismo humor las situaciones que aún le esperaban. El coche partió y comenzó un traqueteo acompasado. Julia reposaba su cabeza en la ventana y miraba ensimismada las calles que atravesaban. Pero de pronto algo la hizo despertar.

A lo lejos, frente a un portal, había un hombre que se parecía a Tash. Enfrente de él se hallaba una mujer joven con la que parecía charlar. Luego, vio que ella le cogía las manos y se las besaba. El hombre, respondiendo a su gesto, la abrazó. El coche pasó más cerca de la pareja y Julia pudo comprobar que efectivamente se trataba de Tash. Él no la vio y sonreía mientras abrazaba a la joven.

Sintió una punzada. Hasta ahora no había imaginado que Tash pudiera relacionarse con ninguna mujer, como si fuera un mueble más que carece de sentimientos. Trató de fijarse mejor en ella, pero estaba de espaldas y no distinguió su rostro. Tash continuaba abrazándola. No supo por qué, pero sintió un nudo en el estómago y un malestar general. Sabía que cuando estaban en Cunderley recibía cartas de Londres y ahora se le ocurrió pensar que tal vez serían de esa joven. La imagen no dejaba lugar a dudas: Tash estaba exponiendo a una mujer a la que no tenía nada que ofrecer. Resultaba del todo indecoroso y atrevido. Además, le parecía inaudito que Tash pudiera faltar así al deber hacia Lord Chandler: seguro que el conde ignoraba esta escapada y probablemente no había sido la única.

No le gustó ver sonreír a Tash. Él nunca sonreía, aunque Julia reconoció que aquella sonrisa lo humanizaba a sus ojos. Pero le hacía sentirse inquietamente desgraciada. Acababa de despedirse de Fanny, resultaba normal sentirse triste y compungida. En el fondo sabía que su malestar estaba relacionado con la escena que acababa de presenciar, pero se negaba a reconocerlo. En esos momentos, deseaba abofetear a Tash. El coche se alejaba y él continuaba con esa mujer, a espaldas de Lord Chandler.

Julia estaba rabiosa. Tash deshonraba al conde con esa conducta. Y esa mujer ya estaría para siempre perdida si algún conocido los hubiera visto. Una joven no puede recuperar su reputación después de algo así. Se hallaban en un lugar público y no iba vestida como una cortesana. Tampoco tenía aspecto de criada, se notaba que era una mujer educada, aunque sencilla. Al menos eso decían sus ropas. Sí, ella estaba perdida.

Seguramente era la amante de Tash. ¡Pobre mujer! Pero no podía compadecerla, más bien la aborrecía. Una joven no debía permitirse esas licencias, esa conducta era casquivana y dejaba en mal lugar a las de su género.

Y él era peor. Tash debía ser consciente de lo que suponía para la joven su atrevimiento. Pero sonreía. Sonreía mientras la abrazaba. Tash era feliz con otra mujer en brazos. ¿"Otra"? Debería haber pensado "una". ¿"Otra"? No, no podía ser, estaba molesta e irritada con él, odiaba su conducta, pero su resentimiento no podía ser fruto de los celos. Entonces, ¿por qué sentía ganas de llorar?

"Está claro que, por muchos hombres que le presenten, todos le producen indiferencia. Excepto Tash", le había dicho Fanny. Y era cierto.

Pero Julia estaba convencida de que Tash le desagradaba, era incomodidad lo que sentía ante él, incluso exasperación. No eran celos los que ahora la apresaban, no podían serlo, se repetía mentalmente. Se notaba afligida y enfadada por igual y su confusión iba creciendo por momentos. Se negaba a aceptar sus sentimientos, pero le dolía horriblemente la imagen que acababa de contemplar.

Recordaba las ocasiones en que la presencia de Tash la había incomodado. Su mirada, su capacidad para hacerla sentir desnuda y sin protección. Se sentía vulnerable e intimidada ante él. Pero últimamente Tash la esquivaba. Ella le había pedido que no se le acercara, que la dejara en paz y él lo había respetado. Y notó que también lo detestaba por eso.

¿Y si fuera cierto? ¿Y si Tash no le resultaba indiferente del modo en que ella había creído? No, no, él era un aprovechado, no tenía nada que ofrecer a una mujer y estaba abrazando a una pobre ilusa. De todos los defectos que le había atribuido, la inmoralidad no se encontraba entre ellos. Y, sin embargo, su comportamiento era inmoral. Ya no sospechaba que pretendiera manipular a Lord Chandler y apropiarse de los asuntos de Cunderley, pero continuaba produciéndole desconfianza. Y ahora lo odiaba. Sí, lo odiaba. Debía odiarlo aunque solo fuera por este atrevimiento.

Cuando estuvo de regreso en Mayfair, entró deprisa para no ser vista, pero Lord Chandler, que la había oído llegar, la llamó desde su despacho.

Julia respiró profundamente e intentó relajarse antes de acudir ante él y procuró disimular su estado.

—¡Señorita Banister! —exclamó el conde cuando la vio—. No esté disgustada. Su amiga y usted solo estarán separadas un tiempo.

—Lo sé, milord —respondió con voz alegre y fingida.

—Querida, podrán escribirse y en breve volverán a encontrarse.

Julia se sintió aliviada al ver que atribuía su estado a la marcha de su amiga.

—Le tengo mucho aprecio a la señorita Bates, pero también a usted.

Ya me encuentro mejor –mintió.

–Bueno, bueno. Espero que así sea.

–Gracias.

–Solo quería comentarle que, ahora que la señorita Bates se ha ido, su acompañante será la señorita Foster. Ya sabe que una dama nunca debe salir sola.

A Julia no le agradó la idea, pero no tenía fuerzas para protestar.

–Sí, milord.

–El señor Tash ha tratado de convencerme para que le busque una dama de compañía por si quiere salir a dar un paseo corto, pero yo creo que no es necesario, ¿está usted de acuerdo, señorita Banister?

Julia asintió con la cabeza.

–Pero, si en algún caso, le apetece pasear y no encontramos a la señorita Foster disponible, el propio señor Tash puede acompañarla.

–¿El señor Tash? –se asustó.

–Sí, de alguna manera, es alguien en quien puedo delegar mi papel de tutor, ¿no cree?

Julia calló. Estaba deseosa de contarle a Lord Chandler lo que había visto. Tash necesitaba una reprimenda y tal vez el conde vigilaría sus movimientos. Pero no se atrevió. Sintió que, si hablaba, en sus palabras se delatarían sus propios sentimientos. Estaba indignada, ofendida, enfadada, destrozada…celosa.

Julia salió y subió a su habitación. Le hubiera gustado que estuviera Fanny aún allí y llorar a su lado. Con rabia, cogió papel y pluma y empezó a escribir.

"Querida Fanny:
Mis sospechas se han confirmado. Tash es un hombre horrible. Después de despedirme de usted, lo he visto abrazando a otra mujer."

Tachó "otra" y en su lugar escribió "una". Luego cogió otro papel para reescribirlo todo en limpio.

"Querida Fanny:
Se equivocaba al hablar bien de Tash. Se equivocaba, se equivocaba, se equivocaba…"

Empezó a arrugar también esta cuartilla y la dejó caer. No podía escribir. Al menos, no podía escribir nada que resultara coherente.

Se le ocurrió hablar con Lord Chandler y pedirle que abandonaran Londres inmediatamente. Pero no podía hacerlo, y menos ahora que, tras la visita del señor Galton, el conde se había vuelto a entusiasmar con la astronomía. Además, eso suponía reconocer ante ella misma que estaba celosa, porque la idea que subyacía era la de separar a los dos amantes.

Debía ser fuerte y razonar. En el peor de los casos, en el supuesto de que ella sintiera alguna inclinación hacia Tash, no tenía ninguna esperanza. Él no tenía posición ni dinero para ofrecerle una vida en común. Así que, aunque no hubiera contemplado esa imagen del abrazo, estaría obligada a olvidar a Tash. Aunque Tash la hubiera amado, estaría obligada a ser prudente y alejarse de esa idea. Pero no quería estar enamorada de Tash. No quería porque él andaba con otra y eso le dolía. No quería porque eso le rompería todos los esquemas. Ya se los había roto la decisión de Lord Middlegreen, y ahora sentía ese golpe como algo lejano y ridículo. El dolor de aquellos momentos no tenía nada que ver con el dolor de ahora.

Tash había tratado de que Lord Middlegreen se casara con ella. Tash solo se preocupaba de que los asuntos de Cunderley llegaran a buen puerto, independientemente de lo que ella sintiera. Para él, ella solo era una pieza más de un puzle que él organizaba. Y él tenía una amante. Y la abrazaba. Y sonreía mientras la abrazaba...

Recordó la noche en que encontró las flores muertas después de que la empujaran a una sesión de espiritismo. Había corrido en busca de Tash para que la abrazara como hoy abrazaba a aquella joven. Pero él le había negado el abrazo o cualquier palabra de consuelo. Se había mostrado frío y distante porque guardaba su protección y su sonrisa para otra.

Cuando la criada llamó a su puerta, Julia dijo que se encontraba mal y que no tenía hambre. Pensaba que Tash ya habría regresado y no quería enfrentarse a él. Pero no era así, aquel día el secretario tenía permiso para volver tarde.

Horas después, Lord Chandler partió hacia la residencia del señor Galton, pues iba a cenar allí con otros aficionados a la astronomía. Julia continuaba sin querer ver a Tash y tampoco bajó a cenar. Le subieron una sopa que apenas probó. Estaba afligida pero, sobre todo, se notaba rabiosa.

Queriendo olvidarse del resto de sensaciones, se había centrado en reprochar la falta de Tash y estaba dispuesta a castigarlo. Lord Chandler le había dicho que él sería su acompañante, así que la acompañaría y ella no le dejaría ni un minuto libre para poder escapar hacia sus correrías. Convertiría su nueva labor en una tortura. Mientras dependiera de ella, a Tash se le había acabado dejarse llevar por su desvergüenza.

Tash llegó a la hora de cenar. Se le veía contento y tenía hambre. Preguntó por la señorita Banister y le dijeron que se sentía indispuesta y que le habían subido una sopa a la habitación, pero que solo había probado dos cucharadas. Tash consultó con la criada si debían avisar a un médico.

—No, señor. Lo que tiene la señorita no lo curan los médicos. Se lo digo yo, que tengo cinco hijas y fui la mayor de siete hermanas.

XXIV

Julia se despertó pronto, a pesar de que había tardado en dormirse. Estaba inquieta. Se aseó, llamó a la criada y le pidió que la vistiera y la peinara. Bajó a desayunar altiva, como si no hubiera pasado nada. Lord Chandler dormía, pues había regresado tarde, y Tash respetó su intimidad y se mantuvo en el despacho.

Julia regresó a su habitación, volvió a asegurarse de que llevaba el cabello bien peinado, cogió unos guantes y el chal de cachemir que se había comprado hacía poco y bajó de nuevo. Se dirigió al despacho y llamó. Tash, pensando que se trataba de Lord Chandler, le indicó que pasara. Ella entró.

—¿Está ocupado? —preguntó Julia.

—Puedo encontrar cinco minutos para usted —respondió él un poco asombrado de esta imprevista interrupción—. ¿Se encuentra mejor?

—Me encuentro estupendamente, gracias. Y no quiero cinco minutos. Lo necesito al menos una hora. Lord Chandler dijo que usted me acompañaría si me apetecía salir. Pues me apetece salir, señor Tash, así que ocupe esos cinco minutos que me ofrece en pedirle a James que prepare el coche y luego espéreme en el recibidor.

La voz de ella había sonado autoritaria y Tash se preocupó por si había ocurrido algo durante el día anterior que él desconociera.

A los dos minutos la estaba esperando tal como habían quedado. Ella había vuelto a subir a su habitación y se demoró adrede diez minutos más. Luego bajó decidida, dejó que él la ayudara a subir al coche y le indicó a James que se dirigiera hacia Holborn.

James se quedó parado, como esperando el consentimiento de Tash. Este miró a la joven, alarmado, y le preguntó.

–¿Por algo especial?

–Hay lugares de Londres que aún no conozco.

–No es necesario que conozca los peores barrios.

–Señor Tash, no me trate como si fuera una niña porque entonces pensaré que usted es una niñera.

Tash sonrió pero su sonrisa era sarcástica y no tenía nada que ver con aquella que había dedicado a la *otra* el día anterior.

–A Holborn, James –confirmó Tash y luego se dirigió hacia la señorita Banister–. De acuerdo, pero espero que no desee bajar del coche.

–Eso lo decidiré yo.

Tash calló, consciente de que a ella le molestaban sus intromisiones. Estaba sorprendido porque hubiera aceptado su compañía, pero sabía que no debía extralimitarse. Así que decidió no entablar conversación durante el trayecto. Pero en esta ocasión era ella quien deseaba hablar.

–Espero que no tuviera nada urgente que despachar, señor Tash.

Él notó la ironía de su expresión, ya que en ningún momento le había dado opción a no acompañarla.

–Nada que no pueda arreglarse –le contestó.

–Invierte usted todo su tiempo en los asuntos del conde. Su lealtad es admirable.

–No siempre, ayer tuve permiso de Lord Chandler para dedicarme a los míos.

–¿Y tiene usted muchos "asuntos" en Londres?

–¿Le molesta el silencio mientras va en coche?

Consciente de que a él sí le importunaban las preguntas personales, Julia comentó:

–El simple traqueteo me da somnolencia. Me pregunto en qué ocupará su tiempo libre, ¿también es aficionado a la astronomía?

–Me interesa más mirar a la tierra que al cielo.

–Asuntos terrenales, entonces.

–Si es lo que prefiere pensar.

–¡Oh, vamos, señor Tash! Usted tiene constancia de todos mis movimientos, ¿tan difícil le resulta confesar alguno de los suyos? –trató de fingir una voz distendida.

–No hay nada que confesar.

–Al menos déjeme tranquila y dígame que invirtió bien su tiempo.

–No pude haberlo invertido mejor.

Lejos de satisfacerla, su propio juego la disgustó, lo que la obligó a permanecer en silencio los siguientes cinco minutos. Pero tampoco se sintió cómoda en ese mutismo y al poco volvió a intentar sacar partido a la palabra.

—Si no dice cualquier cosa para romper esta calma, pensaré que quiere que me duerma.

—¿Qué le gustaría que le dijera?

En esos momentos el coche se adentraba en una zona de fábricas y el humo no dejaba ver el cielo.

—Podría hablarme del aire sucio de Londres o del griterío de estas calles. ¿Se crió usted en Londres?

—No, no me crié en Londres. Y no creo que este barrio pueda inspirarle nada agradable —antes de que ella pudiera volver a hacerle una pregunta personal, se le anticipó— ¿Está disfrutando en la capital?

—Todo lo que se puede disfrutar de una manzana recién lavada cuando se tiene hambre —mintió—. Lord Chandler se ocupa de que no me aburra. Y lo cierto es que ha conseguido que me sienta adulada. Nunca tantos hombres me han ofrecido una silla para sentarme a su lado y todos se ocupan de que siempre haya conversación.

—Me alegro por usted —respondió él de forma adusta—. Pensé que le molestaba que le organizaran sus horas y que era amante del silencio.

—No, si se tiene algo importante que decir. El señor Preston tiene ideas muy filantrópicas y el señor Applewhite es un hombre muy ingenioso, es difícil no reír cuando él conduce la conversación. Es un lástima que la señorita Foster no lo haya vuelto a invitar.

—Tal vez haya algún motivo para eso.

—¡Vaya! Debe haberlo, porque usted habla como si lo conociera —hizo una pausa—. ¿Lo hay?

—Eso debería preguntárselo a Lord Chandler.

—Se lo estoy preguntado a usted.

—¿Le interesa el señor Applewhite?

—¿Cree que, si me interesara, se lo confesaría a usted?

Tash decidió contarle la verdad. No sabía si lo hacía porque pensaba que ella tenía derecho a conocerla o porque era un modo de tantearla.

—El señor Applewhite habló con Lord Chandler hace unos diez días. Le pidió permiso para cortejarla.

Julia se sorprendió de que Tash conociera una información que ella ignoraba a pesar de ser su protagonista. Trató de mostrar indiferencia ante ese hecho y preguntó de modo natural:

—¿Y Lord Chandler se negó?

—¿Le hubiera gustado que aceptara?

—Depende del motivo por el cual Lord Chandler se negara.

—El señor Applewhite está arruinado.

—Entonces Lord Chandler hizo bien— sonrió.

—Este coche llama mucho la atención, sería conveniente salir de esta zona —advirtió Tash.

—Debería apenarse por estas gentes en lugar de despreciarlas.

—No las desprecio, pero me siento en la obligación de rogarle prudencia.

—Londres posee muchos contrastes. Es injusto que uno esté determinado a ocupar un lugar en la sociedad en función de su nacimiento.

—Eso también ocurre en otros lugares.

—Pero... esos niños —señaló a un grupo de pequeñuelos que correteaban— tal vez sean más inteligentes y voluntariosos que el hijo de un duque y nunca saldrán de aquí. Están condenados.

—Así es. Y tampoco tienen dinero. ¡Hay tantas cosas a las que no pueden aspirar!— se burló.

—¡Lo dice con tanta insensibilidad...! El señor Preston tiene ideas que, de llevarse a cabo, podrían cambiar esta situación. Si todos lo apoyaran, esta gente podría vivir con dignidad.

Tash no respondió. Sabía que se abría un tema en el que no podría frenar sus palabras y recordaba que Lord Chandler le había prohibido hablar de política. Este silencio, que ella atribuyó de nuevo a su indiferencia hacia las clases sociales más bajas, enojó aún más a Julia, que le gritó al cochero:

—¡James, pare, por favor! Me apetece pasear por aquí.

—No se lo recomiendo.

Pero estas palabras no hicieron ningún efecto en ella, que ya estaba abriendo la puerta y eso obligó al cochero a detenerse. Bajó decidida sin esperar ayuda. Tash, antes de ir tras ella, le pidió a James que los siguiera a una distancia prudencial.

Cuando Tash se colocó al lado de Julia, esta lo miró enfadada y le dijo:

—Sé que tiene la obligación de escoltarme, pero no de acompañarme. Por favor, ya que su virtud no es la de un buen conversador, prefiero caminar sola.

Luego avanzó el paso y lo dejó a él dudoso de si obedecerla o no. Al final se resignó a hacerlo. No le apetecía discutir.

Inevitablemente, dado el lugar y las vestimentas de Julia, a los dos minutos se le acercaron tres niños para pedirle limosna. Ella buscó en un bolsillo y sacó el monedero, del cual extrajo unas monedas que procuró repartir equitativamente, pero mientras lo hacía, varios niños más la habían rodeado.

Todo sucedió tan rápidamente que Tash no pudo evitarlo. Le quitaron el monedero y el chal de cachemir y en un instante desaparecieron todos en distintas direcciones. Tash partió tras uno de ellos, pero enseguida se detuvo porque el muchacho había desaparecido en una callejuela llena de recovecos.

Mientras, un hombre se acercó a Julia y la agarró de un brazo.

—Señorita, lleva un vestido muy fino. Y huele muy bien —dijo mientras le olfateaba el cuello.

Julia gritó asustada, pero él la empujó hacia un portal.

—Hoy me ha tocado la lotería, Jimmy.

El tal Jimmy abrió una puerta y le ayudó a arrastrar a la joven hacia ella.

De pronto, Tash lo agarró, consiguió que soltara a Julia y le propinó un puñetazo. El hombre se tambaleó un momento y luego cayó. El otro salió en defensa de su amigo y agarró a Tash. Sacó una navaja de un bolsillo y trató de clavársela. Tash se defendió, pero aquel hombre le rasgó el brazo antes de que la navaja acabara en el suelo. Tash lo golpeó, lo dejó mal apoyado sobre la pared y le propinó un par de patadas.

Julia salió del portal y gritó pidiendo ayuda y James hizo avanzar el coche hasta allí. Cuando ella se volvió a mirar, los dos hombres ya no estaban y Tash se había quitado la chaqueta. La camisa blanca se había teñido de sangre.

XXV

—¡Oh, Dios mío! ¡Lo siento, lo siento mucho! —suplicó.

—Será mejor que suban antes de que regresen esos tipos —indicó James.

Tash se dirigió hacia el coche y Julia lo siguió apesadumbrada.

Tras cerrar la puerta, James arrió a los caballos y el coche se puso en marcha, aunque no a gran velocidad, ya que la calle era estrecha y había obstáculos que salvar.

Tash se desgarró la manga y Julia se apresuró a buscar un pañuelo para tapar la herida, pero la sangre manaba de forma abundante y enseguida se hizo inservible. Se disponía a hacer jirones con los bajos de su vestido cuando se dio cuenta de que estaban llenos de barro. Tash se rasgó la otra manga y se la arrancó. Luego se la pasó a Julia para que le hiciera un vendaje. Ella cambió de asiento y se puso a su lado para maniobrar mejor. Mientas le colocaba la tela, no paraba de disculparse.

—Lo siento, ha sido culpa mía. He sido una inconsciente.

—No es grave.

—Le agradezco mucho que me haya ayudado, señor Tash, no lo merecía.

—No diga tonterías. ¿Cómo se encuentra usted? ¿Le han hecho daño?

—No, pero si no llega a intervenir… —comentó nerviosa.

—Bueno, usted me ha encargado que sea su escolta, ¿no?

Por primera vez lo vio sonreír sin ironía. Lo hacía sinceramente, como si en esa sonrisa suspirara un alivio. En esos momentos tomó conciencia de que aún sujetaba su brazo y se lo soltó enseguida al tiempo que se ruborizaba.

—No sé cómo pedirle perdón.

—Aunque no sea buena alumna, procure dejarse aconsejar la próxima vez.

—No solo por eso. Lamento… lamento haber estado tan incisiva con usted —reconoció avergonzada y procuró cambiar de tema.— Tenemos que buscar a un médico —se apuró—. ¿Sabe dónde hay un médico en Londres?

—Me han dicho que es la ciudad de Inglaterra donde más médicos hay.

—¡Oh, no se burle! ¿Le duele?

—No, si puedo burlarme.

De nuevo le ofreció su sonrisa. Julia debería haberse sentido más tranquila al comprobar que la herida no era grave, pero cada vez estaba más inquieta.

Regresó a su asiento frente a él, la cercanía no la ayudaba a calmar los nervios y él se colocó la chaqueta consciente de su exceso de intimidad. Julia no tenía tiempo para estremecerse pensando en lo que le podría haber pasado a ella misma, la presencia de él lo llenaba todo en estos momentos. "Es solo un criado", recordó y trató de centrarse en la imagen de él abrazando a otra. Nunca había querido enamorarse y ahora sentía sus convicciones sacudidas ante alguien a quien no podía entregar su mano. Este pensamiento la afligió. Sabía que debía luchar contra esa emoción recién descubierta, pero compartir su día a día con él no se lo pondría fácil. Escribiría a la señora Stringle, pensó. Iría a visitarla y le contaría toda la verdad. No debía decirle nada a Fanny, ella alentaría esa afección en lugar de ayudar a dejarla morir.

—Aún está asustada —le dijo él al ver que su rostro se había ensombrecido.

—Supongo, pero no quiero pensarlo —musitó—. Señor Tash, le prometo que no volveré a hacer algo así.

—Me deja más tranquilo. La próxima vez me dejará escoger a mí el lugar de sus paseos.

—No habrá próxima vez.

Y lo afirmó con tal gravedad que consiguió que él no respondiera. Regresaron al silencio y ninguno de los dos lo rompió hasta que llegaron a casa. Tash tomó conciencia de todo lo que había sentido. Primero se había angustiado al verla en peligro y luego sus miedos habían sido recompensados por sus cuidados y, casi se atrevería a decir, otorgados con cariño. Tenía ganas de reír, de saltar, pero de pronto recordó su papel. Hacía seis años que no podía ofrecer un futuro. Si la hubiera conocido antes… Pero haberla conocido antes hubiera supuesto condenarla a la ruina. No, afortunadamente las cosas estaban en su lugar. Él debía servirla, no amarla.

En cuanto llegaron a Mayfair, Julia pidió al lacayo que se apresurara a buscar un médico. Lord Chandler, recién levantado, al principio no entendió lo que estaba pasando, pero luego se asustó al pensar lo que le podría haber ocurrido a la señorita Banister. En lugar de reprocharle su imprudencia, reprendió a Tash por habérsela consentido. Julia salió en su defensa y se atribuyó todas las culpas Tash reconoció que no debería haber cedido y asumió su irresponsabilidad. A ella le molestó que el conde mostrara más preocupación por lo que no había llegado a ocurrir que por la herida de su secretario, pero calló, consciente de que no iba a arreglar nada.

Al cabo de media hora llegó el médico y Julia salió del salón. Tal como sospechaban, la herida no era profunda, pero sí estaba abierta, y hubo de coserle un par de puntos para ayudar a que se cerrara.

Julia había pedido que le prepararan un baño, deseaba sacudirse de encima el sucio olor de aquella experiencia. Cuando se quitó las ropas, encontró el pañuelo lleno de sangre. Lo dobló correctamente y luego decidió guardarlo en un cajón de su escritorio, como si fuera una prenda preciada.

Inevitablemente recordaba el miedo que había sentido al ver que Tash estaba herido. Pero sobre todo recordaba su sonrisa, el contacto con su piel al vendarle el brazo, la intimidad de los rostros tan cerca cuando estaba a su lado y notaba su respiración. Estas emociones parecían ahora presentes y sentía como si estuviera reviviendo aquellos momentos. Julia estaba obligada a disimularlas por la presencia de la criada que le ayudaba a bañarse. Pero necesitaba recrearse en esos pensamientos y se había propuesto permitírselos en el día de hoy como excepción a sus intenciones. Mañana ya no habría lugar para estos recreos. Mañana pensaría en cómo debía actuar y qué decisiones adoptaba, pero hoy no era el momento para exigirse tanto.

Una hora después la mandaron llamar. La señorita Foster comía con ellos y tenía intención de llevar a la señorita Banister al teatro aquella noche. El señor Dixon celebraba su aniversario y el señor Graham había regresado de Manchester. También tendría el placer de contar con la compañía de Lady Twistleton y había que considerar que eso era un gran honor. Pero Julia adujo que, después de la experiencia, no se encontraba bien y que necesitaba tranquilizarse. Así que cogió un libro de la biblioteca, aunque no tenía intención de leer, y pidió que le subieran un té.

La señorita Foster se escandalizó cuando conoció lo ocurrido y reprendió a Lord Chandler por permitirle cosas como esa. Una vez que la señorita Banister hubo subido a su habitación, le comentó:

—La consiente demasiado. Ese capricho de pasear como si fuera una campesina... —se quejó.

—¿Y qué sugiere? ¿Qué la mantenga encerrada?

—¡Oh, los hombres no tienen imaginación! Encargue que le hagan un retrato —propuso.

—¿Y con eso la mantendré todo el día ocupada en contemplar su propia imagen?

—No sea ridículo, con eso la mantendrá todas las mañanas en casa obligada a posar para un pintor.

El conde se quedó reflexionando sobre esa idea.

—Hay que saber jugar con las jóvenes, milord, manejarlas para que se crean libres de optar por el camino que uno les prepara estratégicamente —alegó convencida la señorita Foster.— Si fuera mi hija, ya estaría prometida.

—Le pago a usted para esa labor y no ha cosechado ningún éxito.

—Pero es que ella no colabora. Si usted la hubiera educado para..., no digo coquetear, pero sí alentar a los caballeros, ya estaría prometida. Es bonita y educada, pero no toca, no canta, no pinta...

—Ella no conoce mis intenciones y no quiero obligarla. Mi deseo es que se crea enamorada y quiera casarse.

—Pero ya lo ve usted. Ha regresado el señor Graham y no ha mostrado mayor interés.

—Entonces busque más señores Graham de donde sea.

—Y luego, dichosa la hora —se quejó la señorita Foster—, el inoportuno regreso del verdadero Lord Coleman...

—¿Por qué no le dan tiempo? —intervino Tash que les oyó desde el pasillo y entró indignado y entristecido por el tono de la conversación—. Toda su vida se ha visto encauzada a un matrimonio que ya no existe. De repente, se encuentra con la libertad. Al principio a modo de vacío, pero que después se convierte en horizonte sin límites. Déjenla sufrir, disfrutar, aprender de este momento. La señorita Banister necesita tiempo.

—¿Tiempo? No tenemos tiempo, los españoles tomarán posesión de Menorca a mediados de junio, es decir, ya mismo, y después el capitán Atkins se instalará en Malta. Para cuando podamos escribirle, la señorita Banister ya no tiene que llamarse señorita Banister.

—¿Libertad? ¡Para pasear en zonas de burdeles! —exclamó la señorita Foster.

—¿Y no piensan que su paseo de hoy era un modo de rebelarse contra sus intenciones? ¿Creen que es tan ingenua para no haberse dado cuenta? —se enojó Tash.

—Hoy no está en condiciones de dar consejos sobre cómo tratar a la señorita Banister, Tash —le hizo ver Lord Chandler.

Esa respuesta lo hizo callar. Se sintió fuera de lugar al haber intervenido en una conversación a la que no había sido invitado. Saludó y se retiró del salón. Se encerró en el despacho, pero no tocó ningún papel. No sufría solo por cómo hablaban de ella, sino también por la vejación que había sufrido la señorita Banister aquella mañana y sufría por las emociones que él había sentido después. Ella se había preocupado, estaba convencido de que se había preocupado, aunque sus atenciones hubieran respondido solamente a la pena o a su sensación de culpabilidad. Incluso había reconocido haber sido incisiva con él en muchos momentos. Notaba el dolor en su brazo y sabía que nunca una herida había hecho a nadie tan feliz.

Pero volvió a recordar quién era. No podía albergar esperanzas. Aunque en el mejor de los casos el rencor de ella cambiara, no había futuro para ambos. El obstáculo no era Lord Chandler, era él mismo. No podía permitirse soñar con ella. Debía impedirlo. Después de recrearse una hora en el recuerdo de la mañana, se prohibió a sí mismo volver a hacerlo. Debía controlarse. Estaba obligado a hacer lo mismo que le había exigido a Lord Chandler, dejarla libre. La señorita Banister no era para él y lo sabía. En aquel momento deseó que la decisión que ella había manifestado aquella mañana fuera firme. No volverían a pasear.

No sabía si bendecir o maldecir aquel día. Le había otorgado la oportunidad de sentirla cerca, pero eso era una tortura dada su situación. No debía exponerse. El dolor acabaría siendo superior a la felicidad. Tal vez fuera mejor que Lord Chandler tuviera éxito en sus propósitos y que ella se alejara de allí. Si Middlegreen no hubiera sido tan imprudente… Si hubiera cumplido su palabra… Pero no lo había hecho y ahora él tenía que presenciar una y otra vez cómo la señorita Banister salía a cenas y teatros con los caballeros que le presentaban.

La cena fue silenciosa. Lord Chandler aún estaba contrariado y Tash y Julia apenas hablaban. Ni siquiera se atrevían a mirarse. Alguna palabra amable para acercarse el pan, pero expresada con timidez.

Los tres se acostaron con el propósito de que no volviera a suceder el incidente de esa mañana.

Lord Chandler quería que la señorita Foster se apresurara a cumplir con su cometido. Deseaba que el día que tuviera que escribir al capitán Atkins hubiera buenas noticias que contarle. Le debía la vida y necesitaba que se sintiera contento con él. Era una deuda de honor y lo contrario supondría su vergüenza.

Tash se sentía culpable al haberse dejado dominar por un sentimiento fugaz de felicidad y se sabía egoísta por haber deseado que la señorita Banister fijara sus ojos en él. No, esa era una aspiración que tenía negada.

Julia, por su parte, no lograba templar su regocijo en el recuerdo de aquella mañana. Solo lo enturbiaba de vez en cuando la imagen de una joven que abrazaba a Tash, pero la ahuyentaba al saber que también ella lo había visto sonreír. Todavía se ruborizaba al revivirlo, pero también sonreía. Oía la voz de Fanny azuzando el calor de sus emociones y no la apagó, no esa noche. Al amanecer ya se habría desvanecido y en su lugar aparecerían los consejos de la señora Stringle, que estaban también en su conciencia, la de la Julia que siempre había sido hasta el día de hoy.

XXVI

Por la mañana, coincidieron a la hora del desayuno. Tash estaba más frío, más distante y su mirada se había endurecido. Lord Chandler se limitó a preguntarles a ambos si se encontraban mejor y los dos respondieron afirmativamente. Esa pregunta, y todos lo sabían, llevaba doble intención. En realidad quería saber si ya se habían acabado las situaciones de riesgo y podía volver a confiar en ellos. Y los dos estaban dispuestos a que así fuera. Luego, Lord Chandler desayunó leyendo el periódico como si ignorara que estaba acompañado. Los otros dos apenas se miraron.

Acababan de terminar y estaban a punto de abandonar el comedor cuando recibieron la visita del señor Preston. Había sabido lo del incidente por boca de la señorita Foster y venía a preocuparse por la situación de la señorita Banister. Pero cuando la criada lo hizo pasar al comedor, se sorprendió al ver allí a Tash.

—¿Mike? ¡Qué sorpresa, cuánto tiempo! ¿Qué haces tú aquí? ¿Y qué te ha ocurrido? —preguntó al observar su vendaje.

—¿Richard? ¿Tú eres el señor Preston que cenó aquí hace unas noches?

Julia se sorprendió del trato familiar que se dispensaban y Lord Chandler intervino enseguida:

—Veo que conoce a mi secretario, señor Preston. ¿Le apetece un refresco?

—No, gracias, acabo de desayunar. He venido enseguida porque ayer supe lo que le había ocurrido a la señorita Banister. ¿La acompañabas tú, Mike?

Tash asintió y Lord Chandler bajó los ojos como si no quisiera recordar.

—Entonces tengo que agradecerte que salvaras a la señorita Banister de esos depravados. ¿Se encuentra usted bien? —le preguntó a ella.

—Sí, estoy mejor, gracias.

—No deja de sorprenderme el verte aquí —le dijo de nuevo a Tash—. Hacía años que no sabía nada de ti. ¡Así que trabajas para Lord Chandler!

Tash asintió incomodado y los dos se fundieron en un abrazo.

—Tienes que contarme muchas cosas —insistió el señor Preston.

Lord Chandler les indicó que pasaran al salón si deseaban hablar. El señor Preston aceptó, pero antes le preguntó a la señorita Banister si le apetecía dar un paseo en calesa.

—Creo que le vendrá bien despejarse. Podemos ir cerca, a Hyde Park. Allí no hay peligro —le recordó a Lord Chandler.

Julia, aunque tenía gran curiosidad por la conversación que tendría lugar entre Tash y el señor Preston, aceptó la invitación y los dejó para subir a arreglarse. Sentía que con el señor Preston no corría peligro, era un hombre amable y sensible, y por la edad, podría ser su padre. De todas las visitas posibles, aquella era la que menos le disgustaba.

La doncella tardó veinte minutos en arreglarle el cabello y diez minutos más en vestirla. Luego bajó al salón y, cuando Tash la vio entrar, la saludó y se retiró.

Cuando estuvo montada en la calesa con el señor Preston, le agradeció que la hubiera rescatado.

—A veces me asfixio sin poder salir. Cuando vivía en Menorca o en el campo, podía pasear sin acompañante, pero Londres es diferente.

—Me alegro de poder serle útil. Pero ya habrá entendido usted por qué una ciudad es diferente.

—Me temo que sí y no volveré a ser tan imprudente. Pero, permítame que le pregunte, ¿de qué conoce usted al señor Tash?

—Me ha pillado, señorita Banister, lo confieso. Alguna de las frases que la otra noche yo pronuncié y usted manifestó admirar, son originales de Mike.

—¿A qué se refiere?

—Mike llegó a tener un escaño en la cámara de los comunes, pertenecía al partido *wigh* y apoyaba las intenciones del grupo de Clapham al que yo pertenezco. Ya sabe que nosotros luchamos por la abolición de la trata de esclavos y la propia esclavitud, pero además creemos en un mejor reparto de las propiedades y en el derecho a la educación de todas las personas. Tash iba más allá, opinaba que este sistema económico incluye la esclavitud legal y nos estimulaba y daba ideas para nuestra lucha. Desde su escaño, siempre defendió nuestra palabra.

—No conocía esa faceta del señor Tash. ¿En serio llegó a ser diputado?

—Sí, hasta que el negocio de su padre quebró, hace seis años. Entonces abandonó el escaño y desapareció. Hasta hoy no había vuelto a verlo.

—¿Qué le ocurrió a su padre?

—Su padre ejercía de profesor en Oxford. Amante de las letras, invirtió en un negocio editorial. Los libros estaban elaborados con sumo cuidado y pronto adquirieron una fama importante. El negocio creció hasta el punto de poder permitirse una buena educación para sus hijos.

—Sé tan poco del señor Tash, que ni siquiera le había imaginado hermanos.

—Tiene una hermana. Se educó en un internado en época de bonanza. Ahora está aquí, en Londres, al cuidado de una dama que tiene a otras jóvenes a su cargo y se ocupa de su educación.

—¡Una hermana! —murmuró mientras recordaba a la joven del abrazo. Este pensamiento originó un escalofrío que la atravesó y con el que se sintió aliviada.

—Un amigo del señor Tash, el padre del señor Tash que usted conoce, le pidió un préstamo importante y él hipotecó su negocio y su casa para poder ayudarlo. Pero la inversión le salió mal, su amigo fracasó y la familia Tash perdió casi todo lo que tenía.

—¡Oh, eso es terrible!

—Más terrible es lo que sucedió después. El padre del señor Tash fue encarcelado en Marshalsea porque tenía deudas con sus proveedores y allí murió de tuberculosis. Las condiciones de las cárceles son terribles.

—¡Pobre señor Tash!

—Sí, es una lástima, tenía un futuro tan prometedor. Aunque era un obstinado, en realidad no quería hacer carrera política. Si no fuera por la situación social de tanta gente, Mike hubiera preferido quedarse con el negocio. Le gusta la vida tranquila por encima de las relaciones sociales.

—Creo que lo único que sé es que no conozco al señor Tash.

—Es un buen tipo. Una lástima, toda una lástima lo que ocurrió.

—Sí —afirmó Julia. Y realmente lo pensaba.

—Hemos quedado esta noche para cenar, pero me temo que no aceptará que le eche una mano. Es muy orgulloso. Lord Chandler y Lord Middlegreen le han ofrecido ayuda en varias ocasiones y siempre la ha rechazado. Y no acepta préstamos, después de lo que le pasó al amigo de su padre…

Julia bajó los ojos y no dijo nada. El señor Preston decidió cambiar de conversación.

—¿Le gusta Londres?

—No —sin pretenderlo, respondió con sequedad, pues se había quedado pensando en lo que acababa de escuchar—. Quiero decir… me gusta más la tranquilidad del campo. Y echo de menos el mar. El mar limpio y la paz de los paseos por la orilla.

—La entiendo. Iremos hacia el Serpentine, no es lo mismo, pero es lo mejor que Londres puede ofrecerle en este momento.

Pero Julia no disfrutó del paseo. Tal como había dicho Fanny, el señor Preston poseía algunos rasgos de carácter que recordaban a Tash, pero no era Tash. El descubrimiento sobre sus preocupaciones por las diferencias sociales contrastaba con la indiferencia que ella le había atribuido y ahora lo respetaba más. Y la historia de su familia le había conmovido profundamente. Además, ahora estaba segura de que la joven a la que había sonreído era su hermana. Debía serlo. Tash ya no le parecía tan oscuro tras esta información, definitivamente había cambiado a sus ojos. Pensó en su madre. La hija de un caballero que se escapó con un herrero para casarse por amor. Y sintió un mar de contradicciones que le apretujaban el estómago. No debía cometer el mismo error, era una convicción que siempre le había acompañado, pero ahora tenía dudas sobre su propia fortaleza.

Cuando regresaron a la casa de Mayfair, el señor Preston le prometió que la rescataría otro día. El tono paternal de su voz era agradable y Julia se lo agradeció.

Julia entró y buscó inmediatamente a Lord Chandler, que se encontraba solo en el salón. Cerró la puerta para que nadie pudiera oírles. Quería hablar de Tash, pero no sabía cómo.

—¡Ah, señorita Banister! Alégrese, tiene carta de la señorita Bates. Parece que lo primero que ha hecho, en cuanto ha llegado a Winaton, ha sido sentarse a escribir —dijo mientras le tendía la misiva.

—Gracias —aceptó Julia y de repente supo que no debía hablar con Lord Chandler, no se encontraba lo suficientemente tranquila para disimular su interés.

Así que subió a su habitación dispuesta a leer la carta de Fanny.

"Querida Julia:

Mi familia y yo estamos bien de salud, espero que en Londres también se encuentren todos sanos, aunque la señorita Foster bien podría resfriarse y dejarla en paz unos días.

166

Prometí escribirle de inmediato y no he faltado a mi palabra. Pero también afirmé que no tendría novedades que contarle y en este punto mentí, aunque en esos momentos yo no era consciente de ello. Si no está sentada, hágalo ahora mismo. Es el escándalo del año, qué digo del año, es el escándalo de Winaton, dudo que ocurra nada en las próximas cinco décadas que logre superarlo.

Pero no quiero intrigarla por más tiempo, así que le contaré lo que ha ocurrido. ¿Se acuerda del señor Brandon, el amigo de Lord Middlegreen? Mientras nosotras estábamos en Londres, él regresó a Winaton. Los bosques le habían parecido estupendos para la caza y esa es una de sus aficiones favoritas. Así que vino a cazar. Conejos y perdices, pensará en cuanto lea esto. Pues se equivoca, Julia. Con sus estupendas armas que usted y yo nunca valoramos lo suficiente, se adentró en el feudo de los Wakefield y se llevó a Mary. ¡Lo que oye o, mejor dicho, lo que lee! Los dos han huido y se desconoce su paradero. El señor Wakefield está muy enojado y nervioso y ha puesto en marcha todos los mecanismos posibles para encontrarlos. Incluso ha prometido una suculenta dote para convencer al señor Brandon de que se porte como un caballero, por si los encantos de la dulce Mary no son suficientes. La señora Wakefield está avergonzada y el último domingo no fue a la iglesia. Sí asistió, sin embargo, Lydia Wakefield, que está convencida de que han huido a Escocia y de que en breve serán marido y mujer. ¡Pobre Lydia! Es incapaz de pensar de otro modo.

Mi padre les ha sugerido que se pongan en contacto con Lord Middlegreen por si él sabe algo, pero prefieren que el tema se mantenga en privado y en este punto solo lo sabe mi familia. Aunque sé que usted no le contará nada a Lord Chandler, estoy convencida de que no hay remiendos a una rasgadura de este tipo. Teniendo en cuenta que todos los criados de Wakefield House conocen el asunto, no me extrañaría que en estos momentos fuera la comidilla del pueblo.

Pensará que mi tono es jocoso y que la noticia me alegra. No es cierto, no me alegra, pero creo que, si tenía que pasar, la candidata que yo hubiera propuesto hubiese sido Mary Wakefield.

No sabe lo mucho que me alegro de saber que el señor Brandon no se fijó en usted, aunque también me consta que usted nunca haría algo así. ¡Es tan tiernamente predecible!

Me despido, no sin antes retarla a que me cuente algún escándalo de Londres que supere este. Aunque tal vez la señorita Foster considere que los vestidos de la señorita Bates resultaban más ofensivos que la peor de las deshonras que se le puede hacer a unos padres.

Espero que no se deje agobiar por los pretendientes y pronto esté de regreso. Cariñosamente,

Fanny B."

En cuanto dejó la carta sobre la cama, Julia bajó de inmediato al salón en busca de Lord Chandler:

—Por favor, necesito la dirección de Lord Middlegreen, es urgente —le solicitó.

XXVII

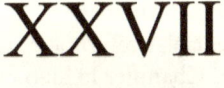

—¿La dirección de Middlegreen? ¿Para qué necesita usted a Middle-green? —se extrañó sin ocultar que no le gustaba esa idea.

—No se lo puedo contar, milord, es un tema confidencial que afecta a otras personas. Pero le aseguro que, después de leer la carta de Fanny, debo hablar con él. Es el único que puede ayudar en un tema que necesita resolverse de inmediato.

—Su explicación es muy misteriosa, señorita Banister. Y sabe que he retirado mi apoyo a Middlegreen, no creo que sea buena idea que lo visite.

—Pero es muy importante —insistió— y el tema afecta gravemente a una persona que usted conoce. Por eso no puedo contárselo.

—Y, si puede saberse, ¿por qué Middlegreen puede servir de ayuda y yo no?

—Porque… porque… ¡Oh, milord! ¡No me haga preguntas, por favor!

—No sé si acceder a su petición, señorita Banister. Su sentido del honor no debería permitirle desear hablar con él.

—Es el honor de otra persona lo que me empuja a buscarlo.

—¿Hay más bebés en camino? —preguntó con voz de alarma.

—¡No! Lord Middlegreen no ha hecho nada malo —lo justificó—, pero sé que él conoce a…, él, por sus amistades, podría ayudar en este asunto. ¡Oh, milord! Confíe en mí, por favor.

—Ahora entiendo a Tash. Es usted esclava del empecinamiento.

—No tiene nada que ver, señor. Lo de ayer fue un capricho, pero esto no puede esperar.

—Aceptaré con una condición —accedió—. Hace días que estoy pensando que me gustaría que le hicieran un retrato.

—¿Un retrato mío? ¿Con qué intención?

—En Cunderley hay retratos de toda la familia y ya le he dicho en más de una ocasión que la considero como a una hija.

—¡Oh! Si solo se trata de eso, no veo inconveniente. ¿Me dirá ahora dónde puedo encontrar a Lord Middlegreen?

—Se lo diré a Tash. Él la acompañará.

—Es un asunto confidencial, preferiría ir sola —protestó.

Pero la mirada de Lord Chandler le hizo comprender que no había opción.

—Está bien, iré a buscarlo —transigió.

Julia se dirigió hacia el despacho. La puerta se hallaba abierta y Tash permanecía, desde primera hora de la mañana, enfrascado en unos asuntos por un pleito de las lindes del condado. Ella se asomó con cierto retraimiento, no quería que él la notara nerviosa.

—Señor Tash, discúlpeme. Necesito salir y Lord Chandler solo me permite salir si usted me acompaña. Espero que lo que esté haciendo no exija celeridad.

—Pensé que había decidido olvidarse de los paseos —respondió él con voz severa. No quería que se repitiera la intimidad de trato del día anterior.

—No es un paseo. He recibido carta de Fanny Bates y debo hacer algo urgente.

—Consúltelo primero con Lord Chandler.

—Ya lo ha hecho —confirmó Lord Chandler al tiempo que entraba en el despacho—. Y a fe que con insistencia. Puede acompañarla, Tash, pero procure no darme motivos de alarma.

—¿Qué barrio ha escogido esta vez?

—La acompañará a Jermyn Street, pero se encargará de que, después de entrevistarse con Middlegreen, suba a la berlina y regrese sana y salva.

Tash contempló a Lord Chandler interrogante, pero no dijo nada. A ella ni siquiera la miró. Tenía el entrecejo fruncido y no quedaba en él ni rastro de la amabilidad del día anterior.

—¡Es importante! —se explicó Julia.

Tash cerró un cuaderno en el que centró su mirada y colocó unos papeles en un cajón como si no tuviera prisa. El vendaje no le impedía moverse con normalidad. Luego cerró el escritorio con llave y salió con paso decidido y sin esperarla.

Julia, que tenía sentimientos encontrados, pues se acordaba de la historia que le había acabado de relatar el señor Preston, no se ofendió.

—No es un capricho —le aseguró—. Debo hablar con él de un asunto de vital importancia para otras personas.

—No le he preguntado nada, señorita Banister. Si tiene el consentimiento de Lord Chandler, me siento eximido de mi responsabilidad.

—A poder ser, no tarden demasiado —les pidió el conde.

Tash fue a buscar a James mientras Julia esperaba en la entrada, pero enseguida aparecieron los dos. A ella le dio la impresión de que el cochero la miraba con cierto aire de reproche, seguramente no deseaba que se repitiera la situación de Holborn.

Durante el trayecto, Julia estaba impaciente por llegar, pero a este estado de nervios se le sumaba la actitud fría de Tash. No le hablaba, se había limitado a responder con monosílabos a dos comentarios en los que ella había tratado de entablar conversación y no abandonaba la vista de la ventana. Era como si ella no existiera. No podía estar enfadado por lo ocurrido, justo después del incidente había bromeado y sonreído. Tal vez fuera porque juzgara veleidosa la conducta de ella, le había prometido no volver a molestarlo y acababa de arrancarlo de nuevo de sus quehaceres.

La angustia iba creciendo a medida que se acercaban. Mientras Tash la ignoraba, inconsciente del dolor que le causaba esta indiferencia, se preguntaba si Lord Middlegreen guardaría para sí las confidencias que se veía obligada a contarle y no sabía muy bien cómo responder a esas sospechas. Se lo rogaría. Y le rogaría que le diera informes del señor Brandon, de su carácter, de su moral, de las posibles direcciones en las que pudiera ocultarse con Mary Wakefield.

La dirección no estaba muy lejos y llegaron a los diez minutos, pero a Julia le pareció más tiempo. Tash la ayudó a bajar con un conciso roce de guantes y la acompañó hasta la puerta. Julia llamó.

—Discúlpeme, señor Tash —le dijo ella—, pero me gustaría hablar con Lord Middlegreen confidencialmente. ¿Le importaría esperarme?

Él no tuvo tiempo de contestar. Un mayordomo abrió la puerta y se sorprendió de ver a Tash.

—¡Señor! Espero que esté bien, señor.

El mayordomo recordaba al señor Tash de la época en que frecuentaba la casa de Lord Middlegreen como uno de sus mejores amigos. A Julia ni siquiera la miró.

—¿Cómo está, Samuel? Encantado de volver a saludarlo.

—Me alegro mucho de verlo, señor, pero lamento decirle que Lord Middlegreen no está.

—¿Y tardará mucho en regresar? —se apresuró a preguntar Julia.

El mayordomo miró a la joven e hizo un gesto como si quisiera disculparse por no haberla advertido.

–Por lo menos tardará unos meses, o esa era su intención.

–¡Unos meses! ¿No está en Londres?

–No, señorita. Partió ayer por la noche. El portero se quedó en el puerto hasta que zarpó el barco, por si cambiaba de opinión –luego miró a Tash–. ¡Ya sabe cómo es!

–¡No puede ser! –se quejó Julia.

–Lo lamento. Si hay algo que pueda hacer por usted.

–¿Sabe adónde iba? ¿Le ha dejado alguna dirección?

–Ha ido a Italia, pero supongo que visitarán distintos lugares. No ha dejado ninguna dirección, lo siento mucho.

–Y, ¿hay alguna manera de enviarle un recado?

–No veo cómo.

Julia supo que aunque pudiera contactar con él, la información que necesitaba llegaría tarde. No había nada que pudiera hacer por los Wakefield, su esfuerzo había sido en vano.

–Gracias –se despidió. Y luego se dirigió a la berlina.

Tash se quedó unos minutos conversando con el mayordomo. Julia lo contempló. Hacía unos años que Tash había sido tratado como un señor, no como un criado. Guardaba su elegancia y los modales, pero también la confianza de la amistad, y se despidió del mayordomo con un apretón de manos.

Regresó a la berlina y a su mutismo. La amabilidad que había demostrado con aquel hombre no se la permitía hacia ella. Julia se sentía desanimada. Tras la decepción por la marcha de Lord Middlegreen, notaba la frialdad de trato que recibía de alguien que por momentos le resultaba menos indiferente. Hubiera deseado volver a sentarse a su lado, recibir su sonrisa y sus bromas, pero lo que ahora notaba era peor que viajar sola encerrada. Él estaba cerca y lo sentía lejano. Tal vez más lejano que en ninguna otra ocasión. Se preguntó si estaría enfadado por su deseo de visitar a Lord Middlegreen, pero ella ya le había explicado que era por motivos ajenos a sí misma.

No lo entendía. ¿Por qué había pasado de la amistad a la frialdad en tan poco tiempo, sin mediar ninguna ofensa?

Pero, tal vez esa fuera la mejor situación que podía presentársele. No quería acabar como Mary Wakefield ni como su madre. La distancia que marcaba Tash debía suponer un aviso de qué fronteras no exceder. Tal vez si se hubiesen conocido antes… Pero ya no era así. Tash era un criado, Tash era un criado, Tash era un criado. Debía recordárselo a cada instante o escapar de allí.

Si al menos pudiera regresar a Cunderley... En el campo no necesitaba escolta para pasear, tenía a Fanny para escapar de las emociones que le producía la presencia de Tash y había caballos y un lago. En Londres debía permanecer bajo el mismo techo que él o aburrirse con extraños ante los que se le exigía un comportamiento ejemplar. Se sentía desgraciada, y la suya era una desgracia tan profunda que una mera sonrisa de su acompañante hubiera bastado para ahuyentarla.

Pero Tash no sonreía. Su gesto era rígido y su mirada evasiva no mostraba ningún indicio de cordialidad. Tenía apoyada la mano de su brazo sano sobre una pierna y movía compulsivamente los dedos como si estuviera deseoso de llegar. No era consciente de que lo hacía.

Aparentemente, no se le veía complacido por esta aventura, pero mantenía una lucha consigo mismo por no mostrar ningún vestigio de amabilidad. No debía mirarla. Si quería mantenerse estricto y apartarse de ella, no debía mirarla. Y la obstinación era una característica del carácter de Tash, como ha podido comprobarse. Si se proponía mantenerse alejado de tentaciones o sueños que no le estaban permitidos, lo haría, aunque eso lo carcomiera por dentro.

Antes de llegar, no exenta de ironía, Julia no pudo evitar decirle:

—No sé cómo me hubiera entretenido sin su conversación.

Tash no respondió.

Eso reafirmó su decisión. En cuanto pudiera hablar con Lord Chandler, trataría de hacerle saber que su estancia en Londres ya no era necesaria, que se sentía recuperada de la ruptura y que echaba de menos los bosques y los paseos en libertad. La ciudad no era para ella.

Pero en cuanto Lord Chandler la vio, fue él el primero en hablar.

—Señorita Banister, le he enviado una nota a la señorita Foster para que busque un buen retratista. Supongo que esto nos obligará a alargar nuestra estancia en Londres.

XXVIII

Aquella tarde la señorita Foster acudió a tomar el té. Después de barajar varios nombres de pintores, propusieron buscar a John Hoppner, para preguntar precio y disponibilidad. La señorita Foster había oído que en esos momentos estaba interesado en retratos de damas y niños y su estilo recordaba bastante al de Reynolds.

Julia escuchaba la conversación apesadumbrada por no poder escapar de Londres y, al cabo de cinco minutos, la señorita Foster la acompañó a su habitación para ver su ropero y decidir qué vestido debía usar. Ella se encargaría de comprar complementos adecuados y mandaría cada mañana a una criada experta en peinados para que le compusiera el cabello de forma apropiada.

El único consuelo inmediato de Julia era que aquella noche tocaba concierto y antes cenarían en casa. Al menos, en algo así el silencio debía imponerse y no se sentiría obligada a permanecer pendiente de conversaciones que cada vez le interesaban menos. "Una exposición de pavos reales es más digna", había comentado Fanny, "al menos no usan plumas de artificio".

El señor Graham no era así, pero el señor Dixon no hubiera encontrado mejor dibujo de sí mismo, al igual que la señorita Foster y la señora Kent. La señorita Kent era tímida y dispuesta a acatar las indicaciones de su madre, que la empujaba hacia el señor Graham con escaso disimulo. A Julia le había parecido que al principio la señorita Foster había tratado de emparejarla con el señor Dixon, pero ahora estaba convencida de que también prefería al señor Graham. Y Julia debía reconocer que el señor Graham no era desagradable, pero, aparte de eso, no sentía ningún estímulo más. Ni siquiera le atraía la idea de vivir en Manchester y de pasearse entre fábricas de algodón.

Cuando terminó el concierto, la señora Kent se encontró con un viejo amigo, el capitán Denham, que fue presentado al resto del grupo, y resultó que conocía al capitán Atkins, a quien tenía real aprecio. Él se alegró de hallar allí a la sobrina de su amigo y les comunicó a todos que al día siguiente tenía previsto acudir a un picnic en Hyde Park. Esperaba que los presentes estuvieran interesados en acompañarlo, aunque esto lo dijo mirando especialmente a la señorita Banister.

La señora Kent y la señorita Foster aceptaron encantadas en nombre de todos los demás y acordaron hora y lugar para encontrarse. Julia sonrió sin ganas y después regresaron a casa.

Al llegar, se cruzó con Tash, que se limitó a un saludo frío y con intención de pasar de largo hasta que ella lo detuvo.

—¿Cómo está su brazo? —se interesó.

—Bien, gracias —respondió como si le hubiera molestado su preocupación.

Y Julia no obtuvo nada más. Él se marchó y ella se quedó desvelada hasta entrada la noche.

Al día siguiente, la señorita Foster llegó después de desayunar para ir al picnic. Le aconsejó ropa deportiva, pues había oído que pensaban organizar un partido de críquet.

Antes de irse, informó a Lord Chandler de que aquella misma mañana había enviado un par de cartas para tratar de contactar con Hoppner, pero que había pensado en otras opciones por si este se hallaba ocupado. Lord Chandler se lo agradeció y ella y Julia partieron.

Le hubiera gustado quedarse y escribir a Fanny, pero tal vez se engañaba con esa idea, porque no hubiera sabido qué decirle.

Cuando llegaron a Hyde Park, el pequeño picnic se convirtió en una reunión de unas cincuenta personas y el capitán Denham se encargó de presentarle a la mayoría. Cerca de ellos, había unos niños reunidos en torno a un hombre de edad y Julia sintió curiosidad por saber qué les atraía tanto. El capitán Denham la acompañó hasta allí y descubrió que se trataba de un circo de pulgas.

—La primera vez que vi uno tenía nueve años —le comentó Julia—, íbamos con la señorita Moss, del internado, y recuerdo que aquella noche todas las niñas sentimos picores. Años después supe que era fruto de la sugestión, pero por mucho que tratara de convencernos de ello la señorita Moss, la obligamos a bañarnos de una en una.

El capitán Denham sonrió.

—Yo tenía un vecino que fabricaba artilugios mecánicos. Lo normal es que en estos *circos* haya pulgas entrenadas, pero el señor Jackson no poseía ese don. En cambio, sí tenía buenas ideas sobre ingeniería y construía unas cajas con mecanismos ocultos para que se produjeran movimientos acompasados y pintaban motas oscuras para que parecieran pulgas. Engañó a mucha gente.

—Bueno, no creo que se trate exactamente de un engaño. No tendrá el mérito de ser un buen entrenador de pulgas, pero sí como mecánico —lo defendió Julia.

—Consiguió despertar la ilusión de muchos igual que si hubiera sido real —aceptó el capitán Denham.

Se quedaron allí un rato, observando las virguerías de los insectos, hasta que los llamaron para jugar a la petanca. A Julia, el capitán Denham le evocaba el mar. No había navegado nunca en el mismo barco que su tío, pero sí habían compartido flota en alguna ocasión. Julia miró hacia el Serpentine y la imagen no logró saciar su añoranza.

—¿En qué piensa? ¿No le apetece jugar? —le preguntó su acompañante.

—Por supuesto. En Menorca jugaba mucho.

Y se agregaron a la partida.

El juego permitía bromear sin ofender y suponía una buena forma para romper el hielo entre desconocidos. Ese fue uno de los momentos en Julia más disfrutó de la sociedad de Londres, tal vez porque la sociedad mostraba su lado menos formal.

Cuando terminaron, notaron el olor a pastel de carne que venía de uno de los manteles que habían colocado en el suelo y eso estimuló el apetito de la mayoría. El capitán Denham compartió espacio con la señorita Banister, la señorita Foster y el grupo habitual que esta convocaba, pero además se les añadieron un matrimonio y el hermano de ella, un hombre que confesó ser aficionado a la astronomía, y Julia se propuso que él y Lord Chandler deberían conocerse.

Entre estos nuevos acompañantes, que parecían personas sencillas y sin ínfulas, y el capitán Denham, Julia se sentía más cómoda de lo habitual. Se sentó alejada de la señorita Foster, que se veía contrariada porque la señorita Banister no estaba sentada al lado del señor Graham y, aunque notó que de vez en cuando la miraba, no le importó. Después del jarro de agua fría que había sentido al recordar que debía quedarse en Londres para que le realizaran el retrato al que ella se había comprometido, no había otra opción que proponerse convertir la penitencia en lo más llevadera posible. Debía aprender a no agobiarse tanto con la señorita Foster y sus tejemanejes, de otro modo solo conseguiría alargar las horas en que tuviera que sufrir su presencia.

Aparte del numeroso grupo que formaba el picnic, en Hyde Park había más paseantes. Hacía un estupendo día inglés y el aire se dejaba respirar. Se oían los pájaros, pero también risas y una música lejana, como si alguien estuviera tocando el violín. La conversación versaba sobre las hazañas del capitán Denham en la guerra contra los franceses y este trataba de ser modesto ante las alabanzas de sus compañeros de tertulia.

De pronto, Julia dejó de prestarle atención. Entre un grupo de personas que se dirigían hacia donde se encontraba ella, le pareció distinguir a los señores Watson, con los que había hecho el trayecto de Menorca a Inglaterra junto a la señora Stringle. Ellos no la habían visto, así que Julia usó un abanico para tratar de esconder su rostro.

Iban a pasar junto a ellos, aunque no parecían interesados en el picnic, y el señor Watson sacó su reloj, comentó algo y pareció que el grupo apresuraba el paso.

—¡Efectivamente! Una tormenta de cinco días en altamar debe ser algo terrible —comentó alguien de su grupo en referencia a lo que acababa de contar el capitán Denham y ella no había escuchado.

Julia trató de centrarse de nuevo en las palabras de los suyos y procuró ladearse para que los Watson no la reconocieran.

Pero no fue posible. De repente oyó a la señora Watson exclamar:

—Pero… ¿no es aquella la señorita Banister? Sí, es la señorita Banister. ¡Señorita Banister! ¡Señorita Banister! —la llamó.

La señora Watson se acercó y Julia no tuvo otro remedio que ponerse de pie y saludar al matrimonio.

—¡Qué casualidad! Ayer, en casa de Lady Letitia…. ¿conoce usted a Lady Letitia? —preguntó.

Julia negó con la cabeza.

—Pues ayer cenamos en su casa, tiene una casa maravillosa, y alguien, cuyo nombre no recuerdo, ¿te acuerdas tú de su nombre, querido?

—La señora Hannaford, querida.

—¡Ah, sí, la señora Hannaford! Pues la señora Hannaford comentó que Lord Middlegreen se había casado hacía dos días con la señorita Long y yo respondí que debía estar equivocada, que la prometida de Lord Middlegreen era la señorita Banister. ¡Oh, disculpe, la he llamado señorita Banister, es por la costumbre! Debería haberla llamado Lady Julia. ¡Así que ya está usted casada! Enhorabuena, querida, mi más sincera enhorabuena. Pero estoy sorprendida, la señora Hannaford aseguró que ustedes habían partido hacia Italia. ¡Oh, Italia, es un país maravilloso! Siempre he querido visitar Italia, pero el señor Watson es muy cruel conmigo. ¿Verdad que hay que poner remedio a esto, señor Watson?

—En cuanto nos toque la lotería, querida.

Julia estaba pálida. Buscaba palabras para romper el equívoco y justificarse ante su grupo, pero inevitablemente todos habían escuchado la voz estridente de la señora Watson y contemplaban la escena realmente intrigados. Incluso la señorita Foster, que se encontraba más lejana, la miraba con ojos asustados.

—Entonces, ¿viajan pronto a Italia? ¿Sabe algo de la señora Stringle? ¡Oh, cuánto me alegraría saber que la señora Stringle está bien! Es tan mayor...

—Sí, la señora Stringle se encuentra bien —pudo tartamudear Julia—. Su familia...

—¡Oh, pero no nos ha presentado a Lord Middlegreen! —la interrumpió—. ¿Es alguno de estos caballeros?

Julia negó con los ojos. Afortunadamente, el señor Watson intervino para poner fin a las travesuras de su curiosidad.

—Querida, ya nos hemos retrasado. Nos están esperando.

—¡Oh, cierto! ¡Es una lástima! Tantos años oyendo hablar de Lord Middlegreen y no puedo conocerlo. Discúlpeme ante él, Lady Julia, y de nuevo, mi más sincera enhorabuena. ¡Ocho años de compromiso tenían que tener por fin su recompensa!

En cuanto los señores Watson se fueron, Julia no se sentó. Prácticamente podría decirse que se derrumbó sobre el césped y, avergonzada, hizo esfuerzos por no llorar. Se sentía observada por todos, notaba las sonrisas satisfechas de algunas y la mirada compasiva del capitán Denham o el señor Graham. Debían de estar escandalizados ante una despechada y fingidora como ella. Finalmente, alguien le preguntó si se encontraba bien, aunque no distinguió quién, y no supo qué paso en esos momentos ni cuánto permaneció así, aislada del mundo y recreándose en su propio ridículo.

Más tarde, solo logró recordar que iba agarrada del brazo de la señorita Foster dentro de un faetón. Continuaba sin derramar una lágrima. Era como si se hubiera detenido el tiempo, no pensaba y era presa de una única sensación: el mayor de los bochornos.

Solo cuando estuvo ante Lord Chandler deseó llorar, pero lo que le quedaba de orgullo se lo impidió. Afortunadamente no vio a Tash, aunque era posible que él sí la observara, como tantas veces. De repente oyó unas palabras que unas horas antes habrían sido liberadoras, pero que ahora representaban la estocada final.

—No hay nada que hacer, milord. Esto no tiene reparación alguna. La deshonra no se anula con oro. Mi consejo es que abandonen Londres inmediatamente y que la señorita Banister no vuelva a relacionarse con aquellos a quienes ha conocido aquí.

XXIX

Afortunadamente para Julia, de regreso en la berlina iba sola con Lord Chandler. Tash había partido hacia Cunderley a caballo el día después del incidente para preparar su llegada, pero ella se había quedado a acompañar al conde, que debía cerrar las cosas pendientes en Londres. Como es de suponer, no le apetecía ver a nadie ni que la hicieran hablar. Lord Chandler respetaba su silencio, aunque se le notaba apurado. El capitán Atkins ya había partido para Malta y pronto escribiría. El motivo de preocupación del conde era la respuesta a esa carta. ¿Qué decirle? ¿Cómo explicarle que la señorita Banister, aunque contara con todo su apoyo, se sentía desamparada?

Porque así se sentía Julia. Incapaz de mirar hacia el frente, atrapada en la sensación de la deshonra sufrida. Por primera vez le dolía la ruptura de Lord Middlegreen. No por él, a quien había perdido todo el respeto que le quedaba, sino porque por primera vez tomaba conciencia real de su situación. Recordaba las palabras de ánimo de Fanny. Es posible que sin ellas se hubiera hundido cuando todo ocurrió, pero el entusiasmo de su amiga había impedido que en aquellos momentos supiese muy bien dónde estaba. Creía saberlo, pero su ánimo se había recuperado rápidamente gracias al empuje de su amiga. Ahora Fanny no estaba y, aunque estuviera, pensaba que no tendría palabras para sacarla de su toma de conciencia.

¿Qué se había creído? Había vivido una falsa sensación de libertad. Se había olvidado de que no era nadie y que el único futuro al que podía aspirar era el de casarse beneficiosamente. Ahora pensaba que Fanny y ella, sobre todo ella, habían ignorado los consejos de la señori-

181

ta Foster y que, visto desde la actual perspectiva, le hubiera convenido seguir. No solo había desestimado la idea de buscar un marido que le conviniera, sino que además había tenido fantasías con un criado que ni la miraba. Al menos sus padres estaban enamorados, pero ella había llevado su imaginación más allá con un hombre que, estaba convencida, debía sentirse muy por encima desde un punto de vista moral.

¿Qué le había ocurrido? ¿Dónde estaba la sensatez que tanto había admirado su tío? ¿Dónde quedaba la racionalidad de la que la acusaba la señora Stringle? Julia se avergonzaba. Se avergonzaba del ridículo sufrido en público, pero también ante sus propios ojos. Se había sentido superior para juzgar a Mary Wakefield, pero se había olvidado de usar el mismo rasero para medirse a sí misma. No lograba perdonarse. Se sentía estúpida e ingenua. Ella, que presumía de no haberse dejado arrastrar por la fantasía de las jóvenes que leían a Burney, que sabía moderar sus emociones y actuar siempre de forma correcta. ¡En qué concepto más equivocado se tenía! Tal vez lo mejor que podría haberle ocurrido fuera aquella humillación con la señora Watson, dudaba de que, si todo se hubiese desarrollado de otro modo, hubiera llegado a abrir los ojos. Merecía este sufrimiento, no tenía la menor duda. Cualquier penitencia era pequeña para su pecado de soberbia. ¡Independiente! Se había creído independiente y en ningún momento culpaba de eso a Fanny, la única responsable de sus espejismos era ella misma. Había decepcionado a Lord Chandler y a su tío y había mentido a la señora Stringle.

En cuanto llegara a Cunderley, escribiría a Brighton y le contaría toda la verdad. No esperaba redimirse con ello, pero sí comenzar a enmendar sus errores.

Lord Chandler, después de entender lo que había sucedido tras la explicación de la señorita Foster, había estado callado y meditando en privado. Se le notaba contrariado, pero no se atrevía a hacer ningún reproche a la señorita Banister. Para él, toda la culpa recaía en Lord Middlegreen y la responsabilidad, en sí mismo. No veía qué hacer para cambiar la situación de su protegida. Era cierto que ella podía quedarse en Cunderley el tiempo que quisiera, pero los años pasarían y la señorita Banister dejaría atrás su edad casadera. Y el capitán Atkins no consentiría que su sobrina acabara cuidando los niños de Middlegreen cuando él faltara. Meditaba y meditaba sobre cómo solucionarlo, pero cuando había consultado con Tash, la respuesta no le había gustado.

"Esto no habría sucedido si usted no hubiera deseado imponer su voluntad a la de la señorita Banister"

Había sonado como si un dedo inquisidor señalara hacia él. Pero

182

Dios sabía que solo había hecho lo que consideraba mejor para ella. ¿En qué se había equivocado? Su sobrino nunca había dado muestras de sentirse incómodo con la palabra que él había empeñado, pero lo cierto es que Middlegreen raramente se sentía incómodo. Middlegreen era el más feliz de los hombres, que era otro modo de referirse a su inconsciencia. Sí, su sobrino era un inconsciente. Sus dos hermanas mayores y su madre lo habían consentido desde pequeño y, casi desde su juventud, tuvo conocimiento de que sus tíos no tendrían otro hijo. Si Mary Rose le hubiera dado un hijo... No, no podía culpar a su esposa, bastante tenía con su locura, pero si en lugar de enloquecer hubiese muerto, podría haber vuelto a casarse y engendrar un heredero. En su angustia Lord Chandler llegaba a pensar cosas horribles de las que luego se arrepentía y los remordimientos se deshacían en ecos que amenazaban con regresar. Debía haber algún modo de solucionar el futuro de la señorita Banister. Necesitaba a Tash. El sentido común de Tash siempre le sacaba las castañas del fuego, pero en este caso se negaba a intervenir. ¿Por qué actuaba así? ¿Qué había de malo en querer "arreglar" a una joven? No valía la pena plantearse los motivos de Tash, lo que había que hacer era pensar como él. Pero, ¿cómo pensaba Tash en este caso? Trató de hacer memoria. Tash había aludido a la libertad de la señorita Banister, a no imponerle soluciones, sino dejarla en paz. No, no era eso. Se parecía demasiado a desentenderse. "La voluntad de la señorita Banister", sí, pero, ¿cuál era la voluntad de la señorita Banister?

—¿Cómo le gustaría que actuara? —le preguntó cuando ya estaban entrando en Winaton—. Quiero decir, ¿qué espera de mí? ¿Qué desea que haga por usted?

—¡Oh, milord! No merezco su preocupación, no soy digna de usted.

—¿Por qué? ¿Le pidió usted a la señora Watson que paseara por Hyde Park a aquella hora? No, querida, no se culpe. Usted es la que está sufriendo todo esto y yo no sé qué hacer para ayudarla, no se me ocurre nada.

—No puede hacer nada, milord. No está en su mano. Lo único que deseo es desaparecer.

—¿Quiere hacer otro viaje?

—¿Con más mentiras? No, no es ese tipo de desaparición de la que hablo.

—¡Por Dios! ¡No me asuste!

—No, no se preocupe. No hablaba literalmente... Me gustaría encerrarme en mí misma y despertarme cuando ya hubiera pasado todo esto.

—Sabe que puede encerrarse en Cunderley el tiempo que quiera. Me parece egoísta, dada su juventud, ofrecerle que se quede con nosotros para siempre, pero ya sabe que íntimamente sería mi deseo.

Julia sonrió.

—Es usted muy bueno conmigo, milord.

—Pero debo enfrentarme a mi mayor miedo, escribir a su tío.

—Dígale la verdad.

A Lord Chandler le incomodó esta petición.

—Usted no es culpable de la conducta de Lord Middlegreen —le hizo ver Julia.

—Tal vez tenga razón, lo mejor será decirle la verdad.

Lord Chandler pensó en enviarle, junto a la carta, un resguardo del banco. No tenía intención de abrir una cuenta para la señorita Banister como si se tratara de una contrapartida por la ruptura del compromiso, sino como una puerta abierta a su independencia. Ella no lo aceptaría, pero el capitán Atkins no tendría opción. Él también deseaba lo mejor para la joven, así que, aunque probablemente pondría objeciones y lo consideraría excesivo, no lo rechazaría. Lo mejor sería que la señorita Banister no supiera nada.

Llegaron a Cunderley y Lord Chandler preguntó por Tash.

—Me extraña que no salga a recibirnos —comentó.

—Está en su despacho reunido —le informó la señora Hunter—. Hace una hora que ha venido un hombre con acento del norte.

—¿Del norte? No sé me ocurre a quién conozco del norte —comentó con curiosidad el conde.

—No ha preguntado por usted, ha preguntado por el señor Tash.

—¿Una visita para Tash?

—Así es, milord.

—¿Y de quién se trata?

—No lo sé, ha hablado directamente con él.

—¿Algún abogado?

—No lo parecía, tenía la tez morena, como si viniera del extranjero.

Lord Chandler se quedó intrigado, pero supo que la señora Hunter no podía decirle más. Debía esperar.

Julia se alegró de que Tash estuviera ocupado. No quería verlo ni ser vista por él. Subió a su habitación y llamó a Amy para que la ayudara a colocar sus cosas. Estaba cansada. Los viajes en coche siempre le producían una sensación de debilidad parecida al estado de sueño.

Cuando terminó, pidió que le subieran algo de comer. Continuaba sin ánimo para enfrentarse a miradas. Luego durmió un poco y, al despertar, escribió a la señora Stringle.

184

Le contó la verdad desde el principio. No omitió detalle respecto al tema de Lord Middlegreen ni tampoco sobre todo lo que había sucedido en Londres. O casi todo. Silenció el incidente de Holborn. También calló todo lo que había pasado con Tash y las emociones que él le había despertado. Eso ya había pasado, estaba predispuesta a ser la Julia de siempre y a pensar en su futuro con prudencia. Simplemente, a Tash, no lo mencionó en toda la carta. Dedicó el último folio a pedirle disculpas por su mentira y trató de explicar que no se trataba de falta de confianza, sino de valor. Luego le pidió que creyera que estaba bien, que su golpe inicial ya había sido superado y que ahora se encontraba en disposición de pensar en cómo afrontaría su futuro. Exaltaba una y otra vez el buen corazón de Lord Chandler y le rogaba que no fuera a pensar que se sentía sola. No quería que se molestase ni siquiera en plantearse ir a visitarla. Era posible que ella sí lo hiciera. No lo sabía aún. Pero entre todas las opciones sobre las que quería reflexionar, se encontraba la de ir unos meses a Brighton.

En Winaton tenía una amiga, la señorita Bates, con cuyo apoyo había contado en todo momento. No quería mentir, pero tampoco quería dejar apenada a la señora Stringle, así que trató de recordar todas las cosas buenas que tenía Cunderley.

Lady Mary Rose y madame Borem pasan largas temporadas en Bath, le comentó, y ahora mismo no se encontraban con ellos. Le habló de la libertad de los bosques y de los paseos a caballo y que, en cierto modo, aquello recordaba la tranquilidad de Menorca. Si no fuera por la inquietud que me produce el señor Tash, pensó, pero no lo escribió.

La carta ocupaba cinco cuartillas. Creía haber sido objetiva en la narración de los hechos. Al día siguiente la enviaría.

A la hora de cenar, Amy le preguntó si prefería que le subieran algo de comer a la habitación, pero ella dijo que no. Escribir esa carta la había liberado de una carga. No de todas, le quedaban muchas aún que le pesaban, pero debía enfrentarse a todas una a una. La que más le costaba era la de mirar a Tash, pero demorarla solo magnificaba su temor. Así que bajaría al comedor y se enfrentaría al hielo de sus ojos, a la superioridad de su juicio y a sus propias vergüenzas.

Durante la cena, Tash estuvo más ausente que nunca. No mencionó una palabra por iniciativa propia, sino que se limitó a ofrecer respuestas evasivas a los insistentes comentarios de Lord Chandler, que trataba de averiguar quién era el misterioso visitante que acababa de irse y cuáles eran sus intenciones al viajar hasta aquí. Pero cuando Tash no quería hablar, no hablaba.

Tash no solo estaba callado, también pensativo, y el conde, que volvió a intentar sonsacarle algo en el momento en que terminaban el postre, por fin consiguió una respuesta.

—Era el señor Hurst —confesó sin intención de decir más.

—¿El señor Hurst? ¿El mismo señor Hurst que...

—No, su hijo.

XXX

Mientras un buldog inglés ladraba a unas mariposas, Julia y Fanny paseaban por la alameda. La hija del vicario, después de lamentar la experiencia sufrida por su amiga y sentirse culpable por haberla animado, trató de desdramatizar el incidente.

—Al fin y al cabo, esas gentes no merecen respeto. No es muy importante que ellos se lo hayan perdido a usted.

—No, Fanny. Lo ocurrido no significa otra cosa que el hecho de que no puedo regresar a Londres. Dejaron de invitar a Lord Coleman cuando supieron que había perdido el título. ¡Qué no me harán a mí!

—No veo la desgracia, a usted no le gusta Londres.

—No es solo Londres, es cualquier lugar. Lord Middlegreen es una persona conocida. Su título, su carácter abierto, su gusto por viajar…

—Quédese aquí.

—Aquí también se sabrá, no pienso ocultárselo a nadie. Se acabaron las mentiras, Fanny. Hasta ahora he tenido una conducta impropia y ajena a mis convicciones y no quiero que vuelva a repetirse. No tengo nada que esconder y sí mucho que meditar sobre mi modo infantil de haber evitado enfrentar mi situación.

—¿Sabe? Pienso que la huida de Mary Wakefield con el señor Brandon la ha beneficiado. Su escándalo es mayor que el suyo. Seguro que le dedican más comentarios.

—¡Oh, Fanny! No sé si lo que acaba de decir es espantoso o ha tratado de hacerme reír. Pero ahora no puedo reír. No hasta que no hable con mi tío. Supongo que no tardaremos más de dos semanas en tener noticias suyas. Lord Chandler le escribirá y le contará la verdad.

—¿Y cree que querrá que se traslade a Malta?

—No lo sé. La idea de que viaje con él no le agrada. No por él, que le gustaría tenerme cerca, sino porque todos dicen que la paz no durará mucho.

—Le atrae más Brighton.

—No lo sé. Si la señora Stringle quisiera ir a la India con su hijo, tal vez me animara. Brighton sigue estando demasiado cerca de...

—De aquello de lo que quiere huir, que es usted misma. Es usted quien debe cambiar, Julia. No puede permitir que la sociedad determine su vida.

—Pero yo no puedo cambiar que las cosas sean así. Debo tomar una decisión, pero no ahora, aún estoy confusa. Sin embargo, no debo tardar en decidirme, lo sé.

Fanny no respondió. Poco a poco habían llegado hasta Winaton y saludaron a un par de personas. Se acercaron a la oficina de Correos y Julia entregó su carta para la señora Stringle. Deseaba hacerlo. Deseaba que comenzara su desenmascaramiento.

Al salir se cruzaron con Tash, que también entraba en la oficina postal. Julia y él se saludaron secamente, pero Fanny le preguntó por el brazo vendado. Tash miró a Julia y comprendió que ella no había dicho nada.

—Nada que merezca la pena ser recordado —se limitó a contestar—. Espero que tengan un buen día.

—¿Le ocurre algo? —preguntó Fanny a su amiga en cuanto se hubieron alejado de allí— Me ha parecido un tanto descortés.

Julia estaba ofendida por su respuesta. "Nada que merezca la pena ser recordado", eso era todo lo que le había dedicado: evidentemente, la continuaba censurando por su imprudencia.

—Es muy grosero —exclamó, aunque enseguida trató de no demostrar lo alterada que estaba. No quería que su amiga sospechara de sus sentimientos porque no quería que existieran esos sentimientos.

—¿Todavía le cae tan mal? No, no es grosero. Debe ocurrirle algo.

—Ayer recibió la visita del hijo del señor Hurst. Pero por mucho que Lord Chandler le preguntara de qué habían hablado, no abrió la boca —le contó Julia.

—¿Y quién es el señor Hurst?

—El señor Preston me contó que el padre de Tash prestó dinero al señor Hurst para poder invertirlo en su negocio. Para ello hipotecó sus propiedades y, como el señor Hurst fracasó, arrastró a la quiebra a los Tash.

—¡Oh! Y, ¿lo visitó el hijo del señor Hurst?

–Sí.

–¿Y qué quería?

–No tengo ni idea, pero Tash estuvo toda la cena como ausente. Lord Chandler le preguntó, pero no quiso responderle. Supongo que no tuvieron una conversación muy amistosa.

–Probablemente. Ahora entiendo por qué ha sido tan escueto.

–Lo disculpa muy fácilmente. Además, solo es un criado, no sé por qué siempre le preocupa tanto.

–Y usted es muy dura con él. Acaba de contarme lo que le ocurrió a su familia, es un criado porque su padre confió en el señor Hurst.

–Pero ahora es un criado. ¡Y no quiero hablar más de él!

A media tarde, cuando Julia estaba descansando en su habitación, Amy la avisó de que tenía una visita, una joven la esperaba en el salón.

–¿La señorita Bates? –preguntó.

–No, la señorita Wakefield. Lydia Wakefield.

Se acicaló rápidamente y bajó al salón. La señorita Wakefield no se había sentado y estaba paseando de un lado a otro con impaciencia.

–¡Señorita Banister! Cuánto me alegro de que ya estén de regreso.

–Buenas tardes, señorita Wakefield. ¿No quiere sentarse? ¿Pido que nos preparen un té?

–No, gracias… Supongo que le extrañará mi visita. Mi hermana no ha podido acompañarme porque… últimamente no se encuentra muy bien.

–¿Prefiere que demos un paseo por el jardín? –le propuso Julia, consciente de que ella desearía intimidad, pues sospechaba el motivo de su visita.

–¡Oh, se lo agradezco! Hace una tarde estupenda.

No era cierto. Había amanecido descubierto, pero a partir de mediodía el cielo había empezado a nublarse.

–No quiero molestarla –le dijo en cuanto se sintió en la intimidad una vez que se alejaron de la casa–. Supongo que estará muy ocupada con los motivos de su boda.

–No hay ninguna boda –afirmó Julia sin ningún temor.

–¡Oh! Pero supongo que pronto concretarán la fecha…

–Cuando Lord Middlegreen estuvo aquí, rompimos nuestro compromiso. Conocernos hizo que ambos comprendiéramos que no seríamos felices.

–¡Oh! –se sorprendió–. No sabía nada, pero ¿está segura de que esa fue una buena decisión?

–Muy segura. Y también debió estarlo Lord Middlegreen, dado que se ha casado esta semana.

Lydia estaba atónita por la tranquilidad con que eran pronunciadas esas palabras. Había entendido muy bien cuál era la historia, pero la señorita Banister no se veía nada afectada.

—¿Y...?

—Y me encuentro muy bien, gracias. Supongo que usted estará de acuerdo en que casarme con un hombre enamorado de otra mujer hubiera sido un error. Y le puedo garantizar que mi corazón no está dañado, tal vez mi orgullo en un principio, pero de todo se recupera una.

—Me sorprende su fortaleza y también su sinceridad. Debo reconocer que pocas mujeres serían tan valientes para hablar en estos términos. Cuando ocurre algo así en una familia...

—Señorita Wakefield. He sido sincera por dos motivos —la interrumpió—. El primero es porque no puedo vivir escondida ni acobardada por algo que de un momento a otro se sabrá. El segundo es porque conozco el motivo de su visita y quería demostrarle que no debemos avergonzarnos por algo que no hemos causado nosotros mismos, aunque lo hayan hecho personas cercanas.

—¿Sabe usted lo de Mary?

—Sí. La señorita Bates me escribió, y le aseguro que me suplicó confidencialidad, Lord Chandler no sabe nada, nadie más sabe nada. Si la señorita Bates me lo contó es porque pensó que yo podría acudir a Lord Middlegreen y averiguar el paradero del señor Brandon.

—No puedo entender que, después de todo lo ocurrido, mantenga relación con Lord Middlegreen —se extrañó—. Y, ¿averiguó algo?

—Lord Middlegreen y yo rompimos en términos amistosos. Y después de leer la carta, fui a buscarlo de inmediato pero no pude hablar con él, acababa de partir de viaje de novios a Italia. Me temo que hasta dentro de unos meses no volverá. Lo siento, lo siento mucho.

—¡Era nuestra última esperanza! Según mi padre, si hubieran ido a Escocia, ya hubiesen escrito. Pero yo quiero creer que sí, que se han casado ¡Entonces la vergüenza no sería tan grande! Es algo que ocurre de vez en cuando en algunas familias.

—Lo que no entiendo, señorita Wakefield, es por qué tuvieron que huir. ¿Por qué su padre le negó al señor Brandon la posibilidad de cortejar a Mary?

—¡Ni siquiera se lo pidió! Siendo amigo de Lord Middlegreen, no creo que mi padre hubiera puesto muchas objeciones a que ella aceptara el noviazgo. Un día cazaron juntos y mi padre se llevó muy buena impresión de él. Cenó en casa varias veces... pero se equivocó en sus sensaciones. Es obvio que se equivocó por cómo actuó después. Mi padre piensa que no tiene dinero y que tarde o temprano se hubiera sabido y no le hubiese concedido su mano. Pero solo son conjeturas. No sabemos nada.

—¿Y Mary? ¿No comentó nada?

—Sí, claro que sí. Alardeó de los favores del señor Brandon, hablaba más con ella que conmigo y tenía detalles. Pero Mary lo hace con todos. Mi hermana es muy bonita y ella lo sabe.

—Y muy joven.

—Tiene dieciocho años, por eso pienso que puedan haber ido a Escocia. Mi hermana es impulsiva, pero no hubiera huido si no pensara casarse.

—Lo que no conocemos es el carácter de él. Y suena todo tan sospechoso...

—¿Usted también piensa lo peor?

—No lo sé.

Lydia Wakefield se detuvo y agarró las manos de su compañera al tiempo que suspiraba.

—¿Sabe usted lo que esto significa? No solo para Mary y el honor de mi familia. También para mí. Con esta desgracia ningún hombre querrá relacionarse conmigo.

Julia comprendía muy bien a qué se refería.

—¿Quién querría vincular su nombre al mío? ¿Quién uniría su linaje al de mi familia? ¡Oh, señorita Banister! Si esto no se soluciona, usted y yo seremos las solteronas de Winaton.

"Y si se soluciona, lo seré yo", pensó Julia.

—Se nos ocurrirá algo —comentó para tratar de consolarla.

—Señorita Banister, ¿podría hablar usted con el señor Tash? Confidencialmente, quiero decir.

—¿Con el señor Tash? ¿Por qué con él?

—Porque siempre soluciona todos los asuntos de los Chandler. Y es amigo de Lord Middlegreen. Tal vez él pueda tener alguna idea de cómo localizar al señor Brandon.

—Dudo de que...

—Por favor —le suplicó apretando más aún sus manos.

Julia le devolvió el apretón.

—Mañana la visitaré y le contaré lo que haya averiguado —concedió.

XXXI

No sin ciertos nervios, aunque ella pensaba que ya los dominaba, Julia se dirigió a la biblioteca, puesto que la señora Hunter le había indicado que Tash estaba allí. Tras una primera vacilación, entró sin temblar, optó por no saludar y se sentó a dos sillas de él. Lo contempló embebido en unos libros de Derecho y continuó sin decir nada. Cuando Tash vio que ella no cogía ningún libro y que simplemente permanecía allí, levantó la cabeza y también la miró.

—¿Se aburre?

—No. Me pregunto si echa de menos usted su escaño.

—¿Quién le ha contado…? ¿El señor Preston?

—No es usted tan misterioso como pretende, señor Tash.

—Lamento que piense que lo pretendo.

Los dos volvieron a mirarse en silencio. Al cabo de unos segundos, incómodo por la situación, él preguntó:

—¿Puedo serle de ayuda?

—Tal vez.

—¿Ahora es usted la que pretende ser misteriosa?

—No, pero ignoro si puede ayudarme.

—Cuando lo decida, ya me avisará —dijo enfrascándose de nuevo en su libro, como si no quisiera participar en el juego de ella.

Con esta indiferencia consiguió provocarla.

—Señor Tash, dígame, usted que suele saber todo lo que ocurre en esta casa...

—Presume mucho sobre mí.

—¿Qué sabe del señor Brandon?

—¿El señor Brandon? ¿Ahora le interesa el señor Brandon?

—Si me interesa o no, es asunto mío —respondió con dureza—. Pero usted se ofrece a ayudarme y luego nunca responde a ninguna de mis preguntas.

—¿Qué quiere saber del señor Brandon?

—¿Tiene dinero?

Tash la miró con aire de reprobación.

—No —contestó con gravedad.

—¿Y está en perspectivas de obtenerlo?

Él estaba molesto con la intención que leía en estas preguntas y, con cierto aire provocador, le preguntó:

—¿Quiere saber la verdad?

—Por favor.

—Middlegreen trajo al señor Brandon a Cunderley con la intención de que Lord Chandler le ofreciese una buena suma a cambio de casarse con usted.

—¿Qué? —preguntó desconcertada primero, pero a medida que asumía esas palabras su enfado fue notable— ¿A tanto se atrevió Lord Middlegreen? ¡Él me lo negó! ¡Oh! ¡Además de insultarme, me mintió!

—Tenía la esperanza de que usted se fijara en él. Middlegreen piensa que es algo que suelen hacer las mujeres despechadas.

—¿Esa era su opinión de mí? ¿Y qué dijo Lord Chandler?

—Lord Chandler no llegó a saber nada. Middlegreen cambió de parecer cuando la conoció —hizo una pequeña pausa—. Además, se fijó en que usted apenas reparaba en el señor Brandon. No imaginaba que usted cambiara su inclinación…

Ella callaba, pero sus mejillas se iban tiñendo de un color encarnado, en parte por la vergüenza de esta nueva ofensa y en parte por la rabia de sentirse insultada.

—El señor Brandon es un hombre educado. Perdió su fortuna hace seis años, en la burbuja del suelo que se produjo en el Este de Norteamérica.

—¡Educado! ¿Lo llama educado? ¡Es un hombre perverso y sin moral alguna!

—¿Ha ocurrido algo? ¿Lo ha visto hace poco? —se preocupó por primera vez sinceramente.

—No, no tiene nada que ver conmigo. Su conducta afecta a otra dama.

—¡Ah! —Tash comprendió que se refería al mismo caso que la había empujado a visitar a Middlegreen en Londres y, a su pesar, sintió un gran alivio.

—Señor, Tash. ¿Tiene idea de cuál pueda ser su paradero?

—Regresó a Londres con Middlegreen. Las escoltó a usted y a la señorita Bates, ¿no se acuerda?

—No se quedó en Londres, ¡ojalá lo hubiera hecho! —suspiró— Me refiero a si tiene su dirección o la de algún amigo suyo. Es importante localizarlo.

—No me ha explicado usted...

—No puedo explicárselo. Pero el honor de una joven está en peligro. Debo encontrarlo.

—¿Mary Wakefield?

—¿Lo sabía usted?

—No, pero creo que Lydia Wakefield ha estado aquí paseando con usted y se han hecho confidencias.

—¡Claro! Olvidaba que usted controla todo lo que ocurre en esta casa.

—Y supongo que usted lo supo cuando recibió la carta de la señorita Bates en Londres.

—Por supuesto, señor Tash, siempre tiene usted razón. Y ahora que ha satisfecho su vanidad, ¿hay algún modo en que pueda ayudar a los Wakefield?

—No directamente. Apenas conozco al señor Brandon, pero Middlegreen mencionó a un amigo común, el señor Thompson, que fue amigo mío en otra época y dijo que también conocía al señor Brandon. Puedo escribirle.

—¡Por favor!

—Si usted lo desea, así lo haré.

—No está en juego solamente la posición de Mary Wakefield, también su hermana se vería perdida si no se casaran. ¡Usted sabe cómo son estos escándalos y cómo afectan a una joven aunque ella no haya hecho nada!

Tash la miró. No sabía si hablaba de Lydia Wakefield o de ella misma. Se limitó a asentir con los ojos y continuó observándola con atención.

Julia volvió a sonrojarse. Se limitó a decir "gracias" en un tono que no indicaba gratitud y salió apresuradamente de la biblioteca.

Ni un ápice de compasión, ni un gesto de delicadeza, ni una expresión amable. Eso es lo que era Tash. Sí, había accedido a escribir una carta, pero de nuevo encontraba censura en lugar de amabilidad en sus ojos. No hallaba manera de justificar tanta dureza contra ella con la que chocaba una y otra vez. ¿De qué la acusaba? ¿Por qué la castigaba así? No aprendía, una y otra vez esperaba una palabra amigable, pero solo encontraba altivez e insensibilidad.

Subió a su habitación con los ojos humedecidos. No, no era culpable de nada, más que de haberse fijado en alguien que era como un bloque de hielo. Luchaba para que Tash le fuera indiferente, pero la irritación que le producía no se parecía a la indiferencia. La alteraba, siempre lograba alterarla. Tenía que alejarse de allí. En cuanto escribiera su tío, decidiría si tomaba rumbo a Malta o se iba a Brighton, pero sabía que no podía continuar así.

Si había sido lo suficientemente fuerte para enfrentar su situación, si había conseguido levantarse tras la ruptura de Lord Middlegreen y la humillación de Hyde Park, sacaría de donde fuera la fortaleza para olvidar a Tash. Se había propuesto no amedrentarse ante él, pero eso resultaba imposible. Tash siempre sabía algo sobre ella que ella misma ignoraba. Con eso la desarmaba. ¿Lord Middlegreen le había traído al señor Brandon como consuelo? ¡Por Dios! Eso resultaba insultante, indignante, terriblemente ofensivo. Y, cuando ella se lo había insinuado, él le había mentido. ¡Pero Tash lo sabía! En todo momento había sabido que la trataban como a un juguete y había observado todos los movimientos como un distante espectador. ¡Seguro que incluso se había divertido!

Cuanto más lo pensaba, más indignada y ofendida se sentía Julia. Ya no tanto por Lord Middlegreen, sino por Tash. ¡Era un hombre irritante!

Pasó un tiempo tumbada en esta maraña de pensamientos y emociones, no supo cuánto, hasta que Amy fue a buscarla.

—Ya están aquí —la avisó.

Aquella tarde llegaron Lady Mary Rose y madame Borem. En cuanto Lord Chandler había decidido volver de Londres, había escrito a Bath para pedirles que regresaran a Cunderley.

Julia bajó. Lady Mary Rose tenía mejor color y a simple vista parecía una mujer lúcida. Alabó al mayordomo por el estado del jardín y a la señora Hunter por unas pastas que había preparado y le sirvió junto al té. Incluso había vuelto más amable.

Preguntó a la señorita Banister cómo había ido su estancia en Londres y si ella y Lord Middlegreen ya habían fijado la fecha de la boda. Su marido, con todo el tacto que supo, le hizo saber que los jóvenes habían decidido romper su compromiso y ella, en lugar de escandalizarse como todos imaginaban, dijo que le parecía muy bien, que esas cosas debe decidirlas una pareja y que nadie tiene derecho a entrometerse o a juzgar. Luego alabó a Julia y afirmó que estaba convencida de que le esperaba un futuro mejor.

—O eso dice madame Borem. Ella nunca vio a nuestro sobrino en su porvenir.

Julia se extrañó ante esa declaración, pero trató de restarle importancia y le entregó un regalo que le había comprado en Londres, un abanico con dibujos de flores. La condesa lo aceptó encantada, pero lamentó no haber considerado comprarle algo a ella. Madame Borem miraba a Julia, como si se regocijara al ver confirmadas sus predicciones, pero a ella no le afectaba su insistencia en observarla. Al contrario, prefería su mirada a la de Tash.

—Querida, un día ha de acompañarme a Bath. Allí podrá hacer muchas relaciones ahora que está nuevamente disponible. Seguro que le encontramos un oficial muy apuesto, ¿no cree, madame Borem?

—Si la señorita Banister me permitiera leer su mano, podría decírselo en este momento.

—No, gracias. Una no debe equivocarse cuando entrega su mano —respondió riéndose de sí misma, pero desarmando a madame Borem.

Lady Mary Rose estuvo locuaz. Habló de las personas que habían conocido y de aquellas con las que solían coincidir.

—Todos son muy amables. Pero me alegró recibir la carta de mi marido, ya no podía quedarme más tiempo, mis hijas me echaban tanto de menos…

Durante la cena estuvo algo más callada. Si trataba de hablar, se le escapaba algún bostezo y al final se notaba que el sueño la vencía. Las horas de viaje siempre acaban haciendo efecto. Incluso madame Borem mostraba los ojos pequeños y no respondió a una ironía que le lanzó Tash.

Las dos recién llegadas se retiraron antes, Tash también, y Lord Chandler y ella se quedaron solos en el salón. Una leyendo y el otro limpiando una lente de telescopio para subir luego a la terraza. Pero el sueño también se apoderó de Julia, los nervios también acaban por desgastar las energías.

Cuando se acercaba a la puerta de su habitación, Lady Mary Rose la llamó. Venía por el pasillo con un ramillete de flores muertas.

—Querida —le dijo—, no se olvide de poner estas flores. Las he guardado todo este tiempo para usted. Seguro que así sus hermanas están contentas.

Julia, lejos de amedrentarse, sintió pena y compasión. Agradeció las flores e incluso besó en una mejilla a la condesa.

—Tenga la seguridad de que las cuidaré —le comentó.

Y, sin ningún tipo de miedo, colocó las flores en un vaso sobre el aparador y durmió tranquila, ignorante de lo que ocurriría al día siguiente.

XXXII

Después del desayuno, Julia le propuso a Lady Mary Rose que la acompañara a dar un paseo por el jardín. Ella aceptó gustosa y, cuando madame Borem se disponía a acompañarlas, Julia vino a decirle que se trataba de un paseo de familia. La francesa no se quedó a gusto con esta respuesta y mucho menos con la actitud de la señorita Banister.

Julia pensaba que Lady Mary Rose necesitaba luz solar y la mejoría durante su estancia en Bath reafirmaba sus sospechas. Opinaba que no le convenían las habitaciones oscuras y los olores intensos a las que la sometía madame Borem y que el aire libre le produciría un mejor efecto. Trataría, en lo sucesivo, de que no estuviera encerrada. Y mucho menos con una mujer que la tenía atrapada en el tiempo. Claro que eso necesitaba dedicación, algo que no le había concedido Lord Chandler.

En esta primera ocasión la alejó de la zona de las tumbas. Ya habría tiempo para averiguar cómo reaccionaba ante ellas, ahora debía ganarse su confianza. Hablaron de plantas, de las de Cunderley y de otras que Lady Mary Rose había visto en el Jardín Botánico de Londres tiempo atrás. Julia descubrió que era el tema preferido de la condesa y que, por sus conocimientos, era probable que antes de las muertes de sus hijas, se dedicara a la jardinería.

El paseo no fue largo, puesto que un carruaje que se acercaba a la casa llamó su atención. Lady Mary Rose, esperando que fuera algún amigo de Bath, decidió regresar.

Cuando llegaron, Julia se sorprendió al ver allí al señor Preston. Hablaba con Tash, pero enseguida que la vio, le presentó sus respetos y el secretario se fue, no sin antes mirarla de un modo que no supo juzgar.

La señora Hunter sirvió té y, cuando Lord Chandler bajó, pues acababa de despertarse, temió que pudieran llegar noticias de Londres que no beneficiaran el ánimo de la señorita Banister. No deseaba que los cotilleos sobre ella la alcanzaran. Pero el señor Preston no mencionó en absoluto aquel incidente y Julia pensó que tal vez no lo supiera, ya que él no había asistido al picnic de Hyde Park.

El señor Preston comentó que deseaba alejarse unos días de la capital, pues con el calor de finales de junio, el mal olor se hacía más penetrante y echaba de menos respirar aire puro. Estaba de paso y se dirigía a Eastbourne, donde veraneaban unos conocidos suyos. Julia agradeció que tuviera el detalle de detenerse a saludar. Lord Chandler le ofreció su hospitalidad, por si deseaba pasar unos días con ellos, pero el señor Preston declinó la invitación. Había alquilado una habitación en Winaton y solo pasaría allí una noche.

Preguntó por la señorita Bates y Julia le contó que la había visto justo el día anterior y ella y toda su familia se encontraban bien.

Lady Mary Rose expresó su deseo de descansar y, antes de que madame Borem se le anticipara, ella se levantó y se ofreció a acompañarla. Cuando regresó al salón, no encontró a nadie. Se asomó al jardín por si estaban paseando, pero tampoco los vio. Supuso que Lord Chandler había convencido al señor Preston para que subiera a las habitaciones del ático y enseñarle sus artilugios de astronomía, así que decidió no demorar más una visita que tenía pendiente y se dirigió a las cuadras.

Cogió un caballo que no fuera el de Tash y se dirigió a Wakefield House. Cuando llegó, la señora Wakefield se sorprendió al verla, su expresión delató apuro y cierto resquemor. No supo reaccionar y dudó sobre cómo tratarla. Julia supuso que ignoraba la visita de su hija mayor a Cunderley y se limitó a decir que ya habían regresado de Londres y que venía a saludar a las señoritas Wakefield.

—Mary no se encuentra bien últimamente, está descansando y preferiría no molestarla. Pero enseguida aviso a Lydia —respondió sin ganas de entablar más conversación.

Lydia Wakefield agradeció la discreción de la señorita Banister y le propuso enseñarle un cenador que tenían cerca de unos robles. Julia aceptó y se apartaron de su madre para poder tener intimidad.

Julia le contó lo que había averiguado sobre el señor Brandon a través del secretario, pero obvió decirle que Lord Middlegreen había tratado de emparejarla con él.

—El señor Tash no lo conoce de antes de su estancia en Cunderley, pero le oyó hablar familiarmente de un amigo común. Me prometió que le escribiría sin, por supuesto, referirle los motivos de su interés.

—Muchas gracias, señorita Banister. Y, por favor, trasládele también mi agradecimiento al señor Tash. Hoy hemos recibido carta de mi padre, que continúa fuera haciendo averiguaciones, pero no hay nada nuevo. ¡Estoy desesperada!

—Señorita Wakefield, si un hombre la ama, lo hará por usted misma, no por su hermana.

—No siempre las cosas son tan sencillas, señorita Banister. Las familias, la reputación… ¡son tan importantes!

Julia comprendió que su corazón estaba entregado y deseó sinceramente que fuera a un hombre cuya inclinación y sentido común fuesen capaces de superar esta reputación de la que hablaba.

—Usted no estuvo enamorada de Lord Middlegreen, si hubiera sido así no podría encontrarse tan animada.

—Fue un golpe no solo para mi vanidad, sino también porque llevaba ocho años con esa idea. No lo esperaba y debo admitir que me dolió, pero ya ha pasado.

—Pero no estaba enamorada. Si estuviera enamorada vería las cosas de otra manera. Usted y yo no podremos elegir, por muy importante que sea nuestra dote.

—No diga eso, ya verá cómo, con el tiempo, las cosas cambian.

—Señorita Banister, lamento mucho ser portadora de esta noticia, pero es preciso que usted lo sepa.

Julia pensó que ya nada podría preocuparla, pero el modo en que la estaba avisando, la intrigó.

—Mi padre ha estado en Londres. Tiene conocidos comunes con los Chandler y…

—Ya —respondió Julia, entendiendo los reparos de la señora Wakefield a la hora de hablar con ella—. Ya ha llegado la noticia de que Lord Middlegreen y yo hemos roto el compromiso. No se preocupe, yo no le pedí que guardara el secreto. Deseo que el asunto se conozca cuanto antes y dejar de preguntarme, cada vez me cruzo con alguien, si lo sabe hoy o lo sabrá mañana.

—En la carta que hemos recibido nos informaba de la boda de Lord Middlegreen con la señorita Long. Y… también los motivos por los que se ha visto obligado a casarse con ella.

—No lo hizo por obligación. Está enamorado.

—Un vizconde puede enamorarse de actrices, pero no se casa con ellas.

—Entonces la conducta de Lord Middlegreen reafirma lo que acabo de decirle. Si un hombre la ama, no pondrá objeciones por un tema de reputación.

—Usted sabe que eso puede ocurrir una vez, pero no es lo general.

Julia sabía que la señorita Wakefield llevaba razón, pero no quería aumentar su desconsuelo.

Se despidió pronto porque no quería ofender al señor Preston y, aunque pensaba que la visita se debía más a su amistad con Tash que a la breve relación que había tenido en Londres con ella, no debía ausentarse mucho tiempo.

Cuando llegó, el señor Preston estaba solo en el salón y Julia se lamentó por haberse ido y que nadie lo atendiera.

—Disculpe mi ausencia, señor Preston, pero esta mañana debía hacer algo con urgencia. Pensé que lo acompañaba Lord Chandler.

—Ha estado conmigo hasta ahora, pero, cuando la ha visto llegar, ha considerado oportuno que usted y yo pudiéramos entrevistarnos solos.

Julia sospechó entonces de que el señor Preston sí conocía el incidente de Hyde Park y tenía algo que contarle al respecto.

—¿Desea algún refresco?

—No, gracias. No voy a andarme por las ramas, el motivo de mi visita es muy concreto.

Julia palideció, no sabía si estaba preparada para escuchar lo que de ella se comentaba en Londres.

—Señorita Banister, en primer lugar debe saber que antes de atreverme a hablar de usted en estos términos, he mantenido una conversación con Lord Chandler y tengo su permiso para hacerlo. Conozco su situación y de verdad que lo lamento mucho —comenzó e hizo una pausa para escoger bien las palabras que iba a pronunciar—. Usted conoce la mía. Tengo dos hijos y enviudé hace ocho años. Sé que le doblo la edad y aun así puedo añadir algún año más. Poseo una buena posición y también una casita de campo, humilde, pero alejada de Londres. Me consta que no le gusta la ciudad.

Julia se quedó atónita ante estas palabras, esto sí que no se lo esperaba, y se sentó lentamente porque notó que empezaban a temblarle las piernas. Él prosiguió.

—Sé que en otras circunstancias podría considerar mi oferta como un atrevimiento, no le faltan virtudes para aspirar a alguien de mejor posición y mayor juventud. Pero, dadas las circunstancias, creo que no la estoy ofendiendo al proponerle matrimonio —hizo una pausa y, al ver que ella no reaccionaba, continuó—. No voy a hablarle de amor romántico, ni usted lo desea ni yo lo siento. A mi edad, busco una compañera discreta y amable, características que usted posee. Yo puedo ofrecerle una vida desenvuelta, respeto y mi experiencia. Sé que esta propuesta la coge por sorpresa y, por supuesto, no voy a exigirle una respuesta inmediata. Hoy pasaré la noche en Winaton y mañana regresaré para conocer su decisión. Me hará feliz si acepta, pero no me destrozará el corazón si no lo hace. La admiro y la respeto y, a decir verdad, cuanto más la veo más fácil me parece encariñarse con usted.

—Es usted muy amable y me siento muy halagada, pero usted sabe que mi reputación arrastrará la suya —agradeció Julia.

—A mi edad, los comentarios de ciertas damas no resultan tan dañinos como a la suya. Es probable que, si no me hubieran llegado los rumores que me llegaron, hoy yo no estuviese aquí. Y no crea que es por falta de virtudes por su parte, pero la diferencia de edad hace que ni se me hubiera ocurrido. Tampoco quiero que piense que le ofrezco mi mano por compasión. Mi filantropía no llega al extremo de embargar mi felicidad. Realmente pienso que usted puede ofrecerme lo que alguien como yo desea y le prometo que haré todo lo posible por convertirla en una mujer dichosa.

—Le agradezco la propuesta y la sinceridad con que ha sido efectuada —respondió algo turbada por su manifestación—. Así que me veo en la obligación de responderle de igual modo. Su declaración me ha sorprendido y cualquier respuesta que ahora exprese podrá ser reconsiderada en los próximos minutos, así que, si me lo permite, me voy a aprovechar de su oferta para pensármelo y le contestaré de un modo definitivo mañana por la mañana. Pero, ¿podría saber qué ha dicho Lord Chandler?

—Lord Chandler la tiene en gran estima, señorita Banister. No niego que le ha agradado escuchar mi propuesta y que le gustaría que usted aceptara, pero la respeta y no dará su consentimiento si no acepta usted primero.

—Sí, Lord Chandler es muy amable y se ha tomado el papel de mi tutor. Pero quien debe acceder es mi tío. Usted ya sabe por qué estoy en Cunderley.

—Si debo viajar a Malta para pedir su mano, lo haré.

Julia sonrió. El señor Preston era un hombre muy agradable y, si hubiese sido más joven, hubiera aceptado sin pensarlo. Y, como decía Fanny, tenía algo en sus ademanes que recordaba a Tash. Pero ni era joven ni era Tash. Por otro lado, tal vez esa fuese la última oferta que Julia podría recibir. Su bochorno ya era público. Y ella valoraba la compañía del señor Preston. Era cierto que le inspiraba seguridad y podría aprender mucho de él. Porque Julia sabía que tenía mucho que aprender, últimamente se había equivocado tanto...

—No será necesario viajar a Malta. Pero al menos debería pedirle su permiso por carta. Todavía no sabe nada de... lo mío con Lord

Middlegreen. Hace una semana salió de Menorca y hasta que no esté instalado no escribirá. Solo entonces conoceré sus señas y podré comunicarme con él.

—No veo inconveniente. Si usted acepta el compromiso, tendremos tiempo para conocernos mejor y, tal vez entonces usted decida coleccionar rupturas. De niño conocí a un viejo que coleccionaba zapatos rotos, pero solo del pie izquierdo.

Julia volvió a sonreír.

—Señorita Banister, no quiero molestarla más. Mañana vendré después de la hora del desayuno y escucharé atentamente lo que haya decidido.

XXXIII

Desde la ventana, Julia lo contempló subir al carruaje y, cuando se cercioró de que este desaparecía por el sendero del bosque, ella también salió. Le apetecía ir hasta el lago y poder pensar a solas consigo misma. No quería enfrentar ahora a Lord Chandler, sabía que, según cómo la mirara, inclinaría la balanza hacia un lado o hacia otro. Necesitaba pensar. Se sentía en la obligación de analizar sus posibilidades de futuro para saber si podía declinar la oferta y también debía reflexionar sobre las condiciones del matrimonio, por si accedía a casarse. Recordaba las implacables palabras de Lydia Wakefield, no había esperanza para ella. Casarse sería lo conveniente. Así la decepción de su tío sería menor y liberaría a Lord Chandler de la responsabilidad que había asumido. Con el señor Preston le esperaba un futuro tranquilo, sin sobresaltos y, si venían hijos, gozarían de una buena posición. Era más de lo que en esta sociedad podía aspirar. Luego pensaba en Fanny, en su decisión de permanecer soltera si no volvía a sentir una gran pasión, y se preguntaba si ella estaba hecha para la vida independiente. Pero ella no era independiente, al menos no económicamente. Siempre tendría que ir a expensas de alguien, de la señora Stringle, de su tío, del conde o de cualquier familia que la aceptara como institutriz.

Podía pedirle más tiempo al señor Preston. Pero el suyo no era un corazón enamorado y no tenía por qué concedérselo. Además, ¿qué ganaría con ello? Quería negárselo, pero al final no pudo ocultarse por más tiempo la imagen que le venía a la mente y decidió afrontarlo de un modo racional. Era la imagen de Tash. No tenía esperanzas con él y, de haberlas tenido, no podía unirse a él. Tash no se lo pediría ni ella lo aceptaría. Lord Chandler y su tío censurarían siempre este matrimonio y acabaría peor que su madre, rechazada por su familia y con un marido sin muchas posibilidades. Tash era abogado, pero tendría que empezar de cero si abandonaba Cunderley e Inglaterra estaba llena de abogados. Así que debía olvidarse de Tash a la hora de tomar una decisión.

Si se casaba con el señor Preston, Tash quedaría atrás. No volvería a verlo y eso le facilitaría el olvido. Si lo que sentía por él era amor, el amor dolía. No había duda, lo más racional era aceptar la mano del señor Preston. *Racional.* La señora Stringle la acusaba de ser tan racional que se olvidaba de ser razonable. ¿Y qué era lo razonable en un caso así? No tenía esperanzas con ningún hombre, ni siquiera con aquel que la inquietaba. Si lo pensaba bien, solo existían dos opciones para ella: o el matrimonio con Preston o la soltería. Y la soltería, a la larga, se le haría muy dura. De todas formas, había decidido abandonar Cunderley y hacerlo casada sería su mejor opción.

Cuando Lord Middlegreen rompió con ella, se había portado de un modo infantil, como queriendo negarse una realidad que acabaría por imponerse. No podía continuar huyendo. Era una mujer marcada y había un único modo de borrar su estigma: el matrimonio. Eso era lo razonable. Pero lo razonable también dolía.

No estaba segura de acertar con sus conjeturas, así que decidió pensar en qué se esperaba de ella y aquí sí que no tuvo ninguna duda. Todos la censurarían si rechazaba al señor Preston, aunque no lo dijeran. Pensarían que era una mujer caprichosa y vanidosa y que aspiraba a castillos de arena. Todos excepto Fanny. Y, tal vez, la señora Stringle, pero tampoco estaba segura en este último caso.

Poco a poco empezaba a asumir que no había opción. Regresó a la casa y se cruzó con Lord Chandler, pero antes de que él le preguntara nada, ella dijo que estaba cansada y que no lo acompañaría a almorzar. Le pidió a Amy que le subiera algo.

Lord Chandler entendió sus dudas y se compadeció. Si hasta este momento había deseado que la señorita Banister aceptara la propuesta, al verla tan demacrada y con una expresión tan triste, tuvo dudas. No, no intervendría. Había decidido respetarla y eso haría.

Julia repensó una y otra vez las mismas disquisiciones que la empujaban a un lado o a otro. Cogió una cuartilla y escribió los motivos que pesaban a favor y los que pesaban en contra. Pero no se preguntó qué sentía. No se olvidó, pero sabía que las emociones no son fuente de decisiones acertadas. Se sentía triste.

La tarde estaba nublada y ella sentía que esa nubosidad había penetrado en su cabeza y empezó a mezclar sus dudas con jaqueca.

Tampoco bajó a cenar. No tenía hambre y sabía que no ofrecía una imagen presentable. Había entendido que Lord Chandler no interferiría y le estaba agradecida por ello. Pero, cuando lo intentó, no pudo dormir.

A medianoche bajó a las cocinas a por un vaso de leche. Tenía ojeras y escasez de color. No había llorado, no había nada que llorar, pero tenía un aura pálida y una expresión intranquila. Salió de las cocinas y se sentó en una mesa del comedor. La vela que había traído estaba a punto de consumirse y pensó en ir a buscar otra, pero de pronto vio que otra luz asomaba por la puerta y se asustó.

Era Tash, que regresaba de la biblioteca, la última persona a la que hubiera querido ver. Era inútil tratar de esconderse, la escasa lumbre había llamado su atención y él ya se había percatado de su presencia. La estaba observando desde la puerta.

Finalmente avanzó dos pasos y, tras dudarlo un momento, se decidió a hablar.

—Supongo que debo despedirme de usted —dijo apenado, pero enseguida su voz se enderezó—. Deseo que sea muy feliz y que, después de sus contratiempos, estos se vean compensados.

—Habla usted de compensación como si se tratara de un asunto meramente económico —respondió ella con mirada desafiante. No le había pasado desapercibida ni cierta amargura ni cierta censura en sus palabras.

—Usted siempre quiere ver maldad en mis palabras.

—Y usted siempre parece querer atacarme.

Tash avanzó dos pasos como si fuera a contestar, pero se detuvo, dio media vuelta y volvió a detenerse. Colocó su candelabro sobre una repisa y luego de nuevo se giró hacia ella.

—Solo he tratado de velar por usted, pero siempre he sido malinterpretado.

—¡Y yo siempre le he pedido que no interfiera en mis asuntos! —le recordó ella levantándose de la silla con ímpetu y rabia.

—Cierto, debería haberlo tenido más presente. ¡Pero he sido un idiota! Ahora ya tendrá quién la cuide.

—¿Acaso le importa?

Él la miró dolido, pero dejó que continuara hablando.

—¿Acaso le ha importado que me empujen a uno u otro como si fuera simple mercadería? O, peor aún, como si fuera un problema que hay que solucionar. ¿No he sido eso para usted? ¿Un problema más en Cunderley que, como todos los problemas en Cunderley, veía necesario resolver? ¿Algo que, cuanto antes se quitase de encima, mejor para usted?

—¿Así se ha sentido? —se asombró él.

—¿Y qué me ha hecho sentir, señor Tash? Ha boicoteado usted todo intento de amistad por mi parte, me ha dañado con sus palabras cada vez que ha podido y me ha juzgado con su mirada implacable tanto si entraba como si salía. ¿Qué debería haber hecho para obtener su beneplácito? ¿Había algo que estuviera en mi mano? No, no había nada. Usted me había sentenciado desde el primer momento. Cualquier cosa que yo hiciese iba a estar mal vista a ojos de usted.

Tash avanzaba y retrocedía pasos de un lado a otro, cada vez más afectado por lo que estaba oyendo. Pero no acertaba a decir nada para defenderse.

—Sé que soy una mujer despreciada, pero, si no fuera consciente de ello, usted me lo hubiera hecho saber con cada gesto, cada expresión o cada… muestra de indiferencia.

Julia tenía lágrimas en los ojos y Tash no lograba templarse ante esa catarata de emociones que sentía. Le dolían los reproches, los consideraba injustos, pero le alegraba la pasión y el dolor con que eran emitidos. Tenía ganas de consolar su llanto, de abofetear sus ofensas, de abrazarla y negarle su indiferencia, pero no podía.

—¡No dice nada! —le reprochó ella— ¡Ni una frase para defenderse, ni un intento decoroso de negar mis acusaciones! Señor Tash, se ha despedido usted de mí. Con la misma educación podría decirme una última palabra amable y fingir que sus desaires hacia mí solo estaban en mi imaginación —le imploró, aunque con ironía, casi gimiendo como si suplicara.

Tash, nervioso, no comprendió el sarcasmo y perdió el control y el sentido del deber ante esas palabras. Se acercó decidido a ella, la agarró de los hombros y la atrajo hacia así. Después de mirarla un instante en el que vio los ojos de ella muy abiertos y asustados, la besó. La besó con fuerza, sin decoro, como si ese beso fuera un exorcismo de tanta rabia y dolor por parte de ambos. La besó y la retuvo enérgicamente en sus brazos sin notar resistencia ni capacidad para notarla si la hubiera habido. Se perdió instantáneamente en su boca hasta que de pronto recobró la cordura.

Entonces la soltó y la empujó suavemente para alejarla de sí. La miró aterrado, arrepentido de lo que había hecho, murmuró una disculpa y se fue rápidamente de allí.

Julia no sabía cómo reaccionar. Se sorprendía inmensamente feliz, pero también confundida y temerosa. Sabía que, entre su mezcla de sensaciones, no se encontraban los remordimientos. Cuando salió al pasillo ya no había rastro de él. Había dejado su vela en la repisa de la cocina y se había marchado a oscuras. Lo había oído subir la escalera a zancadas y suponía que se había refugiado en sus aposentos. Ella no podía ir hasta allí, pero se moría de ganas de que regresara, de hablar con él, de que le dijera todo lo que había expresado en ese beso.

¿Podía significar lo que ella había entendido? ¿Tash la amaba? ¿La amaba y por eso se apartaba de ella, porque sabía que no podía permitirse ese amor? ¿Era eso? Julia necesitaba sentir que era así, aunque no le convenía, porque en esos momentos hubiera sido incapaz de aceptar cualquier propuesta de matrimonio que no fuera de él. ¡Por Dios! Ahora entendía a su madre. Ahora era su madre, capaz de abandonar todo buen criterio para correr tras el amor. ¡Tash la amaba! Se lo había dicho en un beso, pero también en su dolor, en la brusca interrupción del abrazo, en su arrepentimiento. Tash la amaba, ahora estaba convencida, y ella lo amaba a él. En estos momentos solo sentía la necesidad de que él lo supiera, no pensaba en después. Había desaparecido toda prudencia, toda especulación sobre las conveniencias del futuro, todo cálculo de expectativas y, sin embargo, solo sentía felicidad. Diez minutos antes estaba desolada y ahora era feliz.

Esperó un rato más en el comedor, por si él regresaba. Pero Tash no volvió. Eso no enturbió la dicha de aquellos momentos. Él la amaba. Lo buscaría mañana y le haría saber que ella le correspondía. Rechazaría al señor Preston, ahora no tenía dudas, y resolvería los asuntos del corazón en cuanto amaneciera.

Pero, aunque el reloj marcó la una, aún faltaban algunas horas para el amanecer.

XXXIV

Desayunó sola y poco, ansiosa como estaba por solucionar el asunto del señor Preston. Esa noche había tratado de reflexionar según la prudencia, pero se sentía asfixiada en esa postura. Continuaba decidida a arriesgar su futuro por amor.

No veía a Tash, y tampoco a Lord Chandler, aunque sabía que este se había levantado pronto. La noche anterior había llovido y se había acostado poco después de cenar. Salió al jardín, para calmar sus nervios con paseos arriba y abajo, mientras esperaba la llegada del señor Preston.

A la media hora, apareció el carruaje. Paró cerca del laberinto, donde estaba ella y la saludó. Se adentraron juntos en la maleza, ambos deseaban intimidad.

Antes de que ella empezara a hablar, el señor Preston supo cuál era la respuesta. Julia se disculpó, expresó de nuevo la gratitud que sentía y deseó que encontrara una mujer que pudiera hacerlo feliz. Él admitió que la entendía y también se disculpó por haber intentado robarle la juventud. Se dieron la mano y renovaron su amistad. Estuvieron hablando durante veinte minutos, se desearon mutua felicidad y se despidieron cordialmente. El señor Preston no aceptó el té que Julia le ofreció y le pidió que mandara sus saludos a Lord Chandler y a Tash.

Cuando se fue, Julia se sintió aliviada por haber zanjado esta cuestión, pero reconoció que el señor Preston era un hombre respetable y que se lo había puesto fácil. Lo admiraba también por ello. Después regresó a la casa con intención de comunicarle su decisión a Lord Chandler.

Lo buscó en su despacho y en el salón, pero no estaba en ninguno de los dos lugares. Le preguntó a la señora Hunter, quien con cara de preocupación le indicó que se encontraba en el despacho del señor Tash. Julia no quería ver a Tash y al conde al mismo tiempo, así que decidió esperar. Sabía que al conde no le gustaría la información que tenía que comunicarle, pero esperaba que a Tash le causara el efecto contrario.

Le intrigó la expresión del ama de llaves, pero no se le ocurrió pensar de qué podría tratarse. Al cabo de un rato, Lord Chandler salió tan ensimismado que no la vio. Julia lo llamó desde la puerta del salón.

—¡Ah, señorita Banister! —exclamó con voz intranquila—. ¡No sé qué vamos a hacer! Esto no me lo esperaba, ahora mis problemas se multiplicarán. ¡Resulta tan difícil encontrar un hombre respetable y en quién se pueda confiar!

—Lo siento, lo siento mucho, milord —se disculpó Julia, que sintió que había vuelto a decepcionar al conde.

—Sí, vamos a sentirlo mucho. Todo Cunderley va a sentirlo —afirmó resignado mientras entraba y tomaba asiento.

—Me iré con la señora Stringle —decidió Julia al ver la angustia que le producía a alguien que se había portado tan bien con ella.

—¿La señora Stringle? ¿Qué tiene que ver la señora Stringle en esto? ¿También va a abandonarme usted?

—¿Abandonarlo? No, claro que no. He rechazado al señor Preston, pensé que lo sabía.

—¿Y cómo iba a saberlo? ¿Ya ha venido?

—Y ya se ha ido.

—Así que… ha rechazado su propuesta.

—Sí, milord. Siento muchísimo si lo avergüenzo.

—¿Avergonzarme? No, señorita Banister, usted no me avergüenza. Últimamente me he llevado decepciones con los míos, pero no con usted. Reconozco que ayer hubiera deseado que usted aceptara el matrimonio con el señor Preston, pero, egoístamente, hoy prefiero que se quede con nosotros.

—¿Lady Mary Rose ha regresado a Bath? —preguntó recordando que acababa de preguntarle si ella también lo abandonaba.

—No, mi esposa está aquí. ¿Se lo ha tomado muy mal el señor Preston?

—No, se lo esperaba.

—¡Ah! Es un buen hombre el señor Preston. Me cae bien.

—Sí, es un buen hombre. ¿Ha ocurrido algo, milord, en lo que yo pueda ayudar?

—Nadie puede ayudar, señorita Banister. El señor Tash es insustituible.

—¿Qué le ha pasado al señor Tash? —se alarmó.

—Nos ha dejado.

Julia se sintió desencajada.

—¿Dejado?

—Sí, hace un rato. No puedo decir que no lo entienda, pero no me lo esperaba. Es un hombre al que la vida ha tratado injustamente y ahora puede remediarlo, no tengo ningún derecho a atarlo, pero me ha sorprendido tanto… No sé qué haré sin él. Dependen tantas cosas de él…

—¿Adónde ha ido?

—A América. A las Antillas.

—¿Qué? ¡No puede ser!

—Primero ha ido a Londres, pero, tras cerrar unos asuntos, partirá hacia el Caribe con el señor Hurst.

—¡No puede ser cierto!

—Eso mismo pensé yo. Lo que no entiendo es por qué no lo decidió cuando vino aquí el señor Hurst.

Julia lo miró interrogante.

—El señor Hurst es hijo del difunto señor Hurst, que adeudaba una buena cantidad al difunto señor Tash. Vino a hablar con Tash, nuestro Tash, para saldar una parte de su deuda. Por lo visto, ha heredado algo de dinero y unas tierras en una de las Antillas, en el Saint Kitts, creo. Le devolvió a Tash lo necesario para poder pagar a los acreedores de su padre, pero con eso el señor Hurst no zanjaba su deuda. Le ofreció a Tash asociarse con él en su nuevo proyecto. El mismo señor Tash, que no aceptó el otro día… ¡ha cambiado de opinión! ¡Él, que nunca cambia de opinión!

—¿Y dice que ha partido hacia Londres?

—Sí, hace más de una hora.

—¿Ha dejado una dirección?

—No. Pero no hay remedio, señorita Banister. Conozco a Tash. Cuando toma una decisión, no hay manera de contravenirlo. No podría ofrecerle nada que pudiera tentarlo a regresar. Es muy orgulloso y nunca ha aceptado un dinero que no considerara merecer por su trabajo. Además, últimamente lo notaba extraño. Me llevó la contraria en varias ocasiones y no quiso colaborar en… algún asuntillo que le pedí.

—Entiendo —dijo luchando contra las lágrimas.

—Y yo también entiendo que quiera apostar por su libertad. Pero se ha despedido de un modo extraño. Cree que me ha ofendido y que no es digno de trabajar para mí. ¿Se lo puede creer, señorita Banister?

¿Puede imaginar que el señor Tash haya hecho algo para ofenderme?

"Se va por mi culpa", pensó Julia y se hundió en el sillón procurando que el conde no la viera llorar.

—Primero mi sobrino, ahora Tash... me alegro de que usted se quede, señorita Banister. De otro modo empezaría a sentir que tengo la peste.

Ella no contestó. No podía articular palabra.

—Ahora tendré que buscar a alguien que ocupe su lugar. Me acercaré hasta Winaton para poner un anuncio en el periódico, aunque mejor lo hago en uno nacional que local. Discúlpeme, señorita Banister. Creo que cuanto antes lo haga, mejor.

Julia agradeció quedarse sola. No se lo podía creer. Tash se había ido ¡y por su culpa! Él debía sentir que se había propasado con ella y que era indigno a sus ojos.

Se sentía descolocada. Cuando supo reaccionar, se dirigió aprisa hacia las cuadras y comprobó que el caballo de Tash faltaba. A estas horas debía estar a punto de llegar a Londres y no había dejado una dirección. No podía localizarlo, no había manera de explicarle que ella había recibido gratamente aquel beso, aquella declaración...

Se alejó de las cuadras hacia el bosque para que nadie interrumpiera su duelo. Había sentido la felicidad tan a mano y se había esfumado tan de repente... No daba crédito. Aún esperaba que todo fuera un error y al regresar encontrara a Tash como siempre, observándola desde la sombra. Pero las palabras de Lord Chandler repiqueteaban en su cabeza como una lluvia incesante en el día soleado en que iba a aclarar todas sus dudas. Además, Tash había dejado de ser un criado. Ahora era libre y podría acceder a ella. ¿Por qué, por qué tenía que haberse ido precisamente hoy?

Recordó el encuentro de ambos en la biblioteca. El saludo de Tash había empezado con una despedida y ella aún no había aclarado su decisión sobre la propuesta del señor Preston. ¿Estaba convencido de que iba a aceptar? ¿Se iba por eso? ¡Cuánto dolor puede causar no aclarar un asunto a tiempo! Aunque resultaba cruel que ese tiempo consistiera en unas horas. ¿O había ocurrido al revés? ¿Tash había entendido el dolor de ella ante su indiferencia y no había querido interferir? ¿Se había alejado para no privarla de una buena vida en lugar de arrastrarla a una empresa insegura? ¿Por qué se había ido?

No, no podía haberse ido. Había prometido ayudar a los Wakefield, si se iba ahora incumpliría su palabra y él era un hombre de palabra. ¡No podía irse! Y, si se había ido, no era digno de su confianza.

Pensamientos diversos la atacaban como punzadas incansables de las que no podía desprenderse. Se sabía impotente, pero su cuerpo estaba inquieto como si hubiera una última esperanza. Caminaba de forma ligera para tratar de calmarse, pero solo lograba desesperarse cada vez más.

¡Tash se había ido! Sentía como si un dedo acusador se riera de ella por haberse permitido rechazar al señor Preston. ¡Ilusa! La felicidad existía, la había sentido la noche anterior, pero debería haber aprendido que se trataba de una burla para recordarle que no era para ella.

Tash se había ido ahora que ella lo había comprendido todo. Recordaba muchos de los momentos en que lo había malinterpretado y ahora lo hacía con otra luz. Él la amaba. Y se había ido.

Detuvo su paso cuando su cuerpo empezó a asumirlo. Se sintió desesperada, desolada, sin consuelo. Recordó a Fanny y entendió cómo debía haberse sentido al conocer la muerte de su prometido. ¡Tan cerca, tan lejos! Pero no era lo mismo, Tash no estaba muerto. Tash continuaría viviendo aunque fuera en otro lugar. ¡Y era un lugar muy lejano!

No quería creerse que fuera irremediable, debía haber algún modo de contactar con él. Si Lord Middlegreen estuviera en Londres, podría escribirle y mandarle una carta a través de él, pero probablemente cuando regresara de Italia, Tash ya se habría ido. ¡Y Londres era tan grande!

De pronto recordó que tenía una hermana. Seguramente iría a visitarla y tal vez Lord Chandler tuviera su dirección. Podría escribirle, pero… ¿qué le diría? ¿Inventaría cualquier pretexto con tal de retenerlo? No podía explicarse abiertamente ante su hermana, debía ingeniar alguna excusa que lo pusiera en contacto con él. Pero, ¿qué pensarían los demás? ¿Cómo la vería Lord Chandler? ¿Qué sentiría su tío si la viera correr tras un hombre?

No, no había remedio, a no ser que él regresara. Pero, ¿por qué había de regresar? Seguro que a estas horas la creía comprometida con el señor Preston y ofendida por su atrevimiento. ¿Por qué razón habría de pensar lo contrario?

Recordó de nuevo a Mary Wakefield y al señor Brandon y algo se alegró en ella. Necesitaba aferrarse a una esperanza. La pareja huida podía servirle de excusa para dirigirse en una carta a su hermana y pedirle la nueva dirección de Tash.

Era lo único que le quedaba. Con ese propósito, regresó corriendo para hablar con Lord Chandler.

XXXV

Cuando Julia regresó, se encontró con la visita del doctor Lewes que, enterado de que los condes ya habían vuelto de Londres y Bath respectivamente, pasaba a saludarlos. El tema de conversación en que estaban enfrascados versaba sobre la huida de Mary Wakefield con el señor Brandon, con lo que Julia supo que la noticia ya era de conocimiento público en Winaton.

Y así era, a las pocas horas, todos hablaban de ello, aunque también todos fingían no saber nada si se encontraban a algún residente de Wakefield House. Julia lo lamentó por Lydia Wakefield, pero en el fondo reconocía que era algo que acabaría ocurriendo. Después de su incidente con los señores Watson, estaba convencida de que los muertos en el armario tienen vida propia y salen a pasear cuando uno menos se lo espera.

Lady Mary Rose lamentó lo que le había ocurrido a esa muchacha y madame Borem afirmó que ella ya intuía que ocurriría algo escandaloso porque tenía el anillo de Saturno excesivamente marcado bajo el dedo corazón.

El doctor Lewes preguntó por la señora Stringle y Lord Chandler le comunicó a Julia que, mientras ella había estado fuera, había recibido una carta de Brighton. Se alegró al saberlo, aunque también sintió el inconveniente de tener que responder. Nuevamente, después de que en Londres hubiera decidido confesar todo lo que había guardado, estaría obligada a callar sus verdaderos sentimientos.

Luego el tema versó sobre la marcha de Tash y el doctor Lewes prometió que lo ayudaría a encontrar a un nuevo secretario. Se despidió cerca del mediodía y, como se dirigía a Winaton, el conde aprovechó para entregarle la carta que debía llevar a la oficina postal.

—Es urgente. Espero que publiquen el anuncio pasado mañana.

Cuando el doctor Lewes se fue, Julia decidió que aquel era un buen momento para abordar al conde.

—Milord, ¿usted conoce la dirección de la hermana del señor Tash?

—¿La residencia para jóvenes de la señorita Yerby? Sí, creo que la tengo. ¿Piensa escribir a Anne? ¿Cree que ella podrá convencer a Tash para que vuelva? No intente ayudarme en este tema, Tash no volverá.

—No, milord, pero ahora que se conoce la huida de la señorita Wakefield con el señor Brandon, puedo confesarle que yo ya lo sabía. Me lo contó la señorita Bates por carta cuando estábamos en Londres, por eso quise hablar con Lord Middlegreen. Pero él ya se había ido —le contó ante la mirada sorprendida de Lord Chandler—. La señorita Lydia Wakefield me pidió ayuda y consideré que tal vez el señor Tash, que en otra época se había movido en el mismo ambiente que Lord Middlegreen, pudiera conocerlo. El señor Tash me dijo que no lo había visto nunca, pero que sí había mencionado a un amigo común. Me prometió que le escribiría para tratar de informarse sobre él y poder tener alguna pista de su paradero. Comprenderá usted que, tras la marcha del señor Tash, la situación de los Wakefield queda aún más desamparada.

—¿Y todo esto ha ocurrido a mis espaldas? ¿He sido el último en enterarme? ¿Ni siquiera usted confía en mí?

—Lo lamento mucho, milord, pero entenderá que el asunto pertenece a la intimidad de otra persona y yo no estoy autorizada a traicionar esa confianza.

—Supongo que no me queda otro remedio que entenderlo. ¿Y qué espera conseguir escribiendo a la hermana de Tash?

—Localizar a Tash. Se ha marchado dejando este asunto pendiente.

—Afortunadamente, antes de irse ha dejado los míos bastante cerrados y preparados para su sustituto. No sé si habrá tenido cabeza para pensar en eso, todo ha sido tan repentino…

—Pero debo recordárselo. Es la única esperanza para los Wakefield. Si consiguiéramos contactar con algún conocido del señor Brandon, tal vez…

—Venga a mi despacho. Creo que allí tengo la dirección de la señorita Yerby. Y la carta de la señora Stringle.

—Gracias.

Julia leyó primero la carta de la señora Stringle. Sabía que hasta el día siguiente no volvía a salir el correo y apresurarse en escribir a la señorita Tash no tenía ningún sentido. La señora Stringle estaba conmovida por el contenido de la carta que había recibido de Julia, pero el tono de la confesión no había logrado apenarla. Por cómo se lo contaba, consideraba que la decisión había sido acertada o, al menos, le había transmitido la seguridad de que volvería a hacerlo. Insistía en que la vida no acababa allí y recordaba anécdotas de superación de amigas de otra época que habían logrado sobreponerse a situaciones peores. Julia suponía que callaba las que no tenían final feliz y también debía conocer.

Era cierto que, cuando escribió a la señora Stringle desde Londres, sus sentimientos eran muy distintos. Se sentía abochornada tras el encuentro con los Watson, pero también había una seguridad en ella de querer afrontar lo que el destino le había deparado que ahora no encontraba. En estos momentos su estado era muy diferente. Tal vez ahora se sintiera más abandonada que nunca y por primera vez conocía las hieles del amor que nunca había vivido. Notaba el cariño de la señora Stringle y valoraba sus palabras de apoyo, pero esa misma ternura la conmovía de un modo que le hacía daño. Hablaba del clima de Brighton y la invitaba a vivir con ella, su hermana le había recomendado en varias ocasiones que tuviera a una dama de compañía y ella se había negado. Pero en el caso de la señorita Banister, sería distinto. La señora Stringle la acogería con sumo gusto a su cuidado.

Julia decidió no responder todavía. Lo haría más adelante, cuando se encontrara capaz de disimular su nuevo dolor. Sin embargo, sí escribió a la señorita Tash. Fue una nota formal, en la que muy cuidadosamente le contaba que un asunto de Winaton hacía necesario localizar a su hermano. El tema no le afectaba directamente a él, pero su ayuda podría ser muy útil y urgía su colaboración. La leyó más de veinte veces antes de convencerse de que esas líneas no delataban nada de lo que ella quería ocultar. Necesitaba verlo. Si efectivamente iba a abandonar Inglaterra, necesitaba verlo antes de que zarpara ignorante de sus sentimientos. Rezó para que no se le negara esa oportunidad.

Aquella tarde Julia recibió la visita de Fanny, a la que procuró ocultar su desazón. No quería que su amiga conociera sus sentimientos, necesitaba sufrir sola y también decidir por sí misma. Reconocía que en otro momento se había dejado influir demasiado por el carácter decidido de Fanny y sabía que ella debía descubrir el suyo. Sin embargo, no podía ocultarle que Tash se había marchado y trató de explicarle con toda la frialdad que supo la información que le había dado Lord Chandler.

Fanny se sorprendió por la noticia, pero se alegró por Tash.

—Se merece un futuro mejor. Es un hombre que aquí se perdía.

Debo reconocer que la noticia me hace feliz, pero estoy convencida de que Lord Chandler no opina lo mismo.

—Ya ha puesto un anuncio —admitió Julia.

—Lo extraño es que lo haya decidido tan de repente. El señor Hurst vino hace unos días y seguro que entonces tomó la decisión, probablemente sea así. Pero... no sé, algo no encaja. Lo que se espera de alguien como el señor Tash es que avise a Lord Chandler o incluso que se encargue él mismo de buscarse un sustituto.

—Como ve, no ha sido así.

—Es probable que haya ido a arreglar unos asuntos y después vuelva para dar alguna indicación al nuevo secretario. El señor Tash se ocupaba de tantas cosas que sería conveniente.

—No tengo motivos para pensar así. Si esa fuese su intención, lo normal sería que hubiese intentado arreglar el asunto antes de irse.

—Supongo que usted se sentirá aliviada. Ya no tendrá a nadie que la intimide.

—Muy aliviada —mintió Julia tratando de dar por zanjado el tema.

—Aunque nunca he entendido cómo podía molestarle más el señor Tash que madame Borem. Ojalá ella también se despidiera.

Julia se forzó a sonreír.

Cuando su amiga se fue, se planteó la posibilidad de que Tash pudiera regresar antes de embarcar hacia el Caribe. Si de verdad la amaba, cabía la posibilidad de que primero hubiera querido asegurarse su futuro y después regresar para reparar el honor de ella. Poco a poco esa esperanza fue alimentando sus días y siempre miraba por la ventana hacia el final del camino para ver si aparecía. Pero se equivocaba.

Dos semanas después, Tash no había regresado. Cierto que en Winaton se habían recibido dos cartas vinculadas con él. Una para Julia, procedente de la escuela de señoritas en las que había estado residiendo su hermana. En ella le devolvían su carta y le informaban de que la señorita Tash había dejado el internado hacía una par de días y que no había dejado ninguna dirección en la que poder localizarla. Julia quedó desconsolada con esta noticia. La otra, la recibió Lydia Wakefield, y estaba firmada por el señor Thompson. En cuanto la leyó, dedujo que escribía por indicación del señor Tash. El señor Thompson le comunicaba que él conocía al señor Brandon y a sus cuatro hermanas y que un amigo le había pedido que contara a la señorita Lydia Wakefield cualquier pista sobre su actual dirección. El señor Thompson consideraba que debía tratarse de un asunto delicado, por las reservas que había tenido su amigo al explicarse, pero les remitía su dirección por si el señor Wakefield deseaba hacerle una visita. Lydia Wakefield, al día siguiente de recibir esta carta, fue a Cunderley a informar de estas novedades a la señorita Banister.

—Mi padre está en Londres. Le hemos escrito para que se ponga en contacto con el señor Thompson y entre los dos procuren encontrar a mi hermana y el señor Brandon. Lamento mucho que el señor Tash los haya dejado, señorita Banister. Me gustaría mucho agradecerle lo que ha hecho por nosotros.

Julia supo que finalmente Tash no había dejado pendiente ninguna promesa y eso, junto con el hecho de que su hermana ya había abandonado a la señorita Yerby, le hizo borrar toda esperanza de que él regresara antes de partir hacia América.

Definitivamente no había esperanza. Lo más probable es que Tash ya no estuviera en Inglaterra. Si era así, no solo los separaba el océano, los separaban también ¡tantas palabras por decir! Julia perdió el hambre esos días y la palidez de su rostro era tal que Lord Chandler hizo venir al doctor Lewes. Ya no montaba ni paseaba y ni siquiera se encontraba animada si la visitaba la señorita Bates. El médico no encontró ninguna razón para su estado, pero le recomendó que regresara a sus aficiones al aire libre, que quedarse encerrada no le beneficiaba y que debía obligarse a comer.

—Aunque sea sin hambre y a deshoras. Coma un poco varias veces a lo largo del día.

Lord Chandler estaba preocupado no solo por la señorita Banister, sino también porque los dos candidatos a secretario le habían parecido demasiado jóvenes y sin experiencia. Necesitaba solucionar cuanto antes ese asunto, pero en esos momentos recibió la temida y esperada carta del capitán Atkins.

221

XXXVI

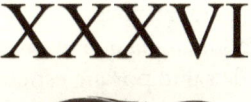

El capitán Atkins ya se encontraba instalado en Malta, gozaba de buena salud y deseaba igual estado para todos los miembros de Cunderley. Esperaba que Lord Middlegreen y su sobrina, si no se habían casado aún, estuvieran cerca de esa unión que, tenía la esperanza, resultaría dichosa para ambos. La Valetta era un lugar precioso, cuanto más conocía el Mediterráneo, más se enamoraba de él, pero no podía hablar del mismo modo en términos de seguridad. Aunque Nelson había recuperado Malta pocos años atrás, las campañas napoleónicas en Egipto y Siria convertían la isla en un lugar estratégico que tal vez Francia quisiera reconquistar. Se alegraba de que su sobrina no se encontrara con él en un momento como ese.

Lord Chandler, que había meditado exhaustivamente la respuesta que debía dar a esta carta, se afanó en contestar. Comenzó su escritura alabando a la señorita Banister y sus virtudes, y en esto ocupó una cuartilla y media. Luego lamentó que no pudiera hablar del mismo modo de su sobrino, quien no había comprendido la responsabilidad de su título. Le explicó lo ocurrido y lo lamentó hasta cierto punto porque, después de reflexionarlo bien, pensaba que la señorita Banister se encontraba por encima de él en cuestiones morales y merecía a alguien mejor. Consideraba que la sensatez y la fidelidad hacia sus obligaciones no se hallaban entre las virtudes de su sobrino y que raramente habría sido difícil que hubiese podido hacer feliz a la señorita Banister. Le contó su intento en Londres de buscar un nuevo marido para su sobrina, por supuesto entre lo más selecto de la sociedad, pero que entonces había podido notar que la señorita Banister poseía un carácter independiente y que había llevado de modo ejemplar su decepción. Lord Middlegreen le había ofrecido una compensación económica por la ruptura, pero la señorita Banister no había aceptado. Lord Chandler se proponía como protector de la joven y le había abierto una cuenta en el Banco de Inglaterra con una cantidad que, si era bien administrada, resultaba suficiente para llevar una vida independiente, aunque sin lujos. Sobre este punto, afirmaba, no admitía discusión y, opinara lo que opinara el capitán Atkins, la decisión era irrevocable.

Lord Chandler no le comentaba que últimamente la señorita Banister estaba apática y floja de salud porque esperaba que fuera algo pasajero. Pero sí le contaba que, aunque la joven había recibido la invitación y el apoyo de la señora Stringle, había decidido quedarse en Cunderley.

Julia también se vio obligada a responder a la señora Stringle, pues ya había demorado demasiado su contestación para que no notara su tristeza. En la misiva rehusaba su invitación a Brighton, aunque no descartaba visitarla más adelante. Le decía que se sentía bien acogida por los condes y que ahora los ofendería si los abandonara, pero en realidad necesitaba seguir en Cunderley por si se recibían noticias de Tash. Sabía que ya no regresaría, pero tenía la esperanza de que escribiera a Lord Chandler.

Lord Chandler contrató finalmente a un secretario que había leído el anuncio en Londres y, aunque trabajaba en una firma de abogados, consideraba que su sueldo podía ser mejorado y no tenía familia que lo atara a la capital, así que se escribió al conde y se desplazó hasta Cunderley. El señor Bishop era un hombre de unos cincuenta años, la edad de Lord Chandler, y tenía un aspecto más apocado y menos decidido que Tash. Tartamudeaba al hablar, pero parecía buena persona y se presentó con referencias que, junto con la necesidad, convencieron a Lord Chandler.

Julia lo recibió como la sentencia definitiva de su separación de Tash.

El señor Bishop tuvo la suerte de empezar con buen pie, nada más llegar se supo que el juicio sobre las lindes de la zona norte había sido fallado a favor de Lord Chandler, y se quitó uno de los trabajos más farragosos y largos que había llevado Tash. Él era consciente de que el mérito no le pertenecía, pero lo entendió como una señal de buena suerte.

Julia se había disciplinado a comer y poco a poco recuperó su afición por los paseos, por lo que su color y su salud mejoraron, pero no su expresión. Fanny Bates venía a buscarla muchas veces para obligarla a salir, y pasaban largas tardes juntas, haciéndose compañía mutuamente.

—Fanny, ¿cuánto tardó en aceptar que ya no volvería a ver a George Wakefield? —le preguntó Julia a su amiga—. ¿Cuánto tiempo fue necesario para olvidar?

—No es un regreso, Julia, es una evolución, una madurez. Una ya no es la misma. Pero no quiero que me compadezca. Tuve la suerte de amar y ser amada y eso es una bendición.

La respuesta no la consoló.

—Tiene usted una fuerza envidiable.

—No, es la vida. La propia vida nos fortalece con los sufrimientos que nos va ofreciendo.

—No ha sido así en el caso de Lady Mary Rose.

—La primera vez fue doloroso, pero volvió a quedar en estado de buena esperanza. También la segunda. Pero ya no era el caso de superar la muerte de tres hijas, sino la sensación de sentirse maldita para siempre. Lady Mary Rose perdió la esperanza de dar a luz un hijo sano, no creo que el caso pueda compararse.

—Y supongo que las constantes sesiones de hipnosis y espiritismo a las que la somete madame Borem no ayudan.

—No, no creo que ayuden. Pero antes de que apareciera madame Borem, Lady Mary Rose ya había dado muestras de locura.

Julia no había quedado satisfecha con esa respuesta. Ni se veía capaz de sentirse tan fuerte como su amiga, ni de enloquecer como Lady Mary Rose. La lucidez aumentaba su dolor por el abandono de Tash.

Pensaba que, quizá una vez instalado, Tash escribiera a Lord Chandler para contarle su nueva situación. Entonces ella podría obtener su dirección y escribirle. Durante este tiempo había estado meditando algún pretexto para poder dirigirse a él y, aunque la excusa sonara débil, había decidido darle las gracias por ayudar a la resolución del tema de Mary Wakefield.

No fue público cómo se había arreglado el asunto, pero Mary Wakefield pasó a llamarse Mary Brandon y regresó a Winaton unos días con su marido para visitar a su familia. No hubo fiesta ni presentación oficial, pero el señor Wakefield se vio obligado a invitar a cenar a los condes y los Bates. A los primeros, por la amistad del señor Brandon con Lord Middlegreen y, a los últimos, porque el vicario había sido su confidente en el asunto de la huida.

Lady Mary Rose no fue a esa cena porque ese día había tenido jaqueca y deseaba descansar. Su marido agradeció que así fuera por si cometía alguna imprudencia.

La velada discurrió en términos formales. Los anfitriones simularon sentirse felices con el enlace y los invitados fingieron alegrarse por su dicha. Julia y Fanny apenas pudieron hacerse confidencias y en general estuvieron bastante calladas. Lydia Wakefield buscó un momento para decirle a la señorita Banister:

—Este final feliz, si puede considerarse feliz ya que mi padre ha tenido que aumentar la dote de mi hermana considerablemente, se debe a usted. Le agradezco nuevamente su colaboración.

—Sin la mediación del señor Tash no hubiera sido posible. Es a él a quien debe estar agradecida, señorita Wakefield.

Mary y William Brandon establecieron su residencia en Londres y prometieron regresar en Navidad.

En agosto, más recuperada y con la esperanza de que se recibieran noticias de Tash, Julia decidió ser útil en Cunderley. Madame Borem permanecía en cama por un resfriado de verano que ella consideraba una gripe y Lady Mary Rose vagaba desorientada e importunando a su marido o al servicio durante todo el día. Julia pidió consejo al jardinero y propuso a Lady Mary Rose crear un pequeño terrario para sembrar plantas exóticas. Encargó semillas a una tienda especializada de Londres y se puso manos a la obra. Compró revistas especializadas y trató de animar con ello a la condesa. Su idea era que Lady Mary Rose se ilusionara en algo, que tuviera un motivo para tratar de recuperarse y que este motivo la obligara a hacer algo de vida al aire libre.

Madame Borem miró con malos ojos esta iniciativa, pero postrada en su cama nada podía hacer. Lady Mary Rose se dejó seducir y el conde agradeció la implicación de la señorita Banister y lo celebró bebiendo un buen vaso de whisky.

El señor Bishop comentó en varias ocasiones que había demasiados asuntos entre los negocios de Lord Chandler para llevarlos una sola persona y le sugirió al conde la necesidad de un ayudante. Aparte de llevar al día las rentas de los arrendamientos de las casas de sus tierras, debía coordinar a los guardias del bosque, los vigilantes del peaje, los beneficios de las cosechas, el pago de los impuestos, las reformas de cualquier zona de los extensos terrenos de Cunderley, los asuntos de la caridad, etc., etc.

Lord Chandler no aceptó, pues no lo consideraba necesario, pero a finales de agosto, tras un par de confusiones que casi le cuestan una vieja amistad, condescendió a la idea de tener otra persona metida en casa. Y así llegó a Cunderley Greg Wise, un joven más interesado en ahorrar algún dinero y luego marcharse de allí que en medrar en una posición que le garantizara una estabilidad para toda la vida.

A diferencia de Tash, ni el señor Bishop ni el señor Wise se sentaban a la mesa con ellos, aunque tampoco lo hacían con el servicio, sino que comían en un recibidor aparte. Ambos entendían de números, pero no conocían el campo ni sabían nada de cosechas como Tash. El señor Bishop veía arrendatarios o jornaleros donde Tash encontraba personas y el señor Wise insistía en comprar maquinaria agraria para eliminar gastos en mano de obra.

En septiembre recibieron carta de Lord Middlegreen, que había regresado de Italia y se encontraba nuevamente en Londres. Le contaba a su tío que él y su esposa esperaban el nacimiento del bebé para finales de noviembre y deseaba que, antes de que se produjese tan feliz y deseado acontecimiento, pudiera reconciliarse con su tío. Se notaba que estaba nervioso cuando escribía, porque en la carta hablaba de las virtudes de su mujer y en el mismo párrafo comentaba las ventajas del clima Mediterráneo y de la suerte de la que había gozado la señorita Banister por haber podido vivir tres años en Menorca. No se olvidaba de enviar saludos para ella, que se había mostrado más comprensiva que los miembros de su propia familia.

—Si con esta carta pretendía conmover mi corazón, debería haber empezado por estructurar los temas antes de escribir —afirmó Lord Chandler—. Mi sobrino no cambiará nunca. En lugar de procurar el reposo para su esposa, se la lleva de viaje en su estado. Ha sido un imprudente y continúa siendo un imprudente.

Julia intercedió en favor de Lord Middlegreen apelando al bebé, pero el conde se mostró implacable en su decisión.

A finales de septiembre recibieron una carta de Margaret Winston, la hermana mayor de Lord Middlegreen, a la que no veían desde que se había casado cinco años atrás. Tenía tres hijos y nunca se había dignado ir a Cunderley para presentárselos. Su relación se limitaba desde hacía mucho tiempo a una carta con los mejores deseos de salud cada Navidad. Sin embargo, ahora apelaba al vínculo sanguíneo y al dolor de su hermano para suplicarle a su tío que aceptara en su casa a los recién casados.

Lejos de emocionarse, Lord Chandler se enfadó aún más y pensó que en estos momentos sentía más afecto por la señorita Banister que por cualquiera de sus sobrinos.

Llegó San Miguel y el tiempo cambió. Los cielos despejados se convirtieron en un recuerdo y la lluvia impidió que Julia y Lady Mary Rose disfrutaran de sus plantas en el jardín. Madame Borem se recuperó de su constipado y volvió a ejercer su influencia sobre la condesa. Cuando a mediados de octubre volvió a salir el sol, Lady Mary Rose no recordaba que ella se hubiera dedicado nunca a la jardinería.

–Yo ya tengo a mis flores –comentó–. ¿Para qué querría otras, señorita Banister?

XXXVII

El capitán Atkins no respondió inmediatamente a las novedades que había recibido desde Inglaterra, pues la prudencia le había obligado a no escribir mientras se sintiera preso de la sorpresa y el desengaño. Pero, cuando lo hizo, procuró ser amable con Lord Chandler, a quien, entendió, no podía culpar de lo sucedido. Agradeció la compensación económica con la que había tratado de resarcirse de la afrenta y la aceptó pensando en el futuro de su sobrina. Estuvo de acuerdo en delegar sus funciones de tutor al conde y confiaba en que, aquel pretendiente que él estimara digno de su Julia, igualmente obtendría su beneplácito.

También le dedicaba unas páginas a ella, en las que la felicitaba por su honestidad y la conducta con la que había llevado el tema, según le había contado Lord Chandler. Le deseaba ánimos y le vaticinaba un porvenir dichoso, pues ya en Menorca había llamado la atención de varios oficiales. Julia acababa de cumplir los veintiún años y a esa edad todavía no podía ser considerada una solterona, le recordaba. El capitán Atkins estaba convencido de que pronto cambiaría de apellido. Le comunicaba la decisión de Lord Chandler de abrirle una cuenta y la apelaba a aceptar. Si no lo hacía, ofendería el honor del conde. Cuando lo leyó, Julia tuvo sus dudas, pues ya empezaba a pensar que su futuro sería parecido al que Fanny esperaba para ella.

Julia encontraba distinto a Lord Chandler, lo notaba agobiado porque la administración de Cunderley ya no funcionaba como antes y se fijó en que empezaba a beber más pronto de lo habitual. El conde debía estar pendiente de asuntos de los que, con Tash, se había desentendido y el señor Wise le había traspapelado un mapa celeste, de gran valor, que ahora no lograba encontrar. Pero no solo se trataba de eso, sobre todo, Lord Chandler empezaba a conocer las hieles de la soledad. Con una esposa paranoica, la separación de su sobrino y la marcha de su hombre de confianza, con quien podía hablar de astronomía, política o aplicar el sentido común para solucionar cualquier inconveniente cotidiano, el conde se sentía solo. Agradecía la compañía de la señorita Banister y valoraba los ratos en que ella lo escuchaba.

Julia, que estaba preocupada porque, a partir del almuerzo, Lord Chandler siempre andaba pegado a su whisky, procuró no dejarlo solo demasiado tiempo. Lo que hasta ese momento había escuchado por consideración, empezó a crear interés en ella. El conde se alegró de encontrar en la señorita Banister una discípula de su conocimiento y muchas noches, si no llovía ni estaba nublado, subían juntos a la terraza para observar las estrellas. Julia conoció los planetas y las rotaciones de sus satélites y aprendió a distinguir las constelaciones y las claves de navegación de los marinos. Por las tardes, Lord Chandler y ella leían tratados de astronomía y él respondía a todas sus preguntas aún con mayor entusiasmo con el que eran formuladas. La correspondencia de Lord Chandler con algunos miembros londinenses de la sociedad lunar continuaba y ahora sí que tenía ganas de viajar a Londres, pero por motivos muy diferentes a los que podía atribuirse a una joven sin compromiso y en edad casadera.

Tash continuaba sin escribir, pero Julia recibió una carta del señor Preston en el que la informaba de que se había casado y, si le quedaba algún remordimiento por haberlo rechazado, debía borrarlo. Ella se alegró y respondió enseguida para expresarle sus mejores deseos de felicidad.

La correspondencia con la señora Stringle continuaba. Había conocido en Brighton a un grupo de viudas con las que paseaba por las mañanas y jugaba al whist por las tardes. Por el contenido de las cartas, Julia suponía que todos los cotilleos de Brighton pasaban por aquel grupo y salían de allí magnificados, pero notaba que la señora Stringle se encontraba bien. También hablaba con cariño de sus sobrinos, a pesar de que nunca le habían gustado los niños, y eso reafirmaba las sensaciones de Julia de que su vida resultaba placentera. La echaba de menos. Ella, por el contrario, no se expresaba con la misma sinceridad. Continuaba ocultando el estado de sus sentimientos y se olvidaba de contar las últimas excentricidades de Lady Mary Rose.

La condesa ya no solo confundía la vida y la muerte, sino también el tiempo y empezó a convertirse en una mujer olvidadiza y despistada que martirizaba a madame Borem y a sus doncellas. Confundía los días, los nombres de las personas y enredaba a todos sus sirvientes con la maraña mental con la que interpretaba su realidad.

Lord Chandler y madame Borem decidieron que lo mejor sería volver a pasar una temporada en Bath, aunque el doctor Lewes no estaba de acuerdo. Pero no hicieron caso de su recomendación y la condesa y madame Borem partieron para el balneario al día siguiente.

Fanny Bates visitaba a menudo a Julia por las mañanas y, cuando el tiempo lo permitía, paseaban durante unas tres horas por los bosques lindantes. Aparte de ella, el señor Bates y el doctor Lewes eran las únicas visitas que se recibían en Cunderley.

Cualquier observador objetivo, hubiera podido decir que la vida de la señorita Banister era limitada, pero ella no lo consideraba así. Vivía atada a la espera y era incapaz de verse a sí misma atrapada en una esperanza.

Una mañana de noviembre, aunque estaba lloviznando, Fanny llegó hasta Cunderley a caballo, lo cual sorprendió a Julia.

—No debería haberse arriesgado con este tiempo. Podría resfriarse.

—No tema por mi salud, sino por la de mi hermano —respondió Fanny apesadumbrada—. Jeremy, el pequeño, tiene la fiebre muy alta y le han aparecido erupciones rojizas en la piel.

—¿Lo ha visto el doctor Lewes?

—Vendrá esta tarde. Lo peor es que Greg quiere estar con él y mi madre y yo tenemos que vigilarlo para que no se le acerque. Este domingo, en la escuela, faltaban varios niños. Me temo que estemos ante una epidemia.

—Más motivos para no haber venido hasta aquí, Fanny. Está mojada, venga, vamos a la lumbre para que se caliente un poco.

—Gracias —aceptó y la siguió hasta el salón—. Pero debía venir.

Antes de continuar hablando, se cercioró de que no hubiera nadie cerca que pudiera oírlas.

—Mi padre ha recibido esto para usted —le comentó a la vez que le entregaba una carta.

—¿De quién es? —se ilusionó Julia.

—De Lord Middlegreen. Esta nota iba dentro de una carta dirigida a mi padre y en él le pedía que te la entregara confidencialmente.

—¿Lord Middlegreen? —se extrañó—. ¿Me escribe a mí?

—Eso parece. A mi padre no le ha gustado que le implicara en esto. Aprecia a Lord Chandler y no se siente tranquilo por lo que pueda intrigar su sobrino a sus espaldas.

—La leeré en voz alta y usted le referirá su contenido con detalle. Después, su padre puede decidir si yo me veo obligada a confesar su contenido a Lord Chandler.

—De acuerdo —aceptó Fanny.

Julia se decepcionó cuando leyó la carta. No había ninguna referencia a Tash. Lord Middlegreen le comunicaba que ya se había producido el feliz acontecimiento y que ahora era padre de una niña. Se llamaba Margaret, como su abuela y su tía.

—¡Otra *flor*! —se preocupó.

—No sea supersticiosa —la reprendió Fanny.

Lord Middlegreen, además, le anunciaba que su esposa, la niña y él visitarían Winaton en Navidad y que necesitaba la colaboración de la señorita Banister para interceder ante Lord Chandler. Se hospedarían en *El ojo ciego* y, desde allí le escribiría para saber cómo se encontraban las cosas en Cunderley.

—Me temo que mi padre no podrá objeciones a que lo ayude. Él opina que la familia siempre ha de reconciliarse.

—Lo ayudaré, Fanny. Si mis abuelos hubieran ayudado a mi madre…

Julia respondió a Lord Middlegreen, pero no se atrevió a preguntarle por Tash. El pretexto de agradecerle lo que había hecho por la señorita Wakefield, ahora no le servía. Ignoraba si el vizconde sabía lo que había hecho el señor Brandon y el escándalo y la preocupación que había supuesto aquello en Winaton. Pero sí le dijo que Tash les había dejado y que ahora tenían un nuevo secretario con ayudante incluido. También le contó que Lady Mary Rose estaba en Bath porque su demencia se veía cada día más pronunciada. Y poco más añadió.

Pensó que, si él conocía la marcha de Tash, tal vez aludiera a ella en su futura respuesta. Tal vez Tash le había dejado una nota de despedida y le había informado sobre sus nuevas señas. Se aferró a esa esperanza y al día siguiente, que ya no llovía, se dirigió a Winaton con la ilusión renovada.

En la oficina de Correos se enteró de que la epidemia de escarlatina se había extendido y oyó a una mujer decir que había muerto la hija de un granjero y se temía que de un momento a otro pudiera sucederle lo mismo al menor de los hijos del vicario.

Julia se alarmó. Después de entregar la carta, se dirigió a la iglesia para ver cuál era la situación y si podía ayudar. Nada más entrar por la puerta, supo lo que había ocurrido por la mirada perdida de Fanny. En cuanto esta vio a Julia, empezó a llorar.

Se abrazaron y permanecieron así durante un buen rato.

—¡Se ha ido Jeremy! —sollozaba Fanny— Y Greg también tiene fiebre. ¿Por qué ellos, Julia, si son inocentes? ¿Por qué Dios se los tiene que llevar a ellos?

El señor Bates regañó a su hija y le pidió que no blasfemara. Ella calló.

—¿Puedo ayudar en algo, Fanny? —se ofreció Julia.

—Gracias, señorita Banister, pero estos son asuntos de Dios —respondió el vicario.

—Si hay una epidemia, el doctor Lewes estará muy ocupado. Puedo pedirle a Lord Chandler que mande traer otros médicos de Londres.

—Un médico puede intervenir hasta cierto punto —recordó el señor Bates.

Fanny se calmó el llanto y acertó a decir:

—Le agradezco la intención, Julia. Si quiere, acompáñeme a buscar al doctor Lewes para que certifique la muerte y podamos enterrar a Jeremy. Mi madre cuida de Greg.

—Por supuesto que la acompaño.

Julia llegó a Cunderley con la fatal noticia y Lord Chandler lo lamentó y decidió que acudiría al entierro.

—El señor Bates siempre se ha portado muy bien con nosotros. Es reticente con la presencia aquí de madame Borem, pero siempre acaba viniendo para visitar a mi esposa.

—Yo esperaré en la vicaría para acompañar a Fanny y a su madre.

—No me gusta que acuda a casas en las que hay escarlatina, señorita Banister —se preocupó él.

—Milord, usted sabe que la señorita Bates lo haría por mí.

Durante los días siguientes, Julia acudió puntual cada mañana para ayudar a los Bates. Fanny velaba toda la noche y la ayuda de su amiga le venía bien para poder dormir. La señora Bates tenía otras ocupaciones, aparte de cuidar al pequeño Greg, y la colaboración de la señorita Banister se recibía con agradecimiento.

Julia traía leña de Cunderley para que el niño siempre tuviera fuego y el vicario acabó valorando todos sus detalles y empezó a tenerla en gran estima. La familiaridad que Julia sentía allí, le llevó a pedir ayuda al vicario para procurar reconciliar a Lord Chandler con su sobrino. El señor Bates consideró que la familia debía permanecer unida, aunque creía que la conducta del señor Brandon con sus vecinos los Wakefield no ayudaría a vencer la testarudez del conde.

A principios de diciembre remitió la fiebre del pequeño y la epidemia pasó dejando atrás seis niños muertos en todo el pueblo.

Unos días antes de Navidad, Fanny acudió a Cunderley en busca de Julia.

—Lord Middlegreen ha venido hoy a la vicaría. Se hospeda en El ojo ciego, con su esposa y su hija. Ha estado hablando con mi padre y, por lo que he entendido, desconocía que el señor Brandon hubiera regresado a Winaton a por Mary Wakefield. La noticia le ha afectado, pero no se ha sentido responsable.

—¡Oh! Y… ¿ha dicho algo más?

—Confía en poder entrevistarse con usted. La espera mañana por la mañana en Winaton, en la posada.

XXXVIII

—¡Señorita Banister! ¡Qué alegría ver un rostro amable que proviene de Cunderley! Está usted... más delgada —le comentó Lord Middlegreen cuando la señorita Banister entró en un reservado de El ojo ciego en el que la esperaban.

—Me alegro de encontrarle bien, y a usted también, Lady Olivia —respondió Julia acercándose al bebé—. ¡Oh, es tan bonita!

—¿Quiere usted cogerla? —le ofreció Lady Olivia.

—¿Me lo permite?

—Por supuesto.

Julia sostuvo a la niña en brazos y las dos mujeres se sonrieron.

—Señorita Banister, no sabe lo agradecidos que le estamos. Debemos tanto a su colaboración... Ha hecho usted más por nuestro amor que mi propia familia —recordó Lord Middlegreen.

—¡Y quién no haría algo por esta dulzura de niña! —dijo mientras le hacía unos arrumacos. Luego devolvió el bebé a su madre.

—¿Mis tíos están bien?

—Lady Mary Rose está en Bath con madame Borem, pero regresan mañana. Últimamente está algo despistada —le explicó.

—Hace ya diez años que desvaría. ¡Pobre tía Mary Rose...!

—No sé cómo voy a predisponer a Lord Chandler en favor de usted —reconoció—. Lo que ocurrió entre el señor Brandon y Mary Wakefield...

—Pero de eso no soy culpable. Mi tío siente predilección por encontrarme más defectos de los que poseo —se quejó.

—Lo sé. Pero usted lo trajo a Winaton. Tiene que entender al conde.

El señor Wakefield y él son amigos.

—Pero al final el señor Brandon cumplió. No sé por qué ha de darle tanta importancia.

—El señor Brandon cumplió porque el señor Wakefield pudo localizarlo y… añadió una suma importante a la dote inicial de su hija. ¡El señor Brandon solo buscaba dinero, no puede defenderlo!

—Y no lo defiendo. Pero el problema ya está solucionado.

—De todas formas, su tío está más nervioso desde que se fue el señor Tash.

—¿Mike se ha ido?

—Así es —respondió Julia que, al ver su sorpresa, perdió toda esperanza de que Lord Middlegreen pudiera ofrecerle información nueva.

—¿Dónde diantres se ha ido Mike? ¿Cuándo vuelve?

—Me temo que no va a volver. Se despidió a principios de verano y tenía intención de dirigirse a las Antillas.

—¿A las Antillas?

—Sí. Recibió la visita del hijo del señor Hurts. Le devolvió algo del dinero que le debía su padre para terminar de pagar a los acreedores. También dijo que había heredado unas tierras en una isla de las Antillas y le propuso al señor Tash asociarse con él. El señor Tash —tuvo que disimular su afección al contarlo— aceptó. Ahora tenemos al señor Bishop y su ayudante, el señor Wise, pero no son igual de eficientes que el señor Tash y Lord Chandler…

—¡Tan eficientes como Mike! ¡Nadie es tan eficiente como Mike! ¿Así que por fin se ha marchado? —preguntó retóricamente para tratar de asimilarlo—. Pensé que nunca sería capaz de dar ese paso —dijo al tiempo que miraba a la señorita Banister—. Me alegro por él.

Julia ocultó su decepción y trató de cambiar de tema.

—Todo esto ha alterado la rutina de Lord Chandler y me temo que no está en el mejor momento para reflexionar sobre ustedes.

—¿Y el espíritu navideño? ¿Cree que echará a su propio sobrino de Cunderley el día de Navidad?

—No creo aconsejable que se presente sin invitación, Lord Middlegreen. Pero tal vez sí pueda conseguirle una entrevista con Lady Mary Rose. Ella no es muy consciente de lo que ha pasado, y seguro que el bebé la conmueve.

—Sí, esa es una buena idea. Podríamos procurar que sea mi tía la que interceda por nosotros. ¡Así que Mike se ha ido!

—Pensé que lo sabrían, que el señor Tash se despediría de ustedes o escribiría a Lord Chandler, pero parece ser que ha zanjado todos sus asuntos con Inglaterra.

—Mike siempre ha sido muy suyo. Espero que mi tío no me acuse a mí también de su marcha.

Julia miró a Lady Olivia, que acunaba al bebé felizmente. Le pareció una mujer ingenua y enamorada, incapaz de ver la parvedad de su marido.

—Lord Chandler será justo en ese asunto —afirmó Julia.

—De acuerdo. Entonces esperaré noticias suyas y me indicará dónde y cuándo nos encontramos con Lady Mary Rose.

—Espero que regrese bien de salud.

—Sí, por supuesto. De otro modo, deberíamos cambiar de estrategia.

Lady Mary Rose regresó bien de salud, pero la cabeza continuaba gastándole malas pasadas. Los baños termales le sentaban bien, pero madame Borem había tenido que estar pendiente de ella todo el tiempo y no había gozado de la independencia de otras ocasiones. La francesa estaba de malhumor y alegó jaqueca para ausentarse del salón.

Julia no sabía si sería oportuno llevar al bebé ante la condesa, pero era la única esperanza de reconciliación. Así que, a través de Fanny, acordó una cita con Lord Middlegreen y su familia a la entrada el bosque cercano a Cunderley. Por su parte, los días previos, el señor Bates se había empeñado en dar discursos sobre la familia cada vez que se encontraba a Lord Chandler.

Hubo de esperar a que madame Borem estuviera ocupada para abordar a Lady Mary Rose y proponerle un paseo por el jardín. La condesa no estaba muy entusiasmada con la idea, pero Julia le propuso coger flores para después secarlas juntas. Con eso consiguió sacarla de la casa y poco a poco la llevó hasta el lugar acordado con Lord Middlegreen.

Cuando vio a su sobrino, la condesa exclamó:

—Yo lo conozco. Usted trabajaba para los Winston. ¡Qué elegante se le ve ahora!

—¡Tía Mary Rose! Soy yo, Middlegreen, ¿no me reconoce?

—¿Se llama Middlegreen? Yo tengo un sobrino que se llama Middlegreen. Pero nunca viene a visitarnos.

—Soy yo, tía. Y he venido a verla.

Lady Mary Rose lo observó desconcertada y Julia intervino para confirmar que, efectivamente, se trataba de su sobrino.

—¿Y por qué no estás con el profesor de francés? Siempre se queja de que eres un muchacho poco aplicado.

Lord Middlegreen, que había sido avisado por la señorita Banister, comprendió que su tía confundía la realidad con los recuerdos y la abrazó cariñosamente.

—Está usted muy guapa, tía. Me temo que todavía conquista muchos corazones.

—¡Oh, Middlegreen! ¡Siempre tan meloso!

—Tengo que presentarle a alguien, tía. Espero que sea de su agrado.

Lady Mary Rose observó a su esposa y esta le acercó al bebé.

—¡Oh, Violet! ¡Middlegreen, me has traído a Violet!

—Se llama Margaret, tía, y es mi hija.

—¿Margaret? No tengo ninguna hija que se llame Margaret. Tal vez la próxima, si Dios me concede la suerte de darle otra hermana a mis tres hijas.

Lady Mary Rose cogió a la niña y la acunó con ojos llorosos.

—¡Violet, querida Violet! —le puso una mano en la frente—. Middlegreen, ¡ya no tiene fiebre! ¡La has curado!

Julia estaba profundamente conmovida con la estampa, pero temía que Lord Chandler no se emocionara tan fácilmente.

—¿Por qué no la entra en la casa? Aquí puede coger frío —le indicó su sobrino.

—Sí, eso haremos. Te voy a poner en tu cunita, Violet.

Julia acompañó a la condesa hasta la casa. Cruzaba los dedos para que el conde no la regañara por esta pequeña traición.

Lord Chandler estaba en el salón y entró decidida. Lord Middlegreen y Lady Olivia esperaban en el jardín y Julia acompañaba a la condesa.

—Querido, la niña ya se ha curado —le dijo a su esposo—. Dios nos ha bendecido con una buena salud.

—¿De dónde has sacado ese bebé? ¿La han abandonado en la entrada? ¿O es que acaso alguna criada no se ha portado como debía?

—¿Qué dices? ¡Es Violet! Fíjate, tiene tus ojos.

Lord Chandler observó a la niña y se fijó en sus ojos. Sin que él apenas se diera cuenta, su esposa colocó a la niña sobre sus brazos.

—¿Quién es, querida? —volvió a preguntar.

—Esta niña lleva su sangre, milord. Es la hija de Lord Middlegreen.

—¿Middlegreen está aquí?

Julia asintió.

—Seguro que también ha traído a Rose y Hyacinth. Middlegreen siempre me trae flores —dijo Lady Mary Rose.

Lord Chandler miró a la niña y se sintió derrotado. Julia observaba su reacción y tuvo esperanzas de que el corazón del hombre se conmoviera.

—Señorita Banister —le indicó—, dígale al mentecato de mi sobrino que puede entrar.

Media hora después James se dirigía con el carruaje hacia El ojo ciego para recoger el equipaje y Lord Middlegreen y su nueva familia fueron acogidos en Cunderley.

Lady Olivia era tímida e impresionable y se sentía incómoda y temerosa cada vez que se hallaba en presencia de madame Borem. Pero Julia estaba siempre a su lado para ayudarla y poco a poco se acostumbró a los modos intimidatorios de la francesa y a las excentricidades de la condesa. Afortunadamente, estas no eran peligrosas para el bebé.

Observando la felicidad de aquella familia, Julia sintió que allí sobraba. De pronto comprendió que Tash nunca escribiría y se sintió más sola que nunca. Aquel lugar le dañaba. Había perdido la esperanza y solo permanecía aferrada al pasado. Debía reaccionar, cambiar de aires, alejarse de allí. Habló con Fanny repetidas veces sobre ello, aunque calló nuevamente sus sentimientos hacia Tahs, y reflexionó bien su decisión antes de tomarla.

Finalmente escribió a la señora Stringle y le comunicó su intención. Esperó a recibir respuesta para confirmar que su presencia en Brighton no resultaría molesta y, cuando la obtuvo, habló con Lord Chandler.

—Desearía vivir en Brighton, con la señora Stringle, si usted no me necesita.

XXXIX

–Estoy muy contenta de tenerla aquí, señorita Banister –repetía la señora Stringle una vez acompañó a Julia a la que sería su nueva habitación–. Me sentí tan apenada con la noticia de la ruptura que no deseaba otra cosa que poder consolarla. No entiendo cómo ha permanecido tanto tiempo allí. Lord Chandler no debería haberla retenido. Tenerla allí era como una burla.

–No diga eso, señora Stringle. Lord Chandler ha sido muy bueno conmigo. El primer ofendido por la ruptura de su sobrino fue él. ¡Imagínese! Se sintió deshonrado y avergonzado ante mi tío.

–Es lo menos que podía hacer.

–Trató de buscarme un nuevo pretendiente –sonrió–, fue algo ridículo. Aquel viaje a Londres, que entonces me pareció asfixiante, tuvo sus ventajas, si se mira con perspectiva. Aprendí que no se puede huir.

–La señora Watson nunca me cayó bien.

–Ahora soy independiente económicamente. No tengo una gran fortuna, pero podré instalarme por mi cuenta. Aprovecharé los primeros días para alquilar una habitación.

–¿Piensa dejarme?

–No, la visitaré cada día.

–¡Ni hablar! Esta casa es grande y cómoda y mi hermana está encantada de que yo me sienta acompañada. La diferencia de edad entre las dos… hace que me vea como a una madre refunfuñona.

–Dudo de que alguien pueda pensar que usted es refunfuñona –desmintió Julia.

–Éramos once hermanos, ahora solo quedamos cuatro. Cuando

nació Caroline, yo ya estaba casada, aunque es cierto que me casé joven. Muchos hombres se disputaban mi mano, pero yo siempre había estado enamorada de Walt Stringle. Si hubiera sabido que moriría a los cinco años de matrimonio… no hubiera elegido a otro –recordó–. Pero lo que quería decirle es que tanto Caroline como yo estamos acostumbradas a que haya gente en casa. Usted debe quedarse, ya ve que hay espacio suficiente.

–No me gustaría molestar.

–¡Todo lo contrario! Además, el señor Adams nunca está en casa. Ha pasado aquí las navidades, igual que los dos niños, pero su carrera de diplomático lo obliga a estar siempre viajando. Emily está casada y solo queda la pequeña Charlotte, pero de ella se ocupa la señorita Seymour. Cuando recibimos su carta, Caroline se alegró sinceramente.

–Entonces, me permitirán al menos que pague una pensión –dijo Julia, que había empezado a deshacer su equipaje.

–¡Qué ocurrencia! ¿Cree que no pagará su manutención haciéndome compañía? No es fácil encontrar jóvenes con su paciencia. En mi época, la juventud estaba mejor educada que ahora. Eso sí, se verá obligada a no tener una doncella en exclusiva para usted, pero Harriet puede peinarla. Nos peina a todas y tiene muy buen gusto.

–Siento que abuso –protestó Julia.

–Dentro de un mes sentirá que la que abusa de usted soy yo. Pero, deje que la ayude. Ese vestido es nuevo, creo que debe favorecerla ese color.

–Sí, Lord Chandler me compró más ropa cuando estuvimos en Londres. Siempre ha sido muy generoso conmigo. Y después, en Winaton, insistía en que visitara al sastre. Pero mi vida en Cunderley era menos social.

–Debe usted haberse aburrido mucho. Excepto los comentarios sobre el incidente de Mary Wakefield, poco más entretenimiento debe haber encontrado allí.

–Ahora sé distinguir las constelaciones.

–Muy útil para recomendarse a un caballero.

Julia sonrió. Le gustaba la ironía de su amiga.

–Lástima que aquí llueva tanto –insistió la señora Stringle.

–Pero estamos cerca del mar.

–Desde las ventanas del pasillo del piso superior, se puede ver. Estamos a trescientos metros de la orilla. Cada mañana, si no llueve mucho, suelo pasear con un grupo de mujeres de aquí. Y mañana la llevaré a conocer las terrazas georgianas del paseo marítimo y le presentaré a mis amigas. Seguro que le gustarán. ¡Ah! Y, por favor, si le preguntan si Lady Hamilton estuvo en Menorca, diga usted que sí –le suplicó–. También le pediré al yerno de mi hermana que la lleve a ver el semáforo. ¡Oh! ¿Qué es esto? ¿Guarda un pañuelo sucio?

Julia se ruborizó. No había caído en la cuenta de que la señora Stringle podía encontrar el pañuelo con la sangre de Tash que guardaba como un tesoro.

–Lo mandaré a limpiar –convino la mujer.

–¡No! –pidió Julia–. No tiene importancia. Lo limpiaré yo.

La señora Stringle miró sorprendida a su amiga.

–Parece sangre reseca –comentó.

Julia asintió avergonzada.

–¿De Lord Coleman?

–No.

–¿Y bien?

–No es nada. Me hice una raspadura cuando montaba a caballo. Me olvidé de limpiarlo, pero lo haré yo –mintió.

–Con mucha fuerza debió brotar la herida… –dudó la señora Stringle–. Así que, al fin y al cabo, sí había un motivo para que usted permaneciera en Cunderley.

–Se equivoca. Pero puedo lavarlo yo sin mayor problema –insistió Julia.

–Um…

–Señora Stringle, es usted muy imaginativa.

–Y sus mejillas, de fácil color.

Pero la señora Stringle no logró obtener nueva información sobre ese pañuelo. Julia se resistió a lavarlo y lo escondió dentro de la carta que había recibido tiempo atrás de la escuela de señoritas de Londres, en la que le informaban de que la señorita Tash ya no estaba con ellos. También la guardaba.

Julia cenó con la señora Stringle, la señora Adams, la pequeña Charlotte y la señorita Seymour. A la mañana siguiente acompañó al paseo marítimo a la señora Stringle y a sus amigas, Lady Evelyn, la señora Randall, la señora Dorrit y la señorita Vernon, que era la única que, al no haberse casado, no había quedado viuda. Todas ellas habían cumplido, al menos, los cincuenta años y leían las columnas de sociedad de los periódicos con un interés inaudito. No sucedía nada en Brighton que no pasara por ellas y acabara convertido en escándalo. El último incidente había sucedido hacía ya un mes y aún coleaba.

–¿Sabe usted que la señora Tucker organizaba una cena con más de treinta comensales y, justo el día antes, la señora Pemberton, que también estaba invitada, le robó a la cocinera? Tan amigas y ahora son irreconciliables.

Todas las mañanas paseaban cerca del mar, aunque muchas veces debían llevar paraguas.

—No se preocupe, ya llegará el verano y podrá disfrutar del mar —le decían —. Ya verá como entonces esto se llena de solteros.

Por las tardes jugaban al whist en casa de Lady Evelyn, excepto los viernes, que quedaban en casa de la señorita Vernon para celebrar la tarde del jengibre.

—Cuando yo llegué, ya le llamaban la tarde del jengibre —le explicaba la señora Stringle a Julia—. Pero no hay pastas de jengibre, solo té. Me contó la señora Randall que la primera vez sí hubo pastas de jengibre y por eso lo llaman así. Pero ya se habrá fijado usted en que la señorita Vernon no es muy generosa. Bueno, en cuestiones de lengua sí lo es. Ella va contando que Lady Evelyn tuvo un amante dos años después de enviudar, pero yo creo que no es verdad. Lady Evelyn es una mujer respetable. Tiene un hijo soltero que la visitará en julio. Yo lo conocí el verano pasado y es muy apuesto. Bueno, vendrán sus seis hijos y todos los nietos, pero el único soltero es el baronet. La señora Randall tiene una sobrina y pretende casarla con él, pero yo lo impediré.

—¿Y cómo piensa impedirlo? —preguntó ingenuamente Julia.

—¡Oh, presentándoselo a usted, claro está!

Julia le suplicó que no tratara de ejercer el celestinaje con ella, pero la señora Stringle no era fácil de convencer. Se temía que, al llegar el verano, Brighton con la señora Stringle pudiera convertirse en un Londres con la señorita Foster.

Los sábados por la noche iban a cenar a casa de la hija casada de los Adams y, aunque la señora Stringle negara que le gustaran los niños, disfrutaba del nieto de su hermana cuando lo tenía en brazos. Julia se sentía acogida en aquella familia.

En febrero la señora Dorrit viajó a Londres para acudir a la polémica ejecución de Despard, pues uno de sus hijos le había conseguido un palco con buenas vistas. Cuando regresó a Brighton, alardeaba de ello y se sentía superior a las demás. No escatimaba detalles ni sobre el ahorcamiento ni la decapitación.

—Fue una lástima que no lo arrastraran por la plaza y lo descuartizaran después —se lamentaba.

—Usted sabe que era inocente. Hasta el propio Nelson testificó a favor —le recriminaba la señorita Vernon.

En marzo se conoció el compromiso del hijo de Lady Evelyn con una debutante vinculada con la realeza, con lo cual el protagonismo del que había gozado la señora Dorrit se vio sustituido por el de su amiga y la señora Randall se sintió incómoda con ello.

—Deberemos buscar otro pretendiente —le comentó la señora Stringle a Julia, quien, por su parte, se sintió aliviada.

Las cartas de Winaton se sucedían. Julia mantenía contacto con Fanny, que había prometido visitarla en verano, y con Lord Chandler, que disimulaba la tristeza que le había producido la marcha de la señorita Banister, pero se alegraba de que el contacto con su sobrino fuera más frecuente y de poder disfrutar de la pequeña Margaret. Ni unas ni otras cartas mencionaban noticias de Tash.

La peor noticia se recibió desde la India. El hijo de la señora Stringle se había contagiado de la malaria y estaba obligado a guardar reposo y luchar contra la fiebre. La señora Stringle se preocupó y se lamentó de no estar con él.

—Su esposa es tan poco útil para estos casos…

Hasta finales de abril no volvieron a tener noticias y, aunque el señor Stringle continuaba con fiebre, los médicos decían que lo peor había pasado.

Julia también se carteaba con su tío y, por las noticias que le llegaban desde Malta, sabía que se oían rumores de guerra, pero no fue hasta mayo en que se reanudó la contienda entre Inglaterra y Francia. Napoleón volvía a ser el gran enemigo.

Durante esos meses, no solo la señora Stringle, sino también sus amigas, se habían encariñado con Julia. La señorita Banister era servicial y sabía escuchar, decían, características ambas muy valoradas entre las mujeres de su edad. Todas, cada una a su manera, se sentían algo protectoras de la joven y, excepto la señora Randall, que tenía intereses en el futuro de su sobrina, el resto hablaba de los solteros conocidos que llegarían en verano.

—¿Este verano también vendrá el señor Sinclair, aquel amigo de su hijo? —le preguntaba la señora Dorrit a la señora Randall—. Es un joven muy agradable y le gusta la astronomía, señorita Banister, encontrarán un tema en común.

—Creo que tendremos que descartar al señor Sinclair. Está prometido y se casará este verano con la señorita Tash, según me contaba mi hijo en su última carta —respondió la señora Randall.

XL

—¿La señorita Tash? —preguntó la señora Stringle sin notar que Julia se había puesto nerviosa al oír ese nombre—. En Cunderley había un señor Tash, tal vez sean familia.

—Sé que el señor Tash tenía una hermana —comentó Julia tratando de aparentar calma.

—No creo que tengan relación —negó la señorita Vernon—. Esta señorita Tash viene de las Antillas, aunque es inglesa. Se conocieron porque el señor Sinclair se dedica al comercio y viaja allá muy a menudo. Pero residirán en Londres, él ha mandado reformar la casa.

—Dudo de que el señor Tash de Cunderley tenga una hermana en las Antillas —consideró la señora Stringle—. No creo que estén relacionados, ¿le ha contado algo sobre ese tema Lord Chandler en alguna de sus cartas, señorita Banister?

—Dudo de que Lord Chandler esté informado de esta boda. El señor Tash dejó Cunderley hace mucho tiempo —respondió Julia tratando de no mirar directamente a los ojos a la señora Stringle—. Se marchó a las Antillas y se llevó a su hermana, así que es probable que la señora Randall esté hablando de la misma persona.

—¿El señor Tash dejó Cunderley? No me había contado nada.

—No me pareció importante.

—En Cunderley nunca ocurría nada importante. Debió de aburrirse usted mucho. Menos mal que ahora está con nosotras para entretenerse.

Julia se alegró de que Lady Evelyn interviniera. Pero temía que la señora Stringle volviera a preguntarle por la marcha de Tash cuando regresaran a casa.

Sin embargo, no fue así. En cuanto llegaron, la señora Adams le comunicó a su hermana que había recibido una carta desde la India y la señora Stringle se apresuró a cogerla y sentarse cerca de una ventana para tener buena luz.

Enseguida cambió de color y sus ojos se llenaron de lágrimas. Después se derrumbó sobre la mesa y Julia, preocupada, acudió a su lado, temiéndose lo peor. La señora Stringle la cogió de la mano y se la apretó, pero fue incapaz de articular palabra. La carta estaba abierta ante ellas y Julia pudo leer que comenzaba lamentando la muerte del señor Stringle.

—Pensé que había mejorado —le dijo a su amiga.

—Sí, yo también lo pensé. ¡Pobre Charles! ¡Tan joven!

La señora Adams acudió a su lado cuando oyó los lamentos. Miró a su hermana y supo que algo terrible había sucedido.

—¿La malaria? —preguntó.

—Sí —respondió la señora Stringle entre hipos—. Debería haberme ido con ellos. Yo hubiera podido cuidarlo.

—No piense eso —dijo Julia—. Usted no podría haber hecho nada, solo contagiarse también.

—Pero no es justo que mueran los hijos antes que los padres… Iban a venir en verano. Tenía tantas ganas de ver a Charles…

La señora Adamas preparó unas hierbas tranquilizantes y se las sirvió. La señora Stringle no quiso tomárselas y pidió que la dejaran sola. Aquella tarde no quiso jugar al whist y Julia se quedó con ella en silencio, ocupada en un libro pero pendiente de ella por si la necesitaba. Ambas se acostaron pronto.

Al día siguiente la señora Stringle tampoco quiso salir a pasear, pero Julia sí se acercó hasta la playa, aunque en una dirección distinta por la que solía pasar con las demás mujeres. Quería estar sola. Pensaba en su amiga, pero también en la señorita Tash. Se preguntaba si alguna vez ella vendría a Brighton con su marido, invitados por el hijo de la señora Dorrit. Se sentía tonta por continuar pensando en Tash. El dolor ya no era tan penetrante como al principio, cierto, pero siempre estaba ahí, dispuesto a no permitir que Julia pudiera olvidar al único hombre que le había producido tantos sentimientos encontrados y luego un amor tan profundo. Se preguntaba si él ya habría superado el suyo y sabía que probablemente fuese así. Si Tash continuara enamorado de ella, habría regresado o, por lo menos, escrito a Lord Chandler para averiguar si permanecía soltera. Pero no había hecho ni lo uno ni lo otro. Ya no la amaba. Resultaba inútil toda esperanza y deseaba que pronto se borraran sus emociones como borraba el mar cuanto escribiera en la arena.

Unos días después, recibieron carta del Ministerio del Estado de India en la que les informaban de que el féretro del señor Stringle, junto con su viuda, llegaría a Londres dentro de dos semanas y la señora Adams recordó que en esas fechas su marido estaría allí.

–Douglas puede encargarse.

–No, yo quiero ir –suplicó la señora Stringle–. Lo enterraremos en Londres, con sus abuelos. La señorita Banister podría acompañarme, si es tan amable.

–Por supuesto –asintió Julia.

–Ya sé que no le gusta Londres, pero se lo agradeceré enormemente, querida.

Diez días después, las dos tomaban la diligencia hacia Londres. Aunque Julia lo sugirió, la señora Stringle no consideró oportuno detenerse en Winaton. Opinaba que su amiga recordaría las ofensas sufridas y no tenía los suficientes ánimos para compartirlos. En realidad, Julia pensaba en Fanny. Durante el viaje hablaban poco. La señora Stringle estaba afligida. Hubiera deseado pasar los últimos meses con Charles, debería haber ido a la India cuando el señor Adams se lo propuso en Navidad. Pero había optado por la comodidad de Brighton esperando que su hijo se reuniera en verano allí con ella. Y ahora ya no había verano para su hijo.

El señor Adams fue a recibirlas y las trasladó a un buen hotel en la zona de Picadilly. Después de deshacer sus maletas y asearse, cenaron los tres en el restaurante del hotel y el señor Adams y Julia procuraron hablar de temas entretenidos para que la señora Stringle no estuviera desanimada.

El señor Adams les contó que en Escocia habían fabricado un barco de vapor y que muchos auguraban que sería el medio de transporte del futuro.

–No diga usted tonterías, querido. La cantidad de carbón que necesitaría un barco para hacer trayectos largos acabaría hundiéndolo. No es lo mismo navegar por un río, que uno puede detenerse y recargar carbón cuando quiera, que atravesar el océano –consideraba la señora Stringle.

–Pues todo el mundo habla del Charlotte Dundas como de un prototipo que tendrá éxito. Sobre todo se han interesado en él desde las antiguas colonias.

–Bueno, los americanos son raros en todo –opinó la señora Stringle.

–Pero nos ganaron una guerra. Pocas naciones pueden alardear de ello –le decía su cuñado.

El féretro llegaría dentro de unos días y la señora Stringle quería dedicar la siguiente jornada a visitar el Ministerio para arreglar los papeles y acercarse al cementerio para tener preparada la tumba de su hijo. Antes de salir de Brighton, había recibido carta de sus consuegros en los que le comunicaban que también irían a Londres y se encontrarían allí.

–No es necesario que me acompañe –le dijo a Julia–. Si prefiere visitar a la señorita Foster, lo entenderé.

–Me alegro de que no pierda usted su sentido del humor –le respondió Julia.

Ocuparon el primer día en asuntos burocráticos. El señor Adams las acompañó y sus influencias como diplomático les evitaron una larga cola. A pesar de su estado anímico, la señora Stringle se veía con fuerzas y prefería caminar siempre que podía. El señor Adams, por el contrario, hubiera deseado trasladarse en coche, pero excepto el trayecto de ida y vuelta al cementerio, el resto del día caminaron.

Al anochecer, Julia y el señor Adams estaban más cansados que la señora Stringle o, al menos, eso parecía.

Al día siguiente el señor Adams estaba ocupado y la señora Stringle deseaba visitar jugueterías para comprar algo para sus sobrinos y su sobrino nieto.

–Me temo que tendremos que comprar dos baúles nuevos, señora Stringle, si continúa encaprichándose con todo lo que ve –le decía Julia.

–¡Oh, todavía no me he decidido! Pero quiero verlo todo.

Julia sospechaba que la señora Stringle disfrutaba más tocando todos esos juguetes que los propios niños.

–¿Cree que es muy pronto regalarle un diario a una niña de nueve años?

–Tal vez convenga esperar un poco más. A esta edad se es muy inconstante en estos temas.

–Cumplirá diez a final de año. Tal vez sí me incline por llevarle uno.

Cuando se decidió por unos soldaditos de plomo, el diario personal y una muñeca de porcelana, entregó la dirección del hotel y pidió que se los llevaran allí. Luego propuso buscar algún lugar donde poder almorzar algo. Por la tarde tenía intención de visitar unos jardines y por la noche habían quedado para cenar con el señor Adams. Julia pensó que, a este paso, pronto echaría de menos la rutina de Brighton. Afortunadamente, llegaron con el suficiente tiempo para poder asearse y descansar media hora.

El señor Adams fue a recogerlas a la hora prevista. La señora Stringle estaba contenta por poder cenar en Dustin's House, el restaurante del que Lady Evelyn hablaba a menudo.

—Ahora ya no lo frecuentan solo aristócratas, también van empresarios e industriales. He encargado mesa porque sabía que era su capricho —le dijo su cuñado—. La calidad de la comida y la atención del servicio no han decaído.

—Lady Evelyn es una mujer con buen gusto. Seguro que cenaremos bien.

—Por el precio que pagaremos, eso espero.

—La señora Stringle también insiste en comprar pastas de jengibre para llevar a Brighton —recordó Julia—. Si usted nos pudiera recomendar dónde hacen las mejores de Londres, mañana mismo iremos.

—Son para la señorita Vernon, así los viernes en su casa harán honor a su nombre.

—Nos lo imaginábamos, querida —respondió su cuñado.

El señor Adams era conocido en aquel restaurante y le habían reservado mesa cerca de la chimenea.

Había un piano y un violín que amenizaban la velada y el camarero que les sirvió se esmeraba por lograr una buena propina.

La señora Stringle comió como si nunca hubiera perdido el apetito y se empeñó en probar, y hacer probar a sus compañeros de mesa, los platos que le había recomendado Lady Evelyn.

El señor Adams les señaló a varias personas conocidas.

—Aquel de allí, que está con cuatro damas y dos caballeros, es el doctor Willis.

—Debería hablarle de Lady Mary Rose, querida —dijo la señora Stringle a su amiga—. Si ha curado al rey, podrá tener esperanzas con ella.

Julia sonrió.

—Y aquella de allí es una hermana de Sarah Lennox.

—No es muy bonita —dijo la señora Stringle.

—Ya no es joven —le recordó su cuñado.

Pero ese tema animó a la señora Stringle y le pidió al señor Adams que le pusiera al día de los cotilleos de la corte. Él exageró los que conocía e inventó alguno que otro para que no decayera el humor de su cuñada.

Cenaron tan bien como habían esperado y, antes de salir, cuando ya estaban de pie, la señora Stringle quiso ir al tocador.

—La acompañaré —le dijo Julia.

—Solo voy a empolvarme la nariz, querida, no necesito su ayuda. Mientras, ustedes pueden recoger los abrigos, así no nos demoraremos.

El señor Adams pagó la cuenta y luego se dirigió al guardarropa. Julia lo acompañó.

—Parece que la señora Stringle está más animada —le comentó a su compañero.

—Es una mujer fuerte —admitió él.

Cuando les entregaron sus prendas, el señor Adams ayudó a la señorita Banister a colocarse su abrigo. En esos momentos, ella hizo un movimiento para girarse y quedó petrificada y sin aliento al notar que se encontraba a dos pasos del mismísimo Tash.

XLI

Tash la saludó con un movimiento de cabeza, pero no dijo nada. Ella correspondió del mismo modo y luego bajó la mirada.

—Las noches aún son frías —comentó en esos momentos el señor Adams, pero Julia no lo oyó.

Tash también estaba sorprendido. La había visto hacía unos instantes y no sabía cómo reaccionar, pero la observación de la complicidad de ella con aquel caballero le confirmó sus sospechas.

Cuando vio que ella bajaba los ojos, pensó que continuaba ofendida por lo que había ocurrido la última vez que se vieron y admitió que tenía motivos. Todavía se arrepentía de lo indecorosa que había sido su conducta.

Desalentado, se disponía a alejarse de allí cuando la voz de la señora Stringle lo retuvo.

—¡Pero qué casualidad, señor Tash! Hace unos días estábamos hablando de usted y nos preguntábamos si la señorita Tash que va a casarse con el señor Sinclair es su hermana.

—Buenas noches, señora Stringle —respondió algo aturdido por el repentino abordaje—. Sí, se trata de mi hermana. Ambos están sentados en aquella mesa —señaló.

—¡Oh, el señor Sinclair! El verano pasado estuvo en Brighton con el señor Randall. ¿Conoce usted al señor Randall?

—No tengo el placer.

—Es el hijo de la señora Randall, mi vecina. Es un caballero muy responsable y me pareció que el señor Sinclair también lo era. ¿Verdad que sí, señor Adams? —preguntó a su cuñado y este asintió.

–Lo es. De otro modo –dijo con voz entrecortada y mirando al señor Adams– no le hubiera concedido la mano de mi hermana.

–Sospechamos que se trataba de su hermana cuando la señora Randall nos dijo que la había conocido en el Caribe. ¿Usted continúa en el Caribe o ha vuelto a Inglaterra?

–Estoy aquí solo por la boda de Anne.

Tash se fijó en que Julia estaba incómoda y él tampoco se sentía reconfortado con aquella situación.

–Ha sido un placer, señora Stringle. Señor Adams, señora Adams –se despidió.

–¡Oh! ¡Ha pensado que está usted casada! –dijo la señora Stringle en cuanto él regresó a la mesa en la que estaba su hermana.

Julia se sintió sobrecogida. Al apuro del encuentro ahora se sumaba el equívoco que no sabía cómo romper. Deseaba haber actuado de forma muy distinta a como lo había hecho, pero la turbación la había paralizado. Los ojos de Tash la desestabilizaban y fulminaban su voluntad.

Mientras el señor Adams ayudaba a la señora Stringle a colocarse su abrigo, esta no disimulaba su interés en observar a las personas que estaban sentadas a la mesa del señor Tash.

–El bronceado le sienta bien –comentó una vez se hubieron sentado en el coche–. ¿Qué le ha contado, señorita Banister?

–Nada. Acabábamos de encontrarnos cuando usted ha llegado –respondió tratando de disimular su azoramiento.

–Se nota que ha prosperado. Y va a casar a su hermana nada menos que con el señor Sinclair.

–Me parece que he oído hablar del señor Tash –intervino el señor Adams–. ¿Fue diputado en el Parlamento y ahora es socio del señor Hurst?

Julia asintió.

–Se ha hablado mucho de ellos en mi círculo. Son abolicionistas y han dado la libertad a sus esclavos. Les pagan un sueldo, les establecen un horario e intentan educar a sus hijos… Como supondrán, los demás terratenientes temen que esto pueda dar ideas a otros negros. Después de lo que ocurrió en Haití…

–No sabía que el señor Tash hubiera mejorado tanto su situación. ¿Se encuentra bien, señorita Banister? La noto más pálida.

–Estoy bien, gracias.

–Espero que no se trate de la comida. Lady Evelyn tenía razón, la calidad es extraordinaria, ¿no cree?

Julia respondió con un gesto, pero no habló. Procuraba mirar por la ventana para que no se notaran sus ojos humedecidos. Había perdido su última oportunidad y no podía bajar del carruaje y regresar al restaurante. Todo lo que había fantaseado sobre ese momento, se había esfumado. Tash no solo no había dado ninguna muestra de interés, sino que además había procurado quedarse el menor tiempo posible a su lado. Ella había hecho lo mismo, de acuerdo, pero en su caso era porque se encontraba turbada y había tenido un ataque de timidez.

Afortunadamente, se hallaban cerca del hotel y pronto llegaron a su destino. El señor Adams se despidió y, cuando subían por las escaleras, la señora Stringle le dijo a la señorita Banister.

—No entiendo por qué le disgusta tanto.

—¿El qué?

—El señor Tash.

—No sé por qué dice eso.

—No se ha dignado hablar con él y se nota que está disgustada —observó—. Yo tampoco estoy de acuerdo con estos cambios de clase. Antes, quien era criado, lo era para siempre. Ahora unos se arruinan y otros se enriquecen. Ya no puede estar muy segura una de quiénes son los suyos.

—El padre del señor Tash perdió su fortuna por ayudar a un amigo. Si el señor Tash ha logrado mejorar su estado, me parece justo.

—Sí, pero lo conocimos siendo un criado y ahora casa a una hermana con el señor Sinclair. Parece como si ya no hubiera límites.

Julia no contestó, no tenía ganas de hablar y menos sobre ese tema. Se sentía desgraciada y solo deseaba quedarse sola en su habitación.

Una vez allí, agradeció poder abandonar el disimulo y permitió que sus ojos se humedecieran. Sus sentimientos estaban intactos, había bastado volver a verlo para saber que continuaba enamorada. Era una tonta. El azar los había vuelto a juntar y ella había desperdiciado aquel momento que no volvería a repetirse. Había enmudecido y la cobardía se había adueñado de su cuerpo. Y, además, él la consideraba casada. No había nada que hacer. Tash regresaría a América y, con él, toda esperanza. Lloraba desconsolada.

La señora Stringle no tenía buena opinión ni de Lord Middlegreen, por haber abandonado a su amiga, ni de Lord Chandler, por no haberlo impedido. Por ende, todo lo relacionado con Cunderley le disgustaba y Tash había pertenecido a Cunderley. Julia le había pedido que aprovecharan el viaje a Londres para detenerse en Winaton y la señora Stringle había alegado que no era el momento. A su llegada, le había sugerido enviar una nota a Lord Middlegreen y Lady Olivia para poder saludarlos y ella se había escandalizado.

—No va a correr detrás de un hombre que se portó de ese modo con usted. Y mucho menos si va conmigo —le había dicho.

Pero ahora pensaba hacerlo con o sin el beneplácito de la señora Stringle. Lo había decidido, al día siguiente enviaría una nota a Lady Olivia. Si Tash se encontraba en Londres, era probable que estuviera en contacto con ellos. Independientemente de si él los había buscado o no, la noticia de la boda del señor Sinclair y la señorita Tash aparecía en muchos periódicos. Seguro que se habían encontrado en algún momento. Y esta era su única oportunidad de volver a verlo.

Julia se sintió de nuevo esperanzada y durmió con las ilusiones renovadas. La próxima vez no debía permitir que la perplejidad y el azoramiento la dominaran.

Al día siguiente, cuando se reunió de nuevo con su amiga, ya tenía escrita la nota.

—Va dirigida a Lady Olivia. Lo cierto es que nos hicimos amigas durante las fechas navideñas —explicó Julia—. Ya sé que usted no lo aprueba, pero yo no me perdonaría dejar pasar la oportunidad de saludarla.

—Supongo que ya no soy moderna. Pronto cumpliré sesenta y cinco años, las nuevas costumbres no están hechas para mí. En mi época una mujer no se hablaba con la mujer que le había robado a su prometido.

—Me temo que Lord Middlegreen no era un gran tesoro, señora Stringle.

—No hay duda de que no lo era.

—Lady Olivia no es una mala persona. Ella no sabía que Lord Middlegreen estaba comprometido hasta que…

—Pero después lo supo. Debería haber abandonado toda relación con Lord Middlegreen en cuanto tuvo conocimiento de su existencia.

—Ninguna madre permitiría que su hijo fuera un bastardo. Debía pensar en el bebé…

—Debería haber pensado en el bebé antes de acceder a ciertas conductas. Las jóvenes de hoy en día, sobre todo si no han sido educadas, son muy descaradas. Recuerde lo que me contó sobre Mary Wakefield. Si yo tuviera una hija y me hubiera hecho algo así, le hubiese retirado mi palabra. Y mi dinero, por supuesto.

—Mi madre…

—Su madre se casó. No es lo mismo.

—¿Me promete que no se enfadará conmigo si envío esta nota?

—Sabe que lo desapruebo. Pero no puedo impedírselo. No, no me enfadaré con usted, pero puedo asegurar que no la entiendo. Y ahora, supongo que me dirá que, de regreso, quiere detenerse en Cunderley.

—Me gustaría.

—Sepa que yo no soy capaz de responder de mis palabras. Si Lord Middlegreen o Lord Chandler aluden a lo que ocurrió, yo expresaré mi opinión sin censura alguna. La nobleza no me impresiona. Soy amiga de Lady Evelyn.

—Le aseguro que ya no hablamos del tema y, según mi opinión, Lord Chandler hizo todo lo que pudo por remediar mi situación. Incluso fue muy generoso abriendo una cuenta bancaria para mí.

—Es lo menos que podía haber hecho. En mi época, hubo una familia que se enriqueció con una sola hija. Se comprometió con tres jóvenes y los tres rompieron su palabra. La indemnizaron en tres ocasiones y lo último que sé es que estaba soltera pero era rica.

—Le garantizo que seré muy prudente si alguna vez vuelvo a prometer mi mano. Me aseguraré antes de que el amor que me profesan es profundo y eterno —bromeó Julia.

La señora Stringle se encargó de pedir en el hotel que enviaran la nota de la señorita Banister a casa de los vizcondes de Middlegreen. Luego salieron a pasear por las calles cercanas y a la hora del almuerzo ya habían regresado. Julia se sentía cansada, pero en realidad era presa de la impaciencia por conocer la respuesta.

Esta llegó al mediodía.

—¿Qué dice? —preguntaba la señora Stringle mientras su amiga la leía.

—Los vizcondes no están en Londres.

XLII

Aquella tarde el señor Adams les comunicó que el Gobierno británico había confirmado la llegada del barco para el día siguiente.

—Pero no podrá atracar hasta después del mediodía. Al amanecer la marea está baja.

—No importa. El entierro será pasado mañana. Me gustaría poder visitar su tumba antes de volver a casa.

—Puede ir por la tarde, después del entierro o al día siguiente. Tengo una sorpresa para Caroline —les anticipó—. Regresaré con ustedes a Brighton y podré pasar unas semanas con ella.

—¡Oh! Eso es estupendo. No conviene dejar mucho tiempo sola a una esposa, señor Adams —se alegró la señora Stringle, aunque, a pesar de la alegría, su voz sonó entrecortada, pues la inminente llegada del barco le había hecho volver a pensar en la muerte de su hijo—. Se oyen tantas cosas sobre los salteadores de caminos que una se siente más segura con un hombre de la familia sentado a su lado.

—Pero no puedo concretar el día exacto de nuestra partida. Es posible que tengamos que esperar cuatro o cinco días.

—Supongo que no tenemos prisa, ¿verdad, señorita Banister?

—No tengo ninguna objeción. Además, seguro que la señora Stringle no puede evitar hablarle a la señora Adams de su regreso —le dijo al señor Adams—. Será más seguro esperarle si no queremos estropear su sorpresa.

—Eso que ha dicho no ha hablado muy bien de mí, señorita Banister.

Al cabo de un rato, llegaron los señores Murphy y la señorita Murphy, los padres y la hermana de la nuera de la señora Stringle. El señor Adams había reservado habitaciones para ellos, así que subieron a asearse y luego quedaron para cenar en el restaurante del hotel.

Los señores Murphy agradecieron la oferta del señor Adams y de la señora Stringle de acoger a su hija en Brighton, pero les comunicaron que ella misma había expresado por carta su deseo de regresar a Luton. La señora Stringle no insistió. La relación con su nuera nunca había sido fluida y, por lo visto, ella pensaba de forma similar. El carácter apocado de una chocaba con la fortaleza de la otra.

En la cena acordaron que, durante el entierro, las damas esperarían en el hotel y después, por la tarde, ellas llevarían flores a la tumba. Luego hablaron de la fatalidad y de este tema pasaron a comentar el clima de Brighton y los sombreros de Luton. No tenían mucho más que decirse.

Al día siguiente, partieron pronto hacia los muelles. La señora Stringle sabía que el barco no podía atracar hasta que subiera la marea, pero necesitaba sentirse cerca de su hijo. El señor Adams no estaba con ellos y el señor Murphy era el único protector de cuatro mujeres. El ambiente no era recomendable y Julia recordaba lo que había estado a punto de sucederle aquella vez que Tash la salvó.

Olía a pescado, a grasa de ballena, a bacalao salado, a humos y humores que era preferible no reconocer. Los residuos de las fábricas cercanas y de muchas casas terminaban en el río y el agua era un fango vidrioso y nauseabundo. A los señores Murphy, que apenas conocían Londres, les llamó la atención ver a tantos chinos trabajando como estibadores y marineros. Cerca de ellos, estaban cargando un barco y subían cajas con gallinas que no paraban de cacarear. Había hombres borrachos y se oían no muy lejos los gritos de una reyerta. Mujeres de baja condición merodeaban en busca de algún marinero para dar de comer a sus hijos.

Afortunadamente, la necesidad de huir de los olores penetrantes los llevó a una taberna donde decidieron esperar. Las horas pasaban lentas y, aunque procuraban no hacerlo, hablaban una y otra vez de enfermedades y muertes de conocidos. Empezó a llover y no habían traído paraguas.

Comieron algo caliente, aunque no muy recomendable, y poco después oyeron a alguien decir que el barco procedente de la India estaba a punto de atracar. A pesar de la llovizna, salieron hacia el muelle.

La señora Stringle estaba tan nerviosa y desencajada como el día en que recibió la noticia. La cercana presencia de los restos de su hijo le actualizaba el dolor. Julia la agarraba de un brazo y sentía que a veces temblaba.

Al llegar, vieron al señor Adams que los estaba esperando junto a otro hombre y un coche de la funeraria y se acercaron hacia ellos. El barco estaba atracando en el muelle en esos momentos y pronto lanzaron los amarres que engancharon en un noray.

Al poco tiempo comenzó el desembarco y entre la multitud apareció la nuera de la señora Stringle, acompañada de un oficial y su esposa. Su aspecto era más enfermizo que nunca, el luto apagaba aún más la poca luz de su rostro, pero estaba viva. En ningún momento se había contagiado de la malaria y sus dolencias siempre habían consistido en leves constipados y jaquecas.

La recién llegada se quejó de la travesía, de las escalas y de la vida en la India.

—¡Una echa tanto de menos la civilización!

También se lamentaba de la mala suerte de su viudedad.

—Sufrió tanto el pobre antes de morir...

La señora Stringle se entristecía al oír el relato de los últimos días de su hijo, pero su nuera obviaba el daño que pudiera hacerle con sus palabras.

—Cuando lo colocaron en el ataúd, todavía tenía el rostro amarillento...

—Querida, no hace falta que nos cuentes todos los detalles ahora —le comentó su madre.

—Ahora nadie me cuidará. No vaya a pensar, señora Stringle, que soy de las que buscan casarse de nuevo con el cadáver aún caliente de su marido. Solo te tendré a ti —le decía a su hermana—. La que primero de las dos se vaya habrá tenido más suerte de la que quede —comentó obviando que ofendía a sus padres.

Fueron a la funeraria, pero la fecha de la muerte y el calor que habían sufrido en el sur no aconsejaban abrir el ataúd. Permanecieron allí unas horas, velando al señor Stringle y rezando, y luego regresaron al hotel.

Al día siguiente el señor Adams vino a buscar al señor Murphy para acudir al entierro y las mujeres decidieron permanecer en el salón del hotel. El mal tiempo les impedía hacer otra cosa.

—¡Qué mala suerte! Que tenga que llover así precisamente este día... —se lamentaban las dos señoras Stringle.

—Espero que mi hijo no esté solo...

—Deseo que mi marido tenga una despedida honrosa...

—El Museo Británico se ha encargado de poner esquelas en todos los periódicos —trataba de consolarlas Julia—. Ya verán cómo va mucha gente.

—Sí. Les mandó esculturas hindúes en el último barco —recordó su esposa—. Y era muy querido en el protectorado.

—Mi hijo siempre ha sido un hombre muy querido.

Ambas mujeres parecían disputar el lugar de la doliente.

—Deberíamos hablar de algo alegre —propuso la señorita Murphy.

—Deberíamos habernos quedado en Menorca con los españoles —respondió su hermana—. Allí el clima era más soportable que en la India. Pero él siempre quería ver piedras nuevas. ¡Piedras, piedras! No sé cómo le permitió tener esa afición, señora Stringle... —sollozaba—. Disculpe, no sé lo que digo. No quería responsabilizarla, pero es que me cuesta tanto hacerme a la idea...

La conversación se vio interrumpida por la aparición de un camarero.

—¿La señorita Banister? —preguntó—. ¿Alguna de ustedes es la señorita Banister?

Julia respondió afirmativamente.

—Hay una persona que pregunta por usted.

—¿Aquí? ¿En el hotel?

—Sí, está en el recibidor. ¿Le digo que pase?

—¿De quién se trata? —preguntó con el corazón encogido.

—De Lady Olivia.

Se levantó inmediatamente y fue a reunirse con la vizcondesa. Se saludaron afectuosamente y Julia comentó que pensaba que estaban fuera de la capital.

—Sí, hemos estado en Cunderley. Hemos regresado esta mañana y he venido en cuanto he visto su nota.

—Espero que Lord Chandler y Lady Mary Rose estén bien de salud.

—Puede estar tranquila por Lord Chandler, se encuentra muy bien, pero he podido comprobar que la condesa ha empeorado. Confunde cada vez más a menudo la realidad con la imaginación, y ocasiona disgustos al servicio. La señora Hunter ha amenazado con abandonar Cunderley.

—Lo lamento mucho —dijo—, ¿y Margaret?

—¡Oh! Es la niña más bonita del mundo. Debe usted venir a verla. Y consigue lo que quiere de Lord Chandler, nunca imaginé que fuera un hombre tan tierno. Aunque conmigo lo disimula, no se vaya a creer. Habla mucho de usted, ¿sabe?

—Intentaré convencer a la señora Stringle para pasar por Cunderley durante el regreso.

—Pero aún no le he dicho lo sorprendidos que estamos Middlegreen y yo de su visita a Londres. Debería habernos avisado con tiempo. No entiendo por qué no lo ha hecho y por qué no se ha alojado en nuestra casa.

—En realidad ha sido un viaje improvisado. Estoy aquí con la señora Stringle, que viene a recoger el féretro de su hijo.

—¡Oh, eso es lamentable! Dígale que la acompaño en el sentimiento.

—La señora Stringle está en el salón, con su nuera y la familia de su nuera. Puede decírselo usted en persona.

—No, hágame el favor de disculparme. Acabamos de llegar y tengo mucho que hacer. Solo he venido para asegurarme de que usted estaba aquí. La hemos invitado tantas veces y nunca se decidía a venir que ahora me parece inaudito. Lamento que haya venido por un motivo triste y espero que no se lleve por ello un mal recuerdo de Londres. ¿Hasta cuándo estarán aquí?

—No lo sé. Regresaremos con el señor Adams, el cuñado de la señora Stringle. Trabaja para el Gobierno británico y ha dicho que seguramente será en tres o cuatro días, pero no ha concretado la fecha.

—¿Tan pronto?

—En realidad el motivo de la visita no exige más.

—No es justo, debe usted quedarse más días. Eso es muy poco tiempo para poder disfrutar de su presencia.

—Ahora no podría dejar sola a la señora Stringle.

—Entonces debe prometerme que volverá antes de Navidad y quedarse al menos un mes.

—Es posible.

—Middlegreen no se lo podía creer cuando le he leído su nota. Está muy contento. ¡Tantos reencuentros en tan poco tiempo!

Julia la miró expectante.

—¿A que no imagina quién nos visitó hace dos días?

—No tengo ni idea.

—El señor Tash.

—¿Está en Londres? —fingió ser desconocedora del asunto.

—Sí, vino hace una semana. Su hermana se casa, ¿sabe? Se casa con el señor Sinclair, que se dedica al comercio y viaja a menudo al Caribe. Por lo visto la señorita Tash y él necesitaron poco tiempo para saber que estaban hechos el uno para el otro. El señor Tash está muy contento con esta boda, pero lamenta que vaya a vivir en Inglaterra.

—Me alegro mucho por la señorita Tash.

—Es una joven muy guapa, ¿sabe? Ayer se presentaron los tres en Cunderley y hoy han regresado con nosotros. Lord Chandler no podía creerse que fuera el señor Tash. En todo este tiempo no había escrito. Se quedó muy contento.

—Me alegro también por Lord Chandler.

—Hoy es un poco precipitado, pero Lord Middlegreen y yo quisiéramos que viniera a cenar con nosotros. La señora Stringle está incluida, por supuesto, ¿le parece bien mañana?

—Se lo consultaré.

—Envíeme una nota en cuanto lo sepa. Ahora tengo que irme. Me ha encantado verla, señorita Banister.

XLIII

Julia acompañó a Lady Olivia hasta la puerta y esperó a que subiera a su coche. Luego, se quedó allí unos momentos, observando la lluvia y sintiendo el frescor del agua clara. Tenía esperanzas. Tash estaba en contacto con Lord Middlegreen y mañana podría averiguar si aún continuaba soltero y cómo le iban las cosas. Tal vez ahora ya supiera que ella no estaba casada. Seguramente habrían hablado de ella. Si no Lord Middlegreen, lo habría hecho Lord Chandler cuando Tash había estado en Cunderley. Sentía la necesidad de desmentir la idea que se había hecho sobre ella y que supiera que estaba libre. Pero, aunque lo supiera, ¿cómo le expresaría que lo amaba? No había modo decoroso de insinuarlo, a lo único que podía aspirar era a que él demostrara interés.

Regresó con las demás mujeres y al cabo de dos horas llegaron los caballeros. Almorzaron juntos y compartieron la sensación de despedida de un ser querido. La lluvia había empañado el entierro, pero habían acudido miembros importantes del Museo y dos diputados.

Por la tarde dejó de llover, las mujeres alquilaron un coche y fueron a visitar el cementerio. No estuvieron mucho rato, pues la recién enviudada señora Stringle sufrió un principio de desmayo y necesitó ayuda para caminar. Por la noche cenaron todos juntos y hasta el día siguiente Julia no tuvo intimidad para poder hablar con su señora Stringle.

Le comentó la invitación a cenar que había recibido de Lady Olivia con temor a que se negara, pero la señora Stringle, que estaba afligida y sin ganas de discutir, no opuso resistencia.

–Supongo que usted está deseando aceptar… Espero que no se nos haga muy tarde. Ya sabe que no estaré cómoda con esa gente.

Julia se sentía satisfecha con la respuesta, pero lamentaba que la señora Stringle no se encontrara receptiva con sus anfitriones.

Al día siguiente, después del desayuno, los Murphy y sus hijas partieron hacia Luton. La señora Stringle, para sorpresa de Julia, le propuso subir a su habitación a fin de que le enseñara todos sus vestidos.

–Si va a cenar con Lord Middlegreen, debe deslumbrarlo.

–No he traído nada elegante. No veníamos a Londres a ninguna fiesta. Además, estaremos en confianza.

–No, Lord Middlegreen tiene que ser consciente de lo que ha perdido. Tenemos que conseguir un vestido adecuado.

–Dudo mucho que haya un sastre tan rápido como para solucionar ese problema.

–Entonces tendremos que pedir ayuda al señor Adams.

Julia rió.

–Seguro que su chaqué me favorece.

–No sea ingenua, querida, seguro que él conoce a alguna dama que pueda prestarle un vestido.

Con insistencia, Julia consiguió quitarle esa idea de la cabeza.

–Tendré que repetir el que llevaba la noche de la cena en Dustin's House, cuando nos encontramos al señor Tash. Es el único decente para una ocasión así y ni Lord Middlegreen ni Lady Olivia lo han visto.

–Entonces no nos queda otro remedio que comprar los complementos adecuados. Para eso no hacen falta sastres. Esta mañana, y no me discuta, la dedicaremos a hacer algunas compras.

–No me atrevería a discutir con usted. Pero la noto menos reticente a acudir a esta cena que ayer.

–No oculto que me apetece conocer a esa mujer. Estoy convencida de que Lord Middlegreen salió perdiendo al romper el compromiso con usted. Lady Olivia no puede ser ni tan elegante como usted ni tener sus modales.

–Pero él la ama.

–Insisto en que no puedo entenderlo.

–Usted me ve con muy buenos ojos, señora Stringle, pero dudo de que sea esa una mirada objetiva.

La señora Stringle obligó a Julia a pasearse por las calles comerciales de Londres. La tristeza del día anterior había vuelto a esfumarse y caminaba con una energía que no dejaba de sorprender a su amiga.

–¿Le ha dicho ya el señor Adams cuándo regresaremos a Brighton? –le preguntó Julia mientras se probaba unos guantes.

–No, pero espero que sea pronto. No me gustaría que Lord Middlegreen insistiera en invitarnos otra vez.

—No creo que lo haga. Conoce el motivo por el que estamos aquí.

—Pero tal vez quiera acompañarnos a Winaton. Estoy convencida de que intentará llevarla ante Lord Chandler.

—Señora Stringle, me gustaría ver a la señorita Bates, si no le resultara mucha molestia. No es necesario que usted y el señor Adams se detengan. Puedo quedarme unos días y regresar en la diligencia.

—Ya me imaginaba que me lo pediría. Espero que no la convenzan para volver a vivir en Cunderley.

—Puede estar segura de que no lo harán. Estoy muy a gusto con usted en Brighton.

—Hasta ahora se ha limitado a alternar con mi familia y un grupo de viejas. Pero ahora empieza el verano y la población se transforma. La sociedad de Brighton se multiplica durante unos meses. Verá usted como le gusta la gente que veranea allí.

—No he echado de menos otro tipo de relaciones sociales.

—Y podrá tomar baños de mar. Con el calor se soporta mejor el agua fría. El cuñado de la señorita Vernon, que es médico, dice que el agua de mar es muy saludable. Pero usted ya lo hacía en Menorca, ¿no es así?

Julia se sonrojó. No sabía que la señora Stringle conocía sus escapadas a Pregonda.

—En fin, pasaremos un día en Winaton, pero el señor Adams y yo nos quedaremos con usted a fin de que nadie la tiente a quedarse otra vez.

—Gracias.

Después de almorzar, subieron a descansar a sus habitaciones y luego pidieron un baño y una doncella para que ayudara a peinar a Julia. Ella se sentía avergonzada por aquellos preparativos y notaba que estaba más nerviosa de la cuenta. Sabía que Tash no acudiría, pero era lo más cercana a él que podía encontrarse. La amistad de Lord Middlegreen era algo que tenían en común. Se sentía insegura y no sabía por qué. Esperaba que la señora Stringle no percibiera su estado y no empezara a hacerle preguntas.

Cuando se vieron en el salón del hotel, la señora Stringle le dijo:

—Espero que, ya que en una época se aficionó a mentir, ahora yo conozca toda la verdad y pueda estar segura de que usted no guarda ningún tipo de afección por Lord Middlegreen.

—No sé por qué podría pensar eso.

—No estuve presente cuando ocurrió la ruptura y todo lo que sé es por boca de usted.

—Me costó admitirlo por orgullo, no porque sintiera afectados otro tipo de sentimientos.

–Pero recuerdo que usted guardaba un pañuelo con sangre. Y ese es un tema del que nunca me ha hablado.

–Ya le conté que era mía y que no era importante –dijo sin mirarla a los ojos.

–Y yo fingí que la creía. Pero el pañuelo estaba muy bien doblado para haberse tratado de algo insignificante.

–Si no cree que es mío, al menos le puedo prometer que esa sangre no pertenece a Lord Middlegreen.

La señora Stringle la miró fijamente a los ojos hasta que estuvo segura.

–Me deja usted más tranquila, pero algún día tendrá que decirme a quién pertenece.

–Algún día dejará de ser usted tan imaginativa.

A la hora convenida, un lacayo entró en el hotel preguntando por ellas. Un carruaje las esperaba fuera y ambas se apresuraron a recoger sus abrigos y salir.

Era una noche fresca y había niebla, pero al menos durante ese día no había llovido. La señora Stringle aparentaba estar más nerviosa que Julia, pero no era cierto.

Llegaron y Lord Middlegreen salió a recibirlas.

–Señorita Banister, ¡cuánto me alegro de volver a verla! Señora Stringle.

–Buenas noches, milord, espero que nuestra visita no les suponga una molestia. –respondió Julia.

–En absoluto, su presencia siempre es un placer. Y la de la señora Stringle también. Hemos acostado a Margaret, pero la niñera puede acompañarla a su habitación si desea verla.

–Gracias, debe estar muy crecida ya.

–Sí, es una niña preciosa, como su madre.

–Lamento mucho lo de su hijo, señora Stringle –recordó.

–Sí, gracias. Pero prefiero no hablar mucho de eso ahora.

–No, claro, claro.

Entraron al salón y allí aguardaba Lady Olivia. No había nadie más. Julia presentó a la vizcondesa y a la señora Stringle, que miró de arriba abajo a la que consideraba rival de su amiga.

–Sentía gran curiosidad por conocerla –reconoció la señora Stringle.

–Yo también, la señorita Banister siempre habla de usted en sus cartas.

–¿Habla usted francés?

268

—No.

—Pero lo lee fabulosamente —intervino Lord Middlegreen—. Cuando yo la vi actuar por primera vez, recitaba unos versos en francés y su entonación parecía del mismo París.

—¿Toca usted el piano? —insistió la señora Stringle.

—No.

—Pero los ángeles envidian su voz. Olivia nunca ha recibido clases de canto, pero le puedo asegurar que su timbre es de los más hermosos que he escuchado nunca —la defendió su marido.

—¿Tiene alguna afición, querida?

—¡Oh, eso sí! Soy muy aficionada a mi marido y a mi hija —respondió Lady Olivia con ingenuidad, que ignoraba la mala intención de aquel interrogatorio.

—La señorita Banister desea ver a Margaret —recordó Lord Middlegreen y pidió a un criado que fuera a buscar a la niñera.

Lady Olivia les rogó a las dos damas que la siguieran y, cuando llegaron a la habitación de la niña, también hacía aparición la niñera, que entró primero para coger al bebé y mostrárselo a las damas.

—La semana que viene cumple ocho meses.

Julia resaltó su belleza y la señora Stringle dijo que parecía una niña sana. La pequeña Margaret no se despertó, así que a los dos minutos volvieron a dejarla en la cuna y abandonaron la habitación.

La señora Stringle, mientras bajaban las escaleras, le comentó discretamente a la señorita Banister:

—Definitivamente, usted vale más que Lady Olivia.

Un instante después, sonó la campanilla de la puerta.

269

XLIV

Cuando el mayordomo abrió, Julia ya tenía el corazón en un puño. Al ver aparecer a Tash, también descubrió que el encuentro que tanto había deseado, ahora la sobrecogía. No se lo esperaba, pero de pronto sospechó que su presencia era una posibilidad. Y allí estaba. Lo acompañaban su hermana y el señor Sinclair y fue el mismo Tash quien se encargó de las presentaciones pertinentes.

—El señor Sinclair y yo ya nos conocemos. ¿No me recuerda?

—¡Cómo olvidarla, señora Stringle! Usted y la señora Randall son uno de los atractivos que ofrece Brighton. Lamento mucho lo que le ha ocurrido a su hijo.

—Gracias, yo siempre pensé que moriría primero mi nuera. La vida es muy injusta —suspiró, pero enseguida recuperó el ánimo—. Veo que hay otros atractivos que le han producido mayor interés —dijo mirando a la señorita Tash—. Espero que, una vez casados, decidan pasar alguna temporada en Brighton.

—Es una posibilidad que estudiaremos, señora Stringle.

Julia había saludado a los presentes y dejaba que su amiga copara el protagonismo. Ella, sin haberse apartado, se mantenía en un segundo plano. Estaba cohibida y sentía que Tash la miraba. Finalmente, él se atrevió a preguntarle:

—¿Cómo se encuentra usted, señorita Banister?

—Bien, gracias —respondió con una mirada fugaz.

Se hizo un silencio entre ellos y Julia notó que la señorita Tash y la señora Stringle estaban pendientes de lo que se decían.

—Supongo que Lord Chandler se alegró de verlo —se atrevió a decir ante la expectativa de los demás.

–Y yo de verlo a él.

–Seguro que se habrá sentido feliz de que ahora sea usted un hombre de fortuna –se invitó a participar la señora Stringle.

–¿Quiere un vaso de ponche? –ofreció Lord Middlegreen.

–¡Oh! En Menorca, en las fiestas del señor Scrivens, hacían el mejor ponche que he probado nunca, ¿lo recuerda, señorita Banister?

–Pero probará el mío, ¿verdad? –preguntó Lord Middlegreen–. Es una receta secreta. Todos dicen que hago el mejor ponche de Londres.

–Lo probaré, gracias –sonrió Julia.

Y con estas intervenciones, se vio abortado el intento de conversación con Tash por parte de ella.

No eran una multitud y esperaba que durante la cena pudieran cruzarse frases más largas. Lord Middlegreen y Lady Olivia presidían la mesa y la señorita Tash y el señor Sinclair se sentaron a uno de los lados. En el otro, Lord Middlegreen colocó a la señorita Banister entre la señora Stringle y el señor Tash, pero la señora Stringle quiso cambiarse de sitio para estar más cerca de la chimenea y así Tash quedó en una esquina y Julia en la otra.

El consuelo de Julia era que quedaba en frente de la señorita Tash, que apenas había hablado y parecía una joven tímida y modesta. Al otro lado tenía a Lady Olivia, que enseguida le preguntó si tenía noticias de su tío.

Julia le contó las novedades de su última carta y, después de hablar de Malta y los cominos, pasaron a hablar de las distintas formas de preparar el pato. La señorita Tash no hablaba mucho, pero escuchaba atentamente la conversación de las otras.

Lady Olivia se dirigió a la señorita Tash y le preguntó:

–¿Qué animales comen en las Antillas?

–Criamos cerdos y gallinas. Pero solemos comer mucho pescado y marisco.

Julia aprovechó para mencionar las langostas de Menorca y las dos intercambiaron algunas frases sobre comidas típicas de las islas que conocían.

La señora Stringle interrogaba al señor Sinclair y Lord Middlegreen intervenía a menudo, pero Tash hablaba poco.

El señor Sinclair preguntó a la señora Stringle si sería tan amable de acompañarlos al día siguiente a visitar al señor Randall. Al principio ella fue reticente.

–No sé qué planes tiene mañana mi cuñado, el señor Adams.

–Seguro que la señora Randall se alegrará de que usted le cuente buenas noticias —insistió el señor Sinclair.

—Sí, es probable que deba ir. Señorita Banister, ¿qué opina usted?

—La señora Randall ha sido muy amable conmigo. Le gustará que visitemos a su hijo.

—Entonces, ¿sobre qué hora propone?

—Pensaba ir sobre las diez de la mañana, si a ustedes les parece bien.

—Creo que podremos ir.

—Entonces pasaré a buscarlas por su hotel.

—Creo que a la señorita Banister no le gusta mucho Londres —comentó Lord Middlegreen desde la otra punta.

—Soy más aficionada a los lugares tranquilos.

—Entonces le gustaría el Caribe —intervino la señorita Tash, que enseguida se arrepintió de haber sido tan efusiva en su afirmación.

Julia se sonrojó y se limitó a sonreír.

—Mi marido y yo les haremos una visita cuando Margaret esté más crecida —dijo Lady Olivia. Bueno, si por entonces no han venido más niños…

Ahora se sonrojó la hermana de Tash, ante la alusión impropia de la vizcondesa.

—Mi esposa desearía estar siempre viajando. Cuando nos veamos obligados a vivir en Cunderley, deberemos volver a contratar a Tash para que lleve nuestros asuntos. Y a unas cuantas niñeras.

—Dudo de que vivir en Cunderley suponga una obligación —comentó Julia.

—Es cierto que usted le tiene cariño a ese lugar. Por cierto, ¿recuerda a mi amigo, el señor Brandon y su esposa, la hija de los Wakefield? Si quiere, podemos organizar un encuentro con ellos.

—No será necesario —opinó enseguida la señora Stringle. Iba a añadir algo más, pero consideró que no era apropiado ya que Lady Olivia también quedaba retratada en el dibujo que tenía en mente.

—Bueno, probablemente no los encontraríamos en casa. Nunca he conocido una pareja tan aficionada a salir como ellos.

Luego Lady Olivia preguntó por la boda de la señorita Tash y hablaron de las telas más apropiadas para un vestido de boda en verano y la señorita Tash dijo que estaban confeccionando el suyo con muselina traída de la India.

Con este tema, finalizaron el postre y Lord Middlegreen pidió a la señorita Tash que tocara el piano.

La joven ejecutó un par de piezas con gran exquisitez y Lady Olivia le pidió que tocara una canción que ella sabía cantar.

Tash se encendió un cigarro y, ante la protesta de la señora Stringle, se levantó. Paseó un momento por la estancia y luego se dirigió hacia Julia para ocupar el sitio que había dejado libre Lady Olivia.

Ella aprovechó la ocasión para decirle:

—Lydia Wakefield me pidió que, si volvía a verlo, le agradeciera lo que hizo por su familia.

—No supuso un gran esfuerzo.

—Pero sí una solución digna para su familia.

Tras dos minutos callados, él se atrevió a romper el silencio.

—Espero que sea usted feliz en Brighton. Me sorprendió saber que vivía con la señora Stringle.

—Tal vez me considerara una persona previsible.

—Sabe que no es así.

—Estoy bien en Brighton. La señora Stringle y sus amigas se preocupan por mí y paseamos por la playa a menudo.

—En Saint Kitts estamos rodeados de mar —dijo él y ella se sonrojó.

—Es algo que suele sucederles a las islas.

La señora Stringle se giró hacia ellos y los interrumpió.

—La señorita Vernon tiene mejor voz que Lady Olivia.

Lord Middlegreen, que no había oído lo expresado, les pidió silencio.

Tash continuó mirando a Julia, aunque eso la ponía más nerviosa y fingía que estaba escuchando la música.

Cuando acabó la ejecución, las damas regresaron a su sitio y Tash tuvo que devolver su asiento. Mientras los caballeros alababan a las ejecutantes, la señora Stringle bostezó y dijo sentirse cansada.

—Sería una pena que se fueran ahora —consideró Lord Middlegreen —. Apenas ha empezado la velada.

—No tiene usted consideración de mi edad, Lord Middlegreen. Lo único que puede satisfacerme en estos momentos es una buena cama.

—Me gustaría volver a verla —le dijo Lady Olivia a Julia.

—No sé si podré visitarla antes de irnos —convino ella—. Nos vamos dentro de dos días. A la vuelta pasaremos un día por Cunderley. Me apetece ver a Lord Chandler y Lady Mary Rose… y también a la señorita Bates. Me ha prometido que vendrá a Brighton este verano.

—¡Ah, sí, la señorita Bates! ¿La hija del vicario, verdad?

Julia asintió.

—Supongo que nos prestará su coche para regresar al hotel —le dijo la señora Stringle a Lord Middlegreen—. Pese a encontrarnos a finales de mayo, hoy hace mucho frío.

—Las acompañaremos nosotros —se ofreció Tash—. Cabemos los cinco.

Recogieron los abrigos y Tash y el señor Sinclair les cedieron el paso primero y luego las ayudaron a subir.

Las damas se sentaron mirando al frente y los caballeros ocuparon el asiento que estaba de espaldas.

El señor Sinclair habló de lo necesario que resulta un ejercicio suave para una buena digestión y Tash miraba a su hermana con insistencia mientras ella miraba por la ventana y parecía no darse cuenta. Cuando por fin lo notó, se dirigió a Julia y le dijo:

–Señorita Banister, ¿sería tan amable de honrar mi boda con su presencia? Señora Stringle, al señor Sinclair y a mí también nos gustaría contar con usted.

–Imposible, señorita Tash. Debo guardar el luto por mi hijo.

–Tal vez la señorita Banister pueda quedarse dos semanas más en Londres y asistir a nuestro enlace –insistió el señor Sinclair.

–¿Y dejar sola aquí a la señorita Banister? No, querido. Debo velar por ella.

Julia bajó los ojos decepcionada.

–¿En serio se van dentro de dos días? –preguntó Tash apenado.

–Echo de menos Brighton –le respondió la señora Stringle.

Julia y él se miraron un instante, pero ninguno dijo nada más.

XLV

—Tengo ganas de volver a casa —insistió la señora Stringle al día siguiente mientras esperaban en la recepción del hotel—. Lo cierto es que Londres no posee el aire del sur. Prefiero, como usted, la vida junto al mar.

Pero Julia no se sintió con ánimos de decir que estaba de acuerdo con ella en estos momentos. Se sentía feliz y triste a un tiempo. Feliz porque Tash se le había acercado y había procurado conversar con ella. No se consideraba tímida, pero sentirlo cerca la cohibía. Por eso se inquietaba siempre en Cunderley, porque Tash no le era indiferente. Había tardado en descubrir sus propios sentimientos, pero los tenía agarrados a sus entrañas. Feliz, también, porque él le había expresado, a su modo, que continuaba manteniendo interés en ella. Y estaba triste porque se iría al día siguiente. Si nada lo remediaba, volverían a separarse y ya no habría esperanzas de que el destino los juntara otra vez. Debía decir algo, mostrar algo para que él comprendiera sus sentimientos, pero no sabía qué. Cualquier idea que pasaba por su mente resultaba demasiado descarada.

Esperaba verlo ahora. Suponía que Tash y su hermana también irían a visitar al señor Randall. Si no venía, interpretaría que sus esperanzas eran vanas y que los sentimientos de Tash eran muy distintos a los que ella deseaba. Estaba nerviosa y procuraba disimular su inquietud.

Hasta que no llegó el carruaje no pudo comprobar, efectivamente, en él no solo iba el señor Sinclair, sino también Tash y su hermana. Sonrió por dentro y se sintió más animada.

Se saludaron todos con cortesía y subieron al carruaje. Se dirigieron hacia un barrio que estaba entre Mall y Pall Mall. La señora Stringle comentaba con el señor Sinclair anécdotas cotidianas sobre el pasado verano y le ponía al corriente de las últimas habladurías. El señor Sinclair fingía interés, pero Julia pensaba que era un joven amable que se mostraba más educado que intrigado.

Tardaron quince minutos en llegar a Randall House. La casa era de estilo neoclásico y tenía una zona ajardinada.

El señor Randall había sido avisado de esta improvisada visita aquella misma mañana, pero cuando recibió la nota, su mujer y sus hijas ya habían salido. Así que lo encontraron solo, leyendo en el salón.

El señor Randall enseguida saludó a la señora Stringle y dijo que, en las cartas de su madre, había oído hablar de la señorita Banister.

—Pero no entiendo cómo, una persona joven como usted, puede tener tanta paciencia con ella y sus amigas.

—Señor Randall, se equivoca usted, nosotras cuidamos de ella —se apresuró a responder la señora Stringle.

—Le aseguro que así es —admitió Julia con una sonrisa.

—¿Les gustaría ver la galería de cuadros? Ya saben que mi madre habla mucho de ella —dijo—. Y a continuación agarró del brazo a la señora Stringle y pidió que la siguieran.

Se dirigieron por un pasillo hacia la pinacoteca de la que el señor Randall se sentía muy orgulloso. El señor Sinclair se situó al lado de su prometida y Julia no evitó quedar junto a Tash.

—¿Alguna vez le hizo aquel retrato del que hablaba Lord Chandler? —le preguntó él.

—Afortunadamente se olvidó del tema cuando estuvimos en Cunderley. Lo consideré un halago por su parte, pero no me imaginaba posando tantas horas.

—No, a usted le gusta más el aire libre.

—Sí. Y recuerdo que, cuando no lo sabía, era aficionada a quitarle el caballo. Espero que se encuentre bien después de atravesar el Atlántico.

—Está perfectamente —sonrió—. Pensé en regalárselo cuando me fui, pero temí que se ofendiera.

—Entonces yo estaba predispuesta a sentirme ofendida.

Aliviado por las palabras de ella, decidió acercarse más y en voz baja y apurada se decidió a comentarle:

—No he tenido oportunidad de disculparme por la grosería de mi conducta hacia usted. No sabe cuánto tiempo he lamentado no haber sabido controlarme y haberme… expresado en aquellos términos.

Julia sintió una súbita calidez en sus mejillas y bajó la mirada aturdida. No había esperado que se atreviera a hablar del momento en que la había besado.

—Aquella vez ninguno de los dos tenía el control de sí mismo —respondió casi en un murmullo.

La expresión de él se relajó al no notar rencor en su respuesta y se animó a preguntar.

—¿Monta usted en Brighton?

—No, allí el estilo de vida es muy distinto a Cunderley o a Menorca.

El señor Randall les iba explicando la historia de los cuadros que consideraba más importantes, les hablaba del autor o de los personajes retratados y soltó el brazo de la señora Stringle, que enseguida se colocó al lado de Julia. Tash no volvió a decirle nada, pero se mantuvo cerca.

Continuaron la visita y al cabo de veinte minutos regresaron al salón y les ofrecieron una limonada. La señorita Tash se sentó a un lado de la señorita Banister y en el otro lo hizo la señora Stringle.

El señor Randall y Sinclair eran quienes más hablaban, aunque la señora Stringle procuraba robarles el protagonismo insistiendo en los veranos de Brighton. A los diez minutos de conversación, la señorita Tash se acercó a Julia y le dijo:

—Antes de despedirnos, debe dejarme su dirección. Echaré de menos a mi hermano y me consolará mantener el contacto con aquellos que han sido sus afines.

Julia se sonrojó al oír esta manifestación de afinidad y aceptó encantada.

—En realidad, su hermano y yo nos conocimos en unas condiciones muy diferentes a las actuales.

—Lo sé. Me escribía a menudo y me contaba todo lo que ocurría en Cunderley. Hablaba mucho de usted.

—Entonces me temo que no tiene usted el mejor retrato de mí.

La señorita Tash se sorprendió y trató de negar esa afirmación.

—En absoluto. Mi hermano suele ser muy objetivo en sus impresiones. Le aseguro que la imaginaba tal cómo es. Creo que yo no me hubiera sentido cómoda teniendo cerca a una persona como madame Borem. Mi hermano decía que era usted muy valiente.

—Sí, su hermano siempre se ha caracterizado por su objetividad y su intachable rectitud —rió Julia, que recordaba aquella noche en que había sentido miedo y se lo había confesado a Tash.

Su interlocutora no entendió muy bien si había ironía en las palabras de Julia o si por el contrario hablaba en serio. Pero intentó que esta confusión evitara dar por zanjada la conversación entre ambas.

—También echaré mucho de menos Saint Kitts cuando esté casada.

—Cuando esté casada, encontrará otras compensaciones —respondió Julia.

—Sí, estoy muy enamorada. Sinclair es un hombre estupendo.

Julia sonrió y no respondió. Tash las estaba observando y eso no le permitía sentirse cómoda. Anne Tash le gustaba, era una persona sencilla y dotada de la cualidad de hacer sentir bien a quien estaba con ella, pero la presencia de su hermano le impedía mayor familiaridad.

Finalizada la visita, mientras se dirigían hacia el carruaje, Tash se colocó al lado de Julia y le preguntó.

—¿En serio se va mañana?

—Sí. Dependo de la señora Stringle.

—¿Y hasta cuándo dependerá de la señora Stringle? —comentó con tono de contrariedad.

Julia lo miró sorprendida. ¿Qué esperaba? ¿Que una mujer pudiese gozar de la independencia de un hombre?

Tash se repuso de su malhumor y, tras otro instante de vacilación, volvió a hablar.

—¿Tiene la tarde ocupada?

—Creo que la señora Stringle quería ir a comprar pastas de jengibre para llevarlas a Brighton.

Los dos callaron.

—Y ¿tienen planes para esta noche? ¿Han quedado con alguien para cenar?

—No, aunque supongo que vendrá el señor Adams y es posible que cenemos en el hotel.

—¿Y mañana se detendrán en Winaton?

—Eso espero. La señora Stringle es reticente. Pero yo deseo ver a Lord Chandler y a Fanny.

—Transmítale mis recuerdos a la señorita Bates.

—Lo haré encantada.

—¿Le gustaría montar? Puedo conseguir caballos para esta tarde en Hyde Park.

—Ya sabe que me gusta montar, pero tengo que acompañar a la señora Stringle.

—Puedo pasar a recogerla por el hotel esta tarde, cuando vuelva de comprar galletas de jengibre. Regresaríamos pronto para que pueda cenar con el señor Adams.

Ella se sintió feliz ante la insistencia y aceptó la propuesta.

—Seguramente sobre las cinco ya estemos en el hotel. Creo que la tienda está cerca —respondió—. Me gustará volver a montar.

—Entonces la esperaré a las cinco —dijo él satisfecho.

Cuando se despidieron, el señor Randall agradeció la visita y prometió a la señorita Banister y a la señora Stringle que pronto se verían.

–Espero que le mande saludos a mi madre y al resto de amigas de Brighton –le dijo–. Dentro de un mes me tendrán de nuevo con ustedes. Como esta vez no podré contar con la compañía del señor Sinclair, deberán ser muy amables conmigo.

–Ya sabe que lo cuidaremos con todo el cariño del mundo, señor Randall. La señorita Banister y yo estaremos encantadas de poder servirle, sobre todo si viene con algún amigo soltero.

Julia se avergonzó de la intención que subyacía en las palabras de su amiga y esperó que Tash no pensara que ella tenía interés alguno en que de nuevo le buscaran marido.

Pero no era posible que lo pensara. Hoy sí había sabido hablarle y estaba segura de que él había notado que se hallaba complacida por estar junto a él.

Además, esa tarde iría a buscarla. Ignoraba si acompañado por su hermana y Sinclair o solo iría él. Pero deseaba con todas sus fuerzas que llegara ya esa hora para poder comprobarlo.

XLVI

Al regresar al hotel, Julia no le dijo a la señora Stringle que esa tarde esperaba a Tash. Sabía que serían inevitables las preguntas después de que lo viera por sí misma, pero ahora necesitaba tranquilizarse y, si hablaban del tema y empezaba el interrogatorio, no lo conseguiría.

Estaba entusiasmada, había notado interés por parte de Tash, pero a la vez tenía miedo de que esa fuera la última vez que se vieran. Si no ocurría nada definitivo esa tarde, ella abandonaría Londres al día siguiente. Pensaba en lo que había sucedido hasta ahora y se sentía satisfecha con ella misma, pensaba que había sido amable y que él bien podía sospechar que una propuesta sería bien recibida. Tenía esperanzas. Y miedos. Nerviosa, fingía tranquilidad ante la señora Stringle, pero era incapaz de centrarse en lo que ella le decía.

Después de almorzar descansaron un rato y luego partieron hacia la tienda de dulces. Julia esperaba regresar pronto para que le diera tiempo a asearse y cambiarse de vestido. Iría sencilla, pero adecentada.

La señora Stringle le hablaba de algunos amigos del señor Randall con intenciones que ella conocía de sobra. Se temía que, al llegar la temporada de verano, esa fuera la actitud común no solo por parte de la señora Stringle sino también de todas sus amigas.

—No me está escuchando, ¿verdad?

—¿Perdón? —dijo Julia avergonzada.

—Le decía que la señorita Vernon pensó durante un tiempo en el señor Sinclair para su sobrina, pero enseguida fue notorio que ninguno de los dos interesaba al otro.

—¡Ah!

–¿Sabe? Por un momento he pensado una tontería.

–¿Sí?

–He notado al señor Tash muy atento con usted y me ha parecido que él tenía un gesto más… no sé, más amable que antes. Yo no se lo conocía.

–Supongo que la libertad favorece la amabilidad.

–No me refiero a eso, sino a que por un momento he pensado que podría estar interesado en usted.

Julia fingió sorpresa.

–¿El señor Tash? ¡Qué cosas se le ocurren!

–Ahora ya es un buen partido. Es una lástima que viva tan lejos. Si fuera vecino de Brighton, no me opondría a que usted aceptara sus agasajos, pero esa isla está muy lejos…

–Sí, vive muy lejos. Y no creo que el señor Tash me haya agasajado.

–¡Claro que sí! Y usted también parecía reconfortada con su compañía… Si no fuera porque yo sé que no es de su gusto, hubiera empezado a sospechar.

–Usted siempre sospecha.

La señora Stringle no contestó. Se fijó en unos militares que se cruzaban con ellas y preguntó:

–¿El capitán Atkins vendrá en Navidad?

–Eso cree. Pero no puede saberlo aún. Depende de si Napoleón se decide a atacar Malta.

–Esperemos que eso no suceda.

–Esperemos que no.

Llegaron a la tienda de pastas y la señora Stringle insistió en que le envolvieran las galletas de jengibre en una caja dura para que resistieran los golpes del viaje. Olía de forma que a uno se le abría el apetito y Julia pensó que el azúcar era un gran descubrimiento.

Eran poco más de las cuatro de la tarde, si se apresuraban a regresar, aún tendría tiempo para cambiarse de ropa.

–¿Me ayudará a hacer la maleta, señorita Banister?

–Me gustaría descansar un rato antes de hacer la mía. Pero antes de cenar puedo venir a ayudarla.

–Sí, supongo que estará cansada de tanto ajetreo.

Mientras decía estas palabras, la señora Stringle no vio que un carruaje se acercaba y, cuando lo tuvo encima, Julia la agarró y la empujó hacia ella. Pero sus faldas quedaron enganchadas al pasador de un eje y la señora Stringle cayó primero contra una puerta del coche y luego de bruces contra el suelo.

–¡Dios mío! –gritó Julia.

La caída fue aparatosa y la señora Stringle quedó postrada en el barro y la caja con las galletas, que había volado durante la caída, aplastada bajo una rueda. El carruaje se detuvo enseguida y el conductor bajó a preocuparse por la mujer. También salió de él un hombre mayor elegantemente vestido.

Julia se agachó para tratar de ayudarla, pero la señora Stringle solo se quejaba del dolor y pedía que no la movieran. Al menos estaba consciente.

—Hay que llevarla a un hospital —dijo alguien.

—No, la llevaremos a mi casa. Mi vecino es médico, será atendida antes si vienen conmigo —dijo el hombre que había salido del carruaje—. Ayúdeme a levantarla —le pidió a Julia.

Entre los dos hombres y ella consiguieron alzar a la señora Stringle y luego el conductor, que era de constitución robusta, la cogió en brazos y la subió al carruaje. Ella gritó algo sobre el decoro, pero Julia interpretó que su queja era una buena señal.

—Soy Lord Hooper, pueden confiar en mí —se presentó.

—Mi nombre es Julia Banister y ella es la señora Stringle.

El cochero avivó a los caballos y partieron de inmediato. La señora Stringle no paraba de quejarse, se sentía dolorida y solo hablaba para pedir láudano o para decir cosas inapropiadas sobre el conductor.

Julia estaba preocupada, deseaba que su amiga no tuviera nada grave y pudiera recuperarse del accidente. Era una mujer mayor, le inquietaba que pudiera tener algún hueso roto o que le quedaran secuelas.

Llegaron a la casa de Lord Hooper y trasladaron a la accidentada a una de las habitaciones. Julia y una criada la ayudaron a acomodarse en una cama mientras un lacayo salió en busca del doctor.

Antes de que hubieran pasado diez minutos, el médico ya estaba allí.

Julia salió para que pudiera examinar a su amiga y la media hora que estuvo en el pasillo, caminando de un lado a otro junto a Lord Hooper, se le hizo larguísima. No solo estaba preocupada por la señora Stringle, también por su encuentro con Tash. Habían quedado a las cinco y no sabía qué hora era, pero temía que no pudiera llegar a tiempo.

Lord Hooper era un hombre mayor de rostro amable y se le notaba que llevaba peluca. Se lamentaba por la mala suerte y esperaba que la pobre señora se recuperara. Se sentía culpable por lo que había ocurrido, a pesar de que ni conducía él ni tampoco había tropezado.

—¿Y dice que mañana pensaban partir hacia Brighton? —le preguntaba a Julia—. Esperemos que el asunto no revista gravedad y puedan regresar sin problema. No me perdonaría lo contrario, no me lo perdonaría. Ojalá la señora Stringle vuelva a caminar y ni su salud ni su ritmo de vida se vean afectados por este incidente.

Julia, que pensaba en otra cosa, le preguntó la hora y el caballero bajó a ver el reloj del salón. Cuando regresó, dijo:

—Pasan de las cinco. ¿Tenían prisa?

Julia lo miró angustiada y no contestó.

En esos momentos salió el médico con buenas noticias.

—Esta mujer parece hecha de hierro. Se encuentra muy dolorida y le he dado un calmante para que duerma, pero no creo que tenga ningún hueso roto. Está magullada y tal vez tenga una fisura en el tobillo, lo tiene muy hinchado, pero no he notado nada más. En unas horas despertará y sabremos si puede caminar. Es posible que necesite un bastón. Si todo va bien, en unas semanas ya no lo necesitará. Ha tenido mucha suerte. Últimamente hay demasiados carruajes en Londres y ha fallecido bastante gente atropellada. Algunos conducen de forma rápida e imprudente. Las calles de Londres ya no son lo que eran.

—Yo tengo un bastón, pero mandaré comprar otro para ella —comentó Lord Hooper.

—Me temo, señorita Banister —le dijo el médico—, que deberán aguardar aquí durante unas horas mientras descansa. Luego podrán irse en coche.

—Yo las acompañaré.

—Gracias pero, si la señora Stringle duerme, yo debería avisar al señor Adams, su cuñado. Estará preocupado por nosotras.

—Envíele una nota. Conviene que, si la señora Stringle despierta, encuentre a su lado a alguien de su confianza. No le he dado una dosis grande, lo más seguro es que esté dormitando y despertándose continuamente.

—No tardaré. El señor Adams puede estar en cualquier lado. Debo ir al hotel y esperarlo allí.

—Envíe una nota al hotel.

—¡Pero puede ser demasiado tarde! —exclamó pensando en Tash—. Tal vez ya se haya ido.

—Entonces, de nada servirá que vaya ahora. Tranquilícese, señorita Banister. Ahora le traigo papel y pluma.

Julia se sintió desanimada. Su última oportunidad con Tash se veía truncada por este accidente. Lo lamentaba mucho por la señora Stringle, pero el doctor había dicho que no era grave y ella no tendría más ocasiones de verlo. A no ser que el accidente las retuviera en Londres.

—Mañana pensábamos regresar a Brighton, ¿cree que la señora Stringle estará en condiciones? —le preguntó al médico.

—Si no piensan ir andando, no creo que haya mayor problema que las molestias que pueda ocasionarle el dichoso traqueteo. Pero esto es algo que solo podré confirmarle cuando la señora Stringle se ponga en pie —dijo él—. Ahora, si me lo permiten, yo me retiro. En cuanto esté consciente y sienta ánimos de moverse manden avisarme, que vendré enseguida. Seguramente será en dos o tres horas.

—Será mejor que esperemos en el salón —le indicó Lord Hooper a Julia—. ¿Le apetece tomar algo?

—No, gracias. Escribiré dos notas, si me lo permite.

Lord Hooper le indicó dónde estaba el escritorio y Julia no tardó ni medio minuto en empezar a escribir. La primera nota iba dirigida al señor Adams y se la remitía a la residencia que la Embajada le destinaba en Londres. La segunda era para Tash. Dudó si enviarla al hotel de él o al suyo propio. Probablemente, cuando recibiera la nota serían cerca de las seis y Tash ya se habría ido, así que decidió enviarla al hotel de él. Al menos así garantizaba que le llegaría.

Tardó en escribir la segunda nota, pues fue muy cuidadosa a la hora de escoger las palabras y esmerarse en la caligrafía. Luego entregó las dos notas al lacayo de Lord Hooper y subió a la habitación de la señora Stringle para estar con ella cuando despertara.

XLVII

Cuando la señora Stringle se despertó, no sabía dónde se encontraba. Vio a Julia e intentó incorporarse, pero el dolor se lo impidió. Se quejó un momento y observó a su alrededor al tiempo que Julia se sentaba en la cama y la cogía de la mano.

—Está usted bien. Ha dicho el doctor que no parece grave.

—¿Bien? Dígale al doctor que se ponga en mi piel, me duele todo y… ¡Oh! Estoy un poco mareada.

—Eso es porque le han dado un tranquilizante.

—¿Me atropelló un coche, verdad?

—En realidad sus ropas se engancharon en el eje del carruaje de Lord Hooper, pero no cayó bajo las ruedas.

—¡Oh! ¡Las pastas de jengibre! —recordó.

—Ya compraremos otras. Ahora iré a pedir que vayan a avisar al médico.

Julia se ausentó un momento, pero enseguida regresó. La señora Stringle le comentó lo suaves que resultaban unas sábanas de seda. En eso momentos entraba Lord Hooper y le prometió que le compraría un juego.

El médico llegó a la vez que el señor Adams, que estaba profundamente preocupado. Lord Hooper y Julia salieron y hablaron con él mientras el doctor se quedó solo con la señora Stringle.

—Entonces, ¿debemos quedarnos en Londres? —preguntó el señor Adams.

—Tenemos que esperar a ver qué dice el doctor —le respondió Julia que compartía su impaciencia por conocer la respuesta.

El médico se asomó y les pidió que subieran. Encontraron a la señora Stringle de pie, apoyada en un bastón y tratando de caminar.

—¡Señora Stringle! Le he dicho que no lo intentara sola. Por favor, apóyese en mí.

La señora Stringle, aunque refunfuñó, le hizo caso.

—Afortunadamente, no tiene ningún hueso roto. Ni ninguna fisura, solo es un esguince —dijo el médico.

—¡Oh, señor Adams! No debería tener esa cara de preocupado —exclamó la señora Stringle cuando se percató de que su cuñado estaba allí.

—Me temo que no podremos viajar mañana, querida.

—¡Ni hablar! Partiremos mañana tal como teníamos intención. ¡Londres es horrible! ¡No quiero permanecer aquí ni un minuto más!

—Pero, querida, ahora lo que necesita es reposar.

—El señor Adams tiene razón —lo apoyó Julia, que esperaba poder tener alguna otra oportunidad de ver a Tash.

—No me apetece discutir, así que no discutan. Partiremos mañana. Y, señorita Banister, tendremos que dejar la excursión a Winaton para otro momento. Si le apetece ver a la señorita Bates, escríbale e invítela a pasar una temporada en Brighton.

—¡Señora Stringle! —suplicó Julia, pero fue inútil, la señora Stringle estaba decidida a regresar a casa sin un minuto de demora.

—Por lo menos —le dijo su cuñado—, permítame que alquile un coche. Estará más cómoda que en la diligencia y no tendremos que hacer paradas innecesarias.

A la señora Stringle la idea le pareció bien.

—No saldremos a primera hora, pero le prometo que habré conseguido uno para antes del mediodía. Mañana por la noche cenaremos en Brighton.

Julia sintió sus ilusiones rotas. Ya no volvería a ver a Tash. Eran más de las ocho y ya debía haber recibido la nota. Tal vez, al día siguiente, él pasara por el hotel para interesarse por la salud de la señora Stringle, pero eso era algo de lo que no estaba segura.

—Será mejor que pasen la noche aquí —recomendó el médico—. Así podré reconocer a la señora Stringle mañana por la mañana.

—La cama es más cómoda que la del hotel —aceptó la señora Stringle y con eso hundió la última esperanza de Julia.

—Entonces, no se hable más. Mandaré que preparen algo de cenar y una habitación para la señorita Banister.

—Yo pasaré a recogerlas mañana, cuando tenga el coche —dijo el señor Adams—. Ahora, si quieren, puedo pasar por el hotel a recoger su equipaje.

—Yo lo acompañaré —se apuntó Julia.

—Usted debería comer algo. Ha pasado una tarde muy nerviosa —le dijo Lord Hooper.

—No tardaré —insistió ella.

—Vendrá conmigo y luego la devolveré aquí —los tranquilizó el señor Adams.

—Entonces yo les prestaré mi coche… si confían en mi conductor —ofreció Lord Hooper.

El señor Adams y Julia partieron. Cuando llegaron al hotel, Julia se separó un momento para preguntar si había alguna nota para ella. Le dijeron que no.

—Pero el señor Tash la ha estado esperando hasta hace media hora.

—¿Media hora?

"¡Entonces aún no habrá leído mi nota! Creerá que lo he evitado adrede", pensó y se sintió descorazonada. Luego pensó que la leería tarde, pero que finalmente la leería.

Se apuró a recoger su equipaje y el de la señora Stringle y luego pidió que lo subieran al carruaje de Lord Hooper.

Julia regresó con la señora Stringle y el señor Adams se despidió del señor Hooper. La señora Stringle paseaba con el bastón de un lado a otro del salón. Cojeaba un poco, pero se la veía enérgica.

—Como verá, estoy perfectamente, señorita Banister. Mi carácter no es como el de mi nuera. Si ella estuviera en mi lugar, estaría exagerando su estado, pero yo procuro que mi carácter no sea pusilánime. Después de cenar me daré un baño, es lo único que necesito, sentirme limpia.

Aunque le alegró comprobarlo, Julia no pudo evitar que sus ojos se humedecieran ante tantas adversidades.

—¿Qué le ocurre? ¿Es por la señorita Bates?

Julia negó con la cabeza.

—No tengo hambre, preferiría acostarme —dijo y Lord Hooper le indicó que la habitación ya estaba preparada.

—Debería comer algo —insistió la señora Stringle.

—Déjela, ha estado muy nerviosa toda la tarde —comentó el anfitrión.

Julia subió y se tendió sobre la cama. Empezó a llorar como una niña, desconsolada y maldiciendo su mala suerte. Había perdido su última oportunidad y, aunque Tash decidiera interesarse por la señora Stringle al día siguiente, no las encontraría en el hotel.

No era cierto que no tuviera hambre, pero no podía comer, notaba el estómago agitado. Además, no le apetecía conversar con nadie, solo llorar y volver a llorar. Finalmente el cansancio la ayudó a dormir, aunque lo hizo embargada por una profunda tristeza.

Al día siguiente despertó con las mismas sensaciones con las que se había dormido, pero estaba aún más inquieta y necesitaba hacer algo, saber algo de Tash. Después de asearse, bajó a desayunar. La señora Stringle tenía un cardenal en el brazo, pero se la veía recuperada y cojeaba menos que el día anterior. Se había arreglado y, durante el desayuno, Julia casi hubiera jurado que coqueteaba con Lord Hooper. Pero no se detuvo mucho a fijarse en eso, continuaba con una idea en la cabeza que le obsesionaba.

—El señor Adams dijo que no vendría a primera hora. Iré a comprar más galletas de jengibre para llevar a Brighton —le dijo a la señora Stringle.

—Olvide las galletas. Ya no quiero las galletas —protestó.

Julia se acercó a ella, le cogió las dos manos y le suplicó.

—Por favor, deje que vaya a comprar las galletas.

La señora Stringle se sorprendió de su obstinación y la miró intrigada. Julia se soltó y se despidió de Lord Hooper. Él le ofreció el coche, pero ella hizo caso omiso a su oferta. Cuando salía, oyó a la señora Stringle gritar:

—No puede salir sola, señorita Banister. Una dama respetable no puede ir sola. ¡Vuelva! ¡Señorita Banister! ¡Señorita Banister!

Pero ella no regresó. Partió hacia su hotel con la esperanza de encontrar una nota de Tash o incluso a él mismo. Caminaba a paso ligero y con determinación y aun así tardó quince minutos en llegar. Al entrar, se asomó al salón, pero no vio a Tash. Luego preguntó a alguien del hotel.

—¿Sabe si hay alguna nota para mí?

—No. Pero el señor Tash ha venido esta mañana a buscarla. Se ha ido cuando ha sabido que usted ya no se hospedaba aquí.

Julia maldijo en voz baja, pero esa noticia no la detuvo. De nuevo salió y se dirigió ahora hacia el hotel de Tash, estaba decidida a encontrarlo. Esta vez sí paró un coche y le indicó la dirección. No quería perder más tiempo. Tardaron diez minutos en llegar, pagó el coste y bajó nerviosa.

Entró en el hotel y preguntó por Tash.

—El señor Tash salió pronto esta mañana y aún no ha regresado. La señorita Tash acaba de irse con el señor Sinclair. ¿Desea dejar alguna nota?

—No —dijo desesperanzada—. ¿Ha dicho a qué hora volverá?

—Lo lamento, no ha dicho nada.

—Al menos, ¿sabe si recibió la nota que le envié ayer?

—Hace un rato que se la he entregado a la señorita Tash, he supuesto que ella verá a su hermano antes que yo.

Julia se sintió abatida. Salió del hotel cabizbaja y sin fuerzas. Tash no había leído su nota y aun así había ido a buscarla a su hotel, pero ahora debía pensar cosas horribles sobre ella. Estaba convencida de que él se sentía burlado. "Le di plantón y además le han dicho que ya nos hemos ido, sin despedirnos ni poder hablar". Era horrible. No hacía apenas un día se sentía feliz. Iba a pasear con él por Hyde Park y podrían aclarar muchas cosas, pero estaban aún más complicadas que antes y no había posibilidad de deshacer el entuerto. Ella se marcharía a Brighton y él a las Antillas y ni él tenía otra hermana que casar ni la señora Stringle otro entierro al que acudir.

El destino estaba en su contra.

XLVIII

Caminaba sin rumbo, sin acordarse de las galletas de jengibre ni en la preocupación que había creado a la señora Stringle. Tampoco era capaz ahora de pensar si el señor Adams conseguiría pronto el coche de caballos y si su imprudencia les obligaría a retrasar el regreso. Solo sabía que tenía ganas de llorar, pero era incapaz de hacerlo. Las lágrimas se le aglutinaban en la garganta y se quedaban allí, dificultándole la labor de respirar.

Avanzó algunas calles sin ser consciente de dónde estaba. Cuando se dio cuenta de que llevaba diez minutos caminando automáticamente se detuvo y se preguntó si se estaba alejando o acercando a casa de Lord Hooper. Lo cierto es que no le importó demasiado, llevaba algo de dinero y podía alquilar un coche en cualquier momento. Aún se encontraba en una zona céntrica. Pero no le apetecía volver ahora, no se sentía con fuerzas para afrontar a la señora Stringle ni para tener que disimular su estado ante Lord Hooper.

Continuó avanzando, ahora más despacio y, de pronto, se detuvo en seco. Un hombre que se parecía a Tash acababa de entrar en una oficina de Correos. Se quedó allí parada, esperando a que él saliera, si era él, y preguntándose qué le diría. Debía recordar que él pensaba que ella lo había ofendido. Pero tal vez no fuera Tash y solo se le pareciera. Notaba su corazón agitado y observaba quieta hacia el fondo de la calle.

Al cabo de cinco minutos el hombre salió y siguió en dirección opuesta al lugar en que se encontraba Julia. Era Tash. ¡Oh, Dios! La casualidad resultaba muy bromista. Primero había favorecido distintos inconvenientes para no encontrarse con él y ahora se lo brindaba de nuevo. No podía perder esta oportunidad, tenía que alcanzarlo. Julia avanzó deprisa, aunque él también iba a buen paso, y de pronto vio que giraba hacia una calle más estrecha que se abría a la izquierda. Ella corrió hasta allí y, cuando dobló la esquina, se lo encontró de frente, como si la esperara. Y de hecho la esperaba. Más que sorprenderse, se asustó cuando lo vio de pie, con gesto oscuro.

—¿Qué debo pensar? —le dijo enojado—. Después de lo de ayer, ¿ahora me está siguiendo?

—¡Oh, no, no! —negó Julia nerviosa y aterrorizada por la mirada que le dedicaba y lo que él pudiera pensar.

—Entonces, le gusta corretear sola contra lo que exige el decoro. Desde luego ya ha demostrado que no soporta según qué compañías.

—¡No!

—Ya —se limitó a responder él de forma severa.

—No quería decir eso.

—Lo he entendido perfectamente.

—No. Hubo un accidente y usted no ha leído mi nota. Tenía que hablar con usted.

—¿Un accidente? —preguntó él con escepticismo.

—Sí, la señora Stringle, pero está bien, Lord Hooper la está cuidando.

—Lord Hooper —repitió.

—Sí, ha sido muy amable con nosotras.

—¡Lord Hooper ha sido amable!

—Sí.

—Bien, señorita Banister. Si solo me ha seguido para hablarme de Lord Hooper, temo que no tenemos nada más que decirnos.

—¡No!

—Espero que tenga un buen viaje, si no ha cambiado de opinión y decide quedarse en Londres por Lord Hooper —se despidió.

—No me ha entendido usted. No puede irse sin que yo me explique.

Tash se detuvo y la contempló con el cejo fruncido.

—Señorita Banister, hay gestos que hablan más que las palabras.

—Está usted equivocado si piensa que yo ayer lo evité. La señora Stringle tuvo un accidente justo antes de nuestro encuentro —dijo con mirada suplicante—. Debe creerme, no puede usted pensar que lo planté.

Tash continuaba mirándola con incredulidad y cruzó los brazos para demostrárselo.

—Le envié una nota al hotel —insistió ella— y sé que no la recibió. Hoy se la han entregado a su hermana. Acabo de estar en su hotel y me han informado de ello.

—Señorita Banister, no se burle de mí —le dijo en tono muy serio.

—¡Le estoy diciendo la verdad, señor Tash! Intenté avisarlo, pero no le llegó mi nota. Pregunte en su hotel y sabrá que he estado allí. Y yo sé que usted ha estado en el mío, pero hemos pasado la noche en casa de Lord Hooper.

—Otra vez Lord Hooper.

—¡Oh! —Se lamentó Julia—. Lord Hooper tiene sesenta años. Iba en el carruaje que atropelló a la señora Stringle y no dejó que nos fuéramos hasta que ella estuviera bien. Lamenté mucho no poder... no poder verlo otra vez.

—Señorita Banister, ¿qué quiere? —preguntó Tash esta vez muy seriamente.

—¡No puede irse pensando así de mí!

—Usted nunca ha buscado mi buena opinión, no entiendo qué pueda importarle ahora lo que yo piense.

—Es usted muy severo conmigo.

—Y usted parece divertirse jugando con mis emociones.

Julia lo miró temerosa y no supo acertar a decir nada ante lo que no sabía si era una confesión o un ataque. Entonces sus ojos se humedecieron y no supo pronunciar palabra. Tash se sintió confundido, incluso se conmovió un punto, pero continuaba enfadado hasta que a ella se le escapó una lágrima.

—Señorita Banister, usted ya conoce mis sentimientos... —dijo con voz apesadumbrada y rendida.

Julia se estremeció, pero la felicidad la llevó a interrumpirlo.

—Y usted siempre ha presumido de conocer los míos.

Él la miró desconcertado.

—Le ruego que no bromee, señorita Banister —dijo preocupado—. Usted siempre declaró que solo aceptaría un matrimonio que le fuera conveniente y yo no podía ofrecérselo. Mis circunstancias han cambiado, pero no sé si me considera digno de su mano. Su actitud hacia mí es confusa.

Los ojos húmedos de Julia de pronto brillaron.

—Sí, siempre manifesté que no me casaría por amor. Pero ya no soy la misma de antes, ahora solo el amor podría conducirme al matrimonio.

Tash calló y quedó descolocado ante la afirmación de ella. Su fortuna le había dado esperanzas, pero ahora su confianza se desvanecía. Sintió que otra vez se estaba burlando de él.

Julia se dio cuenta de que había producido en Tash la reacción contraria a la que deseaba y enseguida añadió:

—Me temo que hace mucho tiempo que sé que solo podría aceptar una propuesta que proviniera de usted.

Tash la miró nuevamente incrédulo y su rostro empezó a transformarse. La sombra que había aparecido instantes atrás se borró cuando vio que ella sonreía. Él también sonrió. Se acercó hacia Julia y se atrevió a cogerle la mano y ella se la apretó. Julia, más tranquila, volvió a explicarle las circunstancias que le habían impedido acudir a su cita el día anterior. Luego, añadió:

—Debería ir a avisar a la señora Stringle, la he dejado preocupada.

—No puede regresar a Brighton. Yo debo irme después de la boda de mi hermana, deberíamos casarnos antes.

—¡Oh!

Julia se sonrojó y se sintió feliz. Estuvo a punto de decirle que todas sus cosas estaban en Brighton, pero sabía que no era cierto. Todo cuanto deseaba estaba allí. Aunque se notaba ruborizada, se atrevió a mirarlo a los ojos con dulzura.

—Más motivo aún para avisar a la señora Stringle.

Tash detuvo un coche y subieron. Una vez dentro, ella le dijo:

—Cuando nos vimos la otra noche en el restaurante usted pensó que yo estaba casada con el señor Adams.

—Sí.

—Pero luego supo que yo continuaba soltera.

—Sí, pero hubo otro motivo que me impidió hablarle en aquella ocasión. Me dolía pensar que tuviera una mala opinión de mí. Durante todo este tiempo me ha atormentado esa idea.

—No podía tener una mala opinión de usted. Sé que hizo muchas cosas por mí, aunque yo no lo entendiera en su momento.

—No pensé que pudiera perdonarme el atrevimiento de aquella noche. Merecía toda su censura.

—Solo censuré su partida y, ciertamente, tampoco pensé que pudiera perdonársela —bromeó—. Esa noche supe que mis sentimientos ya tenían destino.

—Julia…

Después de que la abrazara y la besara, sin interrupciones en esta ocasión, y al menos durante cinco minutos, Julia le dijo:

—Lo que no entiendo es por qué no ha escrito durante todo este tiempo a Lord Chandler.

—Temía que me confirmara que usted se había casado con el señor Preston. Me fui convencido de que lo haría. No quería oírlo.

—No podía casarme con nadie. Ni yo misma entiendo por qué estaba dispuesta a casarme con Lord Middlegreen, creo que era una idea a la que llevaba hecha tanto tiempo que ni siquiera me planteaba la posibilidad de que pudiera existir otra opción.

—Me colma oír sus palabras.

—Le debo mucho a Lady Olivia.

—No más que yo. La carta que acabo de llevar a la oficina de Correos era para usted —confesó él.

—¿Para mí?

Él asintió.

—Tenía intención de dejársela en el hotel esta mañana, pero me han dicho que ya habían abandonado las habitaciones. Pensé que habían partido para Brighton y se la envié allí.

—Tendré que esperar a regresar a Brighton para conocer su contenido.

—Prefiero que no la lea. La escribí ayer por la noche y reconozco que estaba resentido.

—Me temo que pueda leerla la señora Stringle. ¡Oh, no sé cómo voy a decírselo!

—La señora Stringle pretendía casarla con algún aristócrata que veraneara en Brighton. Podrá prescindir de usted.

—Pero considerará que Saint Kitts está demasiado lejos de Brighton.

—Podrá visitarnos cuando quiera. ¿Deberé ir a Malta a pedirle permiso a su tío?

—No, él cedió su derecho a Lord Chandler.

—En este caso, creo que sabré convencerlo.

—Ahora ya soy mayor de edad, no necesito el permiso de nadie. Lo que no puedo entender es por qué se fijó usted en mí. Yo nunca fui justa con usted.

—Desde el primer momento supe que era diferente. Pero entonces usted era la prometida de mi mejor amigo. Cuando recibí la carta en la que Middlegreen me hablaba de faltar a su promesa, comprendí que mis sentimientos eran contradictorios. Me alegré. Y me sentí culpable por ello.

—Pero usted procuró que él se casara conmigo.

—No quería que nadie le hiciera daño. Cuando vi la dignidad con la que sobrellevaba el asunto, supe que mis sentimientos ya no tenían remedio.

—¿Dignidad? ¡Usted debió pensar que yo estaba desesperada por encontrar marido a toda costa!

—No, esa era la intención de Lord Chandler, no la suya. Sus ojos suplicaban que la dejaran en paz. Lo único que necesitaba era tiempo para hacerse a la idea de que las cosas habían cambiado.

—Parece que usted supo entenderme mejor que yo misma entonces. No sabía lo que quería... Estaba muy confundida —suspiró—. Me sorprendió descubrir sus sentimientos aquella noche. Pensé que yo resultaba una molestia para usted. Fue la única persona que no me dedicó una palabra amable.

—Sí, me acusó de insensible con razón y lo único que sucedía es que yo luchaba una y otra vez contra mis sentimientos. Yo no tenía nada que ofrecerle.

—Aquí se equivocó. Esa noche me acosté con el deseo de que usted supiera que yo le correspondía. Hubiera aceptado su mano en ese mismo momento.

—No me hubiera atrevido. Me sentía avergonzado por mi conducta.

—Yo lo provoqué. Pero el hecho de no haber hablado nos ha producido a ambos mucho sufrimiento.

—Eso no volverá a ocurrir. Ya no tengo que ocultar mis sentimientos.

Julia sonrió.

—Por cierto, ¿el señor Hurst está casado?

—No, pero ¿por qué me pregunta eso?

—Pensaba en Fanny Bates.

—Me temo que ha vivido usted demasiado tiempo rodeada de alcahuetas. Pero le prometo que visitaremos a la señorita Bates antes de abandonar Inglaterra y ella a su vez podrá visitarnos a la plantación cuanto desee.

El coche llegó hasta casa de Lord Hooper. Tocaron la campanilla y esperaron a que abriera un lacayo. Cuando pasaron al salón, vieron que el señor Adams ya estaba allí. La señora Stringle miró asombrada a Tash y luego a Julia.

—Me tenía preocupada.

—¡Oh! ¡He olvidado las galletas! Ahora mismo iré a buscarlas —dijo Julia ante la mirada impenetrable de la señora Stringle.

—Ni se le ocurra volver a irse. Debe explicarme su imprudencia. Una joven respetable jamás debe salir sola.

—Lo siento.

—No quisiera retrasar más el regreso a Brighton.

—Señora Stringle, quizá deberíamos hablar sobre ese asunto...—intervino Tash.

La señora Stringle estaba sorprendida y enfadada, pero de pronto miró a Tash y su expresión se volvió más ceñuda. Lo observó un momento y luego, con voz intrigante dijo:

–Señor Tash, por casualidad ¿sufrió usted algún accidente o tuvo alguna herida mientras estuvo en Cunderley?

FIN

Agradecimientos

A Nayra, Toñi y Raquel, por priorizar los manuscritos que les envío a otras lecturas. Por corregirme, aconsejarme, rectificarme... pero, sobre todo, por los ánimos.

A todo aquel que me recuerda que tanto el éxito como el fracaso son unos farsantes y me hace ver las cosas con humildad.

A mis lectores, que son quienes dan sentido a todo esto.

Tú, como el viento sur
Elena Bargues

Valvanuz, después de años de maltrato, por fin reúne el valor para divorciarse de su marido y regresar a Santander donde consigue trabajo en un reputado restaurante.

Teófilo Van der Voost pertenece a una conocida familia de renombre en el sector hotelero. Aunque es un enamorado de su profesión, la neurocirugía, comparte la dirección del negocio familiar con sus hermanos hasta que una fuerte discusión hace que se replantee su estilo de vida.

Un día de viento sur, Teófilo coincide con Valvanuz, que ha regresado cargada de problemas: un ex marido rencoroso y sucesos inexplicables que, con la fuerza del vendaval, arrastrarán la tranquilidad y su vida rutinaria de Teo.

Tú, como viento sur, es un himno a la esperanza, al afán de superación y a la búsqueda del amor para sanar profundas heridas.

Una novela maravillosa que no puede dejar indiferente a nadie.

En busca de un hogar
Claudia Cardozo

Londres, 1890. Juliet Braxton es una joven de origen estadounidense que vive en la Inglaterra de fines de la Era Victoriana junto a una abuela de férreo carácter, un tío amable, pero poco apegado, y un primo, por quien siente un profundo afecto fraternal. Su mayor ambición es regresar al que considera su hogar, en donde vivió una feliz infancia. Sin embargo, pese a contar con medios propios para hacer realidad sus sueños, no cuenta con la aprobación de su familia.

Robert, conde Arlington, vive en la tranquilidad del campo con su madre, la condesa viuda, una mujer que muestra adoración por su hijo. Lo único que Robert encuentra intolerable es la constante intervención de su madre en su vida, intentando convencerlo para que se case lo antes posible. A él esto no le hace ninguna gracia, y procura mantenerse alejado de cualquier tentación, pero un accidente pone en su camino a Juliet.

Desde entonces, por un motivo u otro, sus caminos parecen cruzarse una y otra vez, y pese a que él hace todo lo posible por ignorar lo que esta joven le inspira, no puede evitar sentirse atraído y buscar su compañía. Ella, por su parte, temerosa de los sentimientos que Robert le inspira, y obsesionada con la vuelta al país que considera su hogar, procura mantenerse alejada... pero el destino les tiene deparadas muchas sorpresas.

Atracción, intrigas, ambición; pero, sobre todo el amor, son los pilares de esta novela.

Mi noche estrellada
Olalla Pons

Tras superar un delicado trasplante de corazón, Odette vive la vida que siempre había soñado. Ha alquilado una preciosa casita junto a la ladera de una montaña, tiene un trabajo en el museo municipal que le encanta, un apuesto policía que se desvive por ella, e incluso un desvergonzado gato negro al que adora, duerme cada noche a los pies de su cama.

Pero todo está a punto de cambiar cuando, durante una excursión por un bosque cercano a su casa, se topa con un gigante desnudo. Se trata de Elán, un Dios predestinado a destruir la civilización humana por Decreto Estelar, que ha permanecido cautivo durante más de seis mil años hasta lograr escapar.

De inmediato, la extraña pareja sucumbe al amor. Lo que no saben es que la capacidad de Elán para transmitir sus emociones a los humanos hace peligrar el frágil corazón de Odette que, por primera vez, empieza a latir con intensidad.

www.romantic-ediciones.com

www.ingramcontent.com/pod-product-compliance
Lightning Source LLC
Chambersburg PA
CBHW020552260626
47157CB00003B/668